维尼得了糖尿病

——虚幻与真实故事集（贰）

蒋中子 著

加拿大国际出版社

Canada International Press

书名：维尼得了糖尿病——虚幻与真实故事集（贰）

作者：蒋中子

出版：加拿大国际出版社 www.intlpressca.com

Email: service@intlpressca.com

2024 年 8 月加拿大第一版

2024 年 8 月第一次印刷

印刷版国际书号 ISBN: 978-1-998479-06-1

电子书国际书号 ISBN: 978-1-998479-07-8

Title: Winnie Has Diabetes

Author: Zhongzi Jiang

Publisher: Canada International Press www.intlpressca.com

Email: service@intlpressca.com

First edition in Canada in Aug 2024

First printing in Aug 2024

Printed version ISBN: 978-1-998479-06-1

E-book ISBN: 978-1-998479-07-8

揭谎先于启蒙

在邪恶附身谎言主宰一切的时代，
任何视而不见的写作都是助纣为虐

文学的终点是反抗
反抗平庸
反抗邪恶
反抗强权

维尼得了糖尿病

目　录

一、维尼得了糖尿病

一头不专心吃草的羊羔正在欣赏晚霞的余光，忽然发现不远处的山峦后面冒出一队狗子，气势汹汹地向他们走来。它"咩"地叫了一声，所有的绵羊都抬起头，一边继续咀嚼，一边看着狗子们快速地靠近。到了跟前，才发现它们还押着一只浑身精光、血迹斑斑的山羊。他已经被薅光了羊毛，赤身的裸体让所有的看客都感到有些不好意思。狗子们或高或矮，有胖有瘦，但无不昂首阔步，对两旁的绵羊看也不看一眼。中间两只最为高大的狗子一左一右，各自咬着山羊的耳朵，拽着他跟上队伍的步伐。

"这位山羊大哥犯了什么错？"羊群里有一个童声小心地问。

狗子们还是听见了，队伍最后面的一位没好气地回答："他犯了破坏森林秩序罪！"

"咬死他！咬死他！"绵羊群里响起了稀稀落落的呼喊，其中一个稚嫩的声音，听起来像是学龄前的儿童，又问："那是什么罪？是不让狗狗看管我们了吗？"狗子们这次没有回答，而是怒不可遏地一起冲进了羊群，抓捕敢于说出这种反动言论的歹徒。就在这混乱的当儿，犯了破坏森林秩序罪的山羊猛地低头，又迅速扬起前蹄，几乎站立起来，把本来咬着他耳朵的那两只狗子摔了个趔趄，也让他俩下意识地松开了狗嘴。山羊没有犹豫，撒开蹄子，往山上冲去。

汪汪的怒吼和咩咩的哀嚎顿时响彻了山谷。山羊没有回头，他蹬地、跳跃、腾空、滑翔，把身上的鲜血随风洒向身后。牧羊犬大军在后面紧追不舍，此时，前方跃动着的山羊就像是主人扔出去的骨头，扔得越远，他们越是兴奋，越奋勇争先，都想第一个把他咬到嘴里。风中的血沫更是如同一支兴奋剂，刺激得他们的大脑成了猴子的屁股红肿起来，鼓动着他们超越本能地奔跑。

山羊忽然站住了。他的面前出现了一道笔直的山崖，山崖下是湍急的河流。他熟悉这个悬崖。每次与伙伴们吃草来到这里，他们都知道，需要掉头回家了；更多的时候，他喜欢独自留下来站在这里，眺望不远处山坳下维尼熊的宫殿。他回过头，看见狗子们嚎叫着包抄过来，个个张着大嘴，尖锐的牙齿在夕阳下泛着黄光。他知道，今天是第一次，或许也是最后一次，自己将不能调转身子、也不能再眺望宫殿了。就在领头的缉捕者猛扑过来、即将咬到脖子时，他毫不犹豫地跟着一跃，跳了下去。

山崖的另一边，一只斑鸠正趴在窝里静静地等待着丈夫带一把韭菜回来，忽然听到林外一片喧哗。也许是哪个鸟儿找错了窝，又争执起来了，她想，这是每一个黄昏都会发生的日常游戏，不是斑鸠抢占了麻雀的窝巢，就是小鸟们因为爸妈喂食不均而争吵不休。她稍微抬起头，想要看个究竟，忽然意识到这一次非比寻常。几只秃鹫正在挨家挨户地盘查着什么。按说这些凶神恶煞此时早就归巢就寝了，他们到这里来意欲何为？难道是在排查谁还没有上供韭菜？而且，他们好像也没有要带走或吃掉哪只鸟儿的意思。肯定是出了什么大事。斑鸠一边想，一边下意识地伏低了身子，再也不敢探头探脑地观望。又过了一会儿，她看见一个黑影笼罩了过来。"你是瑶琼吗？"她听见一只秃鹫问。斑鸠的心突突突地几乎要蹦出胸膛，却仍然假装镇静地回答："是。怎么啦？"

秃鹫"咻"地吹了一声口哨，其他几个同伙马上飞了过来。"别废话了，老老实实跟我们走吧。"

"我犯了什么错？"

"都这时候了，还假装无辜！看见就是违法，传播更是犯罪！"刚飞过来的另一只秃鹫补充道："泄漏森林机密可是个重罪！别以为我们在跟你说着玩儿！要想不受皮肉之苦，就赶紧自觉一点。"

瑶琼这时反倒冷静下来。她梳理了一下羽毛，看着领头秃鹫的眼睛，用温柔的语调请求说："能否再给我几分钟?等老公一回来，我马上就跟你们走。不然窝里的蛋没有照顾，会冻死的；即使出生了，也会没有爹娘活不下去。"

"别婆婆妈妈的！赶紧跟我们走！你老公再也不会回来了！"这样说时，领头的那只猛地咬住了瑶琼的脖子，试图把她拖出窝巢。原先准备顺从的瑶琼此时改变了主意，母爱的本能让她决定，为了自己两个尚未出生的孩子拼死一搏。她忍着脖子的巨疼，衔起窝里的一根树枝，猛地横扫过去，秃鹫们吓了一跳，纷纷展开翅膀，后退了几步。瑶琼乘机一跃而起，向林中窜去。她知道自己只能在稠密的林子里周旋，一旦出了这片森林，不管是外面还是上空，那都是秃鹫们的天地。在这个茂密的丛林间，这些狗日的秃头们施展不开它们宽大的翅膀，跟不上自己的速度。就这样你躲我藏、你追我赶地扑腾了一圈，他们又绕到了瑶琼的住处，一只秃鹫灵机一动，抓起一只蛋，另一只想把窝巢整个抓走，不想它一下子散了架，里面的另一只蛋掉了下去，破了。瑶琼眼前一黑，险些一头栽倒，就在这个瞬间，她感到自己的嘴被什么东西咬住了，强打精神一看，是那只领头秃鹫。瑶琼赶紧收起翅膀，俯冲翻滚，在即将落到地面时，她觉得嘴可以动了，但也马上感到钻心的疼痛，她知道自己的喙已经断了。不作多想，她再次展开翅膀，想要重新窜进树林，但捕手们把她围在了中间，留给她的唯一出路是上面的天空。天差不多快黑了，虽然森林顶部的视野更为开阔，但瑶琼飞上去之后却有些分不清南北，当她感到尾巴被抓住时，内心的恐慌让她一下子屎尿失禁，一齐喷射出来。

这泡稀屎在吓了秃鹫们一跳后，掉到了卡在悬崖缝里的山羊身上。他在里面已经卡了好长时间，正在麻木中昏沉睡去，稀稠的屎尿打了他一个激灵，醒转过来。山羊嗅了嗅鼻子，不禁暗自叫苦，原先以为死在这个不上不下的隐蔽所在，至少会有个全尸；身上沾了这种脏东西，不用几天，里面就会长出无数的蛆虫，把自己吞噬得干干净净，剩下的骨头也会掉到下面的江水里，不知所终。这样想着，他不禁悲从心起，壮烈之情又增添了几分凄凉。

夜半时，天空忽然电闪雷鸣，下起了瓢泼大雨。斑鸠的屎尿连着雨水流淌到卡在礁石上的胸背处，渐渐地，山羊觉察到自己开始慢慢地下滑，他心中一喜，暗自使劲，加快了滑动的速度，终于，后腿够到了地面，他忍着岩石划破皮肤的巨疼，身子一拧，解脱了出来，四肢也落到了实处。

乘着夜色，山羊走出河谷，穿过丛林，来到了一个洞口。他伸头看了看，里面更加黑暗，但除此也没有更好的去处，只好先躲进去，隐藏几天，把伤养好再说。但他刚跨进一只脚，就看见了里面的角落里有两道微弱的亮光正射向自己，不禁心跳加速起来。他没有动，保持着姿势呆在洞口，让眼睛渐渐适应洞里的光线。过了一会儿，他终于看清，那好像是一只斑鸠，便轻轻地对着他说："维尼熊万岁！"。对方用更加细小的声音回答："维尼熊万岁。"山羊听出对方的吐字不但含混不清，而且略微颤抖，便稍微放心了一些，又往前走了一步，伸长脖子细看，发现他的嘴只剩下了一半，浑身的羽毛凌乱不堪，有些地方甚至露出了皮肉，看来与自己的狼狈模样没有什么不同。这让他的心跳缓和下来，小心地走了进去。他刚把四只蹄子放进洞内，斑鸠就呼地一声飞了起来，把山羊的心脏又吓得砰砰乱跳起来。斑鸠在洞内逼仄的空间里急促地盘旋着，弄得山羊进也不好，退也不是，不明白这只鸟儿为什么会如此紧张。

过了好大一会儿，斑鸠终于落了下来，说道："你背上好像有些粪迹。"

山羊回答："我知道，没有这些鸟粪，我可能到现在还挂在悬崖峭壁上。"

"我刚才闻了一下，好像是我拉的。"斑鸠有些不好意思地说。

山羊激动起来："你就是傍晚被几只秃鹫追咬的那只鸟儿？我当时正在迷迷糊糊地打盹，好像梦到有个斑鸠从头顶上的一线天空里一闪而过，后面紧跟着几个哇哇大叫的秃鹫。我正想着要不要喊一声，一泡屎尿就落在了身上，把我弄醒了。没想到梦是真的，而且那只斑鸠就是你。看见你现在还活着，真是太好了。你叫什么名字？"

"我叫瑶琼。看你身上也是伤痕累累，光秃秃的连一根毛都没有，你也是个逃犯？你叫什么名字？犯了什么法？"

山羊走过去与瑶琼站得近些，刚要开口，忽然听见门口传来了脚步声，接着一个黑影大摇大摆地走了进来。山羊和斑鸠不自觉地靠在了一起，刚刚稍微平缓的心第三次猛烈跳动起来。他们努力睁大眼睛，想要看清来者是谁。

"你们不要怕。我也是个逃犯。"进来的是一只猫头鹰，"我叫许章润。虽然仅有一只眼睛还能用，但它还是那么锐利，我从很远就看见了你们在洞里，刚才又听见了你们的谈话，知道你们都不是坏人。便想着，也许我们在一起，可以互相有个照应。"说完，他看着山羊，又问："你叫什么名字？"

"我叫旺阳。"山羊看了看斑鸠，又看了看猫头鹰，回道。

"你就是李旺阳？"猫头鹰叫了起来，"就是那个喜欢站在山崖上监视维尼宫殿的'监督员'？"

山羊有些不好意思，想要"咩"地叫一声作为回应，但马上又住了嘴。猫头鹰看出了他的尴尬，便又说到："能够认识你真是太好了！那你呢？瑶琼，你贵姓？"

斑鸠用半截舌头含混不清地回答："免贵姓董。嗯，你说你也是逃犯，那你做了什么？"

"你们刚才已经开了头，被我打断了。我现在不好喧宾夺主。"猫头鹰章润蹲到他俩面前，看着旺阳，"你身上的伤痕像是狗咬的牙印。"

旺阳点点了头："说实话，我并不知道自己到底做错了什么。那些狗子说，我犯了破坏森林秩序罪，可是除了吃草，我并没有损坏任何一颗树木，更没有伤害哪个动物。唯一的可能，是我说了维尼身上发臭？有一天，我站在悬崖的巨石上，一阵风吹来，忽然闻到一股腐臭味。我担心有哪条生命正在曝尸荒野、得不到埋葬，便想找到这具腐尸。一连几天，我都到这个悬崖上伸长脖子仔细地嗅闻。第三天，臭味更加地浓烈，我顺着它一直找到维尼熊皇宫的围墙外。气味好像就是从那里传来的。我又绕着围墙仔细地辨认，终于确定它来自维尼独居的皇宫，那些卫士厢房好像并没有什么味道。后来在同几个好朋友一起吃草、走到那处悬崖时，他们也都闻到了臭味，并问这是谁死了这么臭？我就把自己的发现告诉了他们。"

"看来有一位朋友出卖了你，也许他本来就是维尼熊的奸细。"猫头鹰章润忽闪着那只唯一可以看见的眼睛，用翅膀轻轻地拍了拍山羊的后背。

"我跟你差不多，一开始也是不明白我怎么会犯了泄漏森林机密罪。从傍晚到现在，我一直在回想，我到底做了哪件事让自己惹上了麻烦。"斑鸠瑶琼点了点头，附和道："你刚才的猜想让我一下子明白了，我很可能也是因为说了维尼的事，被其他的鸟儿听见了。你们都知道，维尼熊要求我每周去他的皇宫给他梳理皮毛、清理身子，比如去掉跳骚臭虫什么的。一开始他的身子还是挺干净的，后来不知怎么地长出了好多脓疮，每次我在梳理皮毛时都必须十分小心，一旦弄破了痂皮，轻则受到毒打，重则丢掉小命。在秃鹫来抓捕我的前一天晚上，睡觉前我跟老公说，我们搬家吧，移民别的森林，这样我就不用提着脑袋给维尼做护理工作了，也不用每天去面对他身上那些恶心的脓疮。除了这件，我想不出来其他还有什么事情会让他们派了四五只秃鹫来抓我。"

猫头鹰章润欠了欠身子，活动一下腿脚，说："我的故事与你们的有些相似，又有很大的不同。我犯了所谓的颠覆森林政权罪，也早就知道他们会来抓捕，所以做好了准备，不然就不会坐在这里与你们说话了。我所发现的维尼熊的秘密要更加黑暗。有一天晚上，我在找吃的，从一颗树飞到另一颗树，到了青鼬家附近，看见十几只侍卫狗正把他捆绑起来疯狂撕咬，把他咬死后，从他家里抱走了那个装着蜂蜜的罐子。这些蜂蜜是青鼬白天刚刚采集的，我当时还跟他说多多少少要给蜜蜂留下一点。我赶紧又去了山头另一边的黄鼬家，发现他已经死了好多天了，家里装蜂蜜的罐子也不见了踪影。原来维尼熊一天要吃五罐蜂蜜的传言是真的，森林里谁家收集了蜂蜜，他就会派打手去抢夺。我非常震惊，便在以后的每天晚上都留意着这些侍卫狗的动静，一旦看见他们往谁家的方向走，便提前飞到那一家的门外，使劲鸣叫，向他们发出警报。这个小把戏没过两天就被侍卫狗们识破了，当他们从皇宫里气势汹汹地一出来，我就知道他们是冲着我来的，但我没有料到秃鹫会埋伏在林中，不然也不会失去一只眼睛。"

"我好像有些明白了。难怪那一天我在梳理皮毛时弄疼了维尼熊，他咧着嘴回头瞪了我一眼，我发现他的牙缝里全是蜂蜜。所以，老大是吃了太多的蜂蜜得了糖尿病，导致身上长出脓疮，然后烂疮的臭味传到了森林里。"斑鸠不断地点着头，"原来是这样，这就说得通了。"

"你说的对。不过，我怎么觉得哪里有些不对劲。"猫头鹰站了起来，转动着那只依然灼亮如炬的眼睛并晃动着脑袋，"我们三位都是因为发现了维尼老大的同一个秘密而被追捕，可是我们为什么会如此凑巧，都躲到了这个山洞里呢？旺阳，你是怎么找到这里的？"

"我从悬崖上掉下河滩后，因为光着身子，无数只蚊子闻到了我身上的臭汗和血腥味，它们一拥而上，咬得我只能忍着剧痛拼命地奔跑，我发现只有一个方向没有多少蚊子，便顺着这个方向，一路被它们追着，跑到了这里。"

"那你呢，瑶琼？"

"我与他相反。我是被成群的蚊子领到这里来的。在森林上空摆脱掉秃鹫、重新钻入林子后，我发现有大群的蚊虫在前方飞行，便混在他们中间。到了这个地方，它们落到了地面，我发现正好有个山洞，就躲了进来。"

"那就真的是太巧了。"猫头鹰停止了脑袋的转动，看着山羊和斑鸠，"我是听到几只蚊子在告诫它们的孩子，说不能到这里来，因为这里有一个山洞，里面有蝙蝠会吃掉它们。我当时想，我在这片森林里住了这么多年，竟然不知道这里有一个可以躲藏的山洞，便赶紧跑了过来。"

猫头鹰章润，斑鸠瑶琼和山羊李旺阳你看着我，我看着你，一边想着洞口是否会马上被落下的巨石封死，或者被蜂拥而至的恶狗堵住，一边几乎是同时叫了出来："我们上当了！"话音刚落，他们感到脚底忽然失去了支撑，只听轰隆一声巨响，一起掉了下去。原来山洞的地下是一个陷阱。掉进去之后，猫头鹰感到左胸一阵剧痛，扭头一看，井底竟然布满了竹签，其中的一支刚好穿透了翅膀。他马上去看其他两位，山羊面朝上斜躺在地上，胸脯上正汩汩地冒着几股鲜血，看来李旺阳已经被谋杀了。斑鸠要好一些，没有明显的伤痕，但卡在了两支竹片之间，动弹不得。斑鸠瞅见猫头鹰正看着自己，便对他说："吓死我了。幸亏我下意识地张开了翅膀，不然就要被这些东西穿胸而过了。你的翅膀受伤了吗？"猫头鹰点了点头："我也张开了翅膀，但落地时还是中了招。在山洞里，我们只能看见洞口的天空，现在倒好，落在井底，只能仰望井口上的洞壁，要是死在这里，连再看一眼完整的天空都是奢望了。"

斑鸠刚要回答，忽然听见头顶传来悉悉索索的声音，接着，无数只老鼠从洞口爬了进来，有的开始啃食山羊的尸体，有的试图来撕咬两个活物。猫头鹰对着它们发出刺耳的尖叫，同时煽动另一只翅膀加以驱赶。他再次看了一眼斑鸠，心想，他们吃完了山羊，就会轮到我们了。就这样度日如年地僵持了一会儿，头顶的井口又传来一丝轻微的脚步声，眨眼间，三只花猫顺着井壁爬了下来，开始了他们的大餐。老鼠不是被咬死，就是四处奔逃，有的爬上井壁，又掉了下来，落在竹片上，成了肉串；有的逃到猫头鹰的嘴边，被他一口吃掉。不大一会儿，井里再也没有一只能动的老鼠。三只花猫看着仍然卡在竹片里的斑鸠和欠着身子的猫头鹰，血红的眼睛里满含着仇恨。较大的那只晃动着尾巴，舔了一下嘴唇，开了口："你们就是老大发令说人人得以诛之的那三个家伙？本来我们是要咬死你们的，但既然你们已经死了一个，你们俩也是命不长久，我们就不惹火烧身了。"另外一只打断了他，说："算了，别说了。我们现在也分不清真相与谎言、正义和邪恶，我们的脑袋只能处理吃喝拉撒、喜怒哀乐。"

猫头鹰点了点头："但我还是要谢谢你们，因为在谎言主宰了宣传的时代，只关注柴米油盐要比把揭谎者当作森林的敌人去举报或围攻要善良的多。"

三天过去了，他们再也没有看见一只老鼠或花猫，甚至没有看见任何生灵。猫头鹰靠着地上的死鼠充饥，而斑鸠却瘦得脱了形，不过这倒让他能够摆脱竹签的夹击，可以爬动了。他一点点地挪到猫头鹰身边，用断喙磨着那支穿透翅膀的竹片。磨一会儿，歇一会儿，花了大半天的功夫，才把它磨断。猫头鹰让斑鸠坐在一边休息，找些野果子吃，自己则用嘴拔起每一根竹签，用两只爪子卷住，然后又让斑鸠爬到自己的背上，忍着钻心的疼痛，他煽动翅膀，缓缓地飞出了陷阱。

接下来的两天，他们躲在河滩的茅草丛里。斑鸠已经恢复了生气，看着猫头鹰在梳理那条尚未痊愈的翅膀，叹了口气："我们俩迟早都会被抓住、都会被处死的。一想到那些绵羊如此的麻木不仁，那些花猫那么胆小懦弱，我就在想，我们，包括我自己，是不是需要一场启蒙，否则，我们这么逃亡、这么与维尼作对有什么意义呢？"

"我们的意义是把森林精神的火种传下去，这个火种需要我们奉献躯体来保证它燃烧不息。"猫头鹰坐到斑鸠瑶琼的身边，"在我们这个林子里，当务之急不是启蒙，而是揭谎，一旦众生知道了维尼熊的真相，便会醒悟。一个从出生起就生活在谎言和仇恨宣传中的动物是无法启蒙的。"

斑鸠摇了摇头："揭谎只能治愈耳聋，却治不好眼瞎。我担心，他们还是会心甘情愿地跟在撒谎者身后，跟他一起走上是非不清、公私不分的邪路。"

猫头鹰站了起来，轻轻地踱着步："他们不是生来就眼瞎，而是被后天蒙蔽了，揭谎不但会治愈大部分人的耳聋，还会让他们重见光明，并看清森林统治者原来在毛皮下藏着脓疮，原来在牙缝里流淌着蜂蜜；他们就会明白，口口声声为森林谋福利的主子实际上是个只谋私利的黑帮；为了权力、为了私利，他们隐藏和篡改了自己的真实面目和罪恶历史。前几天，那只花猫说他们分不清真相与谎言时，我真想告诉他，其实他们是可以的，被谎言蒙蔽的一个症状就是恐惧和仇恨。只要你发现自己的内心充满了恐惧还有仇恨，那就暗示着，你所接受的教育、宣传和指示肯定是谎言……"忽然，他停了下来，偏着头好像在仔细地倾听着什么，然后他凑到瑶琼的身边耳语道："你躲在这里不要动！我从茅草丛的另一边飞出去。记住，好好活下去，蛋还会有的，把孩子们养大，跟他们说维尼熊的故事。"

猫头鹰章润蹑手蹑脚地穿过茅草林，然后腾空而起，向远处的羊群飞去。身后无数的侍卫狗们从四面八方窜了出来，争先恐后地向他狂奔。这里是森林的边缘，没有树枝可以栖息，猫头鹰就落在倒下的一颗枯树上，面对着蜂拥而至、狂吠不止的狗群，他镇定自若，胸有成竹。

领头狗抬起一只前腿，狗狗们安静下来。他喊道："看看自己的处境，你这个报丧鬼！跑是跑不掉的，早晚会落在我们手里，不过，虽然你犯的是颠覆森林政权的重罪，但只要自首，我们的大王还是会宽大处理的；不然，今天你的最后一声鸣叫就是为你自己报丧。"

"我知道。但在你们动手之前，我想讲一个人类和狗狗的笑话，因为这可能是我最后一次讲笑话了。"一听说是人类，而且还是个关于自己的笑话，所有的狗狗都坐了下来，竖起了耳朵。"有一天，一个小孩路过一家宠物店，看见门口挂着一块牌子，上面写着：新到会说话的狗狗，欲买从速！小孩一直想要一个宠物，便走了进去，问道：那个会说话的狗狗在哪儿呢？老板把他领到了里屋。狗狗伸出一只爪子跟他握了握手，说：你会是个好主子吗？小孩很兴奋，反问他：你真的会说话？狗狗非常自豪地回答：我以前可是皇上的私家密探。每天我都混在人群中，只要谁说了皇上的坏话，我就偷偷地在他脚上撒一点尿，然后让皇家卫队按图索骥把他们抓起来。有一次我正在撒尿，那个家伙发现了，用一把铁锹打断了我的后腿。我担心这个工作会让我丢掉小命，便告老还乡，隐居起来。我被很多家庭收养过，但大多数主子并不友善，现在就想找一个爱我的人。小孩非常感动，但还是问：为什么那么多家庭不喜欢你，把你退了回来？狗狗留下了眼泪：因为他们都觉得我在撒谎。小孩在惊喜的同时又多了一份同情。他交了钱，把狗狗领回了家。可是，到了家里，一连几天，狗狗除了偶尔吠叫之外，对主人的问话，理也不理，自始至终，他从未说过一句话。最后，小孩终于忍不住了，他觉得自己的宠物肯定哪里出了问题，便带着他回到了商店。一进门，他刚要开口跟老板说话，就听狗狗气呼呼地说：你为什么要把我送回来？是不是像其他主子一样，不要我了？小孩惊呆了，他满脸疑惑地看着狗狗，狗狗看着宠物店老板，老板看向墙上的笼子——里面有一只鹦鹉正探头探脑地看着他们。"

所有的牧羊犬都莫名其妙地看着猫头鹰，过了一会儿，一只狗崽子忽然哈哈大笑起来，一边笑一边在地上打滚。猫头鹰章润也乐了，他松开翅膀，拿出竹签，一支接一支地扔向远处正在吃草的羊群。狗子们猛地兴奋起来，他们马上忘掉了那个又烂又冷的笑话，争先恐后地扑了过去，把竹签衔在了嘴里，丝毫没有留意到羊群停止了吃草，一个个睁大了眼睛，惊恐地看着上面的漫画和文字。竹签上画的，是一只维尼熊正大口吃着蜂蜜，它的身上长满了脓疮，无数只苍蝇围绕着它飞舞；旁边用森林官语写着：维尼得了糖尿病！

二、独自追凶

　　新婚蜜月的第一个夜晚，便衣侦探其子正在度假酒店里与娇柔美丽的新娘温存缠绵，忽然接到了头儿的紧急呼叫。你必须马上归队！头儿说。出了一件政治影响极其恶劣的大事，上面已经把它列为务必迅速侦破的最高等级案件，作为最忠诚最得力的干将，我命令你火速赶回，领导侦破工作！

　　坐在深夜的最后一趟航班里，其子有些不快，有些兴奋，更有些困惑。在领导把爱妻介绍给自己后，两人甚至没有来得及相知相恋，便快速办理了登记手续；现在蜜月才刚开始，尚未享受新婚燕尔，就被夜半召回，这多少让他怀有一丝意犹未尽的失落。虽然有嫉妒者传谣说，他的蜜月之旅只不过是对领导战斗过的地方的拜访，但从未尝过女人味的其子还是一下子陷入了温柔乡里。刚要食髓知味，就得重返工作，其子有些恋恋不舍。离开酒店前，他看了一眼床上容貌惊艳、身材婀娜的娇妻，不禁在心里骂了一句脏话。但领导对自己的信任和赏识更加重要，其子想，自己一定要加倍努力，一定不能辜负头儿的期望。他说这是一起最高等级的政治案件，说不定就是几年前发生在外地一个大都市的重大事件的重演，当时的案件就是这样被定性的。那年，一个名叫瑶琼的少女向领袖像泼墨，不但损毁了伟人的形象，而且给了外敌以攻击的把柄。行凶者很快被抓获，并被判处重刑，她的所有亲人都受到牵连，落得家破人亡。如今，监控日益周密，惩罚愈加严厉，想要表达不满甚至策划反抗而不被立马抓获，几乎是不可能的；国家安全的唯一漏洞或风险是挂在城楼的领袖画像，由于无法把它遮盖起来，心怀恶意的歹徒就会向它发泄怒火。这一次是不是又有人铤而走险，甘愿以身试法？凭着自己多年的办案经验，其子知道，这样的人不但有，而且不少。想到这，他把工作电话关掉，放到包里，然后拿出私人手机，试图搜索近期的大事和热点，却一无所获。看来同事们的保密工作做得不错，性质如此严重的政治案件当然不能泄露一丝一毫，否则不但会造成不必要的政治影响，还会阻碍他们的侦破工作。

案情果然如老到的其子所料，这又是一起画像污损事件。前天，巡逻的卫兵一大早就注意到了城门上领袖的额头有一个黑点，用旋梯爬上去仔细地检查并取样分析后，法医们确认，这个黑点不是鸟屎，而是腊肉包子馅，也就是说，这是恶劣的人为破坏，是对领袖、政府、人民和国家的恶毒攻击。同时，干警们又有些疑惑，自从外地的泼墨事件发生后，首善之区城门上的领袖画像受到二十四小时的周密保护，还有各个角度的摄像头不间断地监控，平时连鸟儿一飞而过时拉泡屎都断无可能，但无论是守卫还是监控，这几天竟没有发现任何可疑之人或不寻常之处。头儿命令所有的干警以画像为中心进行地毯式排查，果然在城头和地上发现了相同材料和质地的馅儿和包子碎屑，进一步提取化验，终于得到了案犯的 DNA 证据，可惜在中央数据库里无一匹配。中央数据库涵盖了几乎所有子民的生物检材包括 DNA 指纹等重要数据，而这一案件的 DNA 却得不到匹配，说明罪犯要么是外来势力，要么在作案时使用了某种狸猫换太子的花招，无论从哪方面来看，这都是一起背后有着极大阴谋的非同寻常的极其严重的政治案件。

其子一边听着大家七嘴八舌的讨论，一边试图把所有已知的各种信息串联到一起。他推测，这个不怀好意的敌对分子一定是从远处利用某种现代弹射设备将肉馅准确地射到了画像的眉心，而且这个设备应当小巧方便，可能还加装了红外瞄准器，他能想出的一个可能是全自动可折叠人工智能弹弓，使用者可以把它装在裤子口袋里，弹射时只需轻轻地一按红色按钮，它便会像弹簧刀一样展开并跟随主人的目光自动瞄准目标。散会后，其子像往常一样身着便装，来到了城门前的广场，他能认出散落在广场四周的每一位便衣，但他既没有与他们发生眼神接触，更没有做出任何打招呼的表示，他只是混在人群里，随意地闲逛，留意着每一个人的口袋。他觉得，作案者肯定会回到现场，观察公安的动静，甚至欣赏自己的杰作，为自己的邪恶壮举感到自豪。走到广场西南角的第八九六四块地砖时，其子发现，一个男人右腿的裤子口袋呈现出某种异状突起。他不动声色地慢慢靠近，然后从背后出其不意地一个背摔，将他按倒在地，并把他的双手反背着上了手铐。然而，当他把嫌犯翻转过来，让他仰面躺倒时，却发现嫌犯口袋的异状突起消失了。这时，有四五个便衣跑了过来，用膝盖死死地压住嫌犯的身子。其子腾出手来，仔细地搜索嫌犯的每一只口袋，除了一些糖果、门票和散钞之外，他并没有找到任何不寻常的东西。更多的便衣赶过来手拉着手组成人墙，把围观者阻挡在了外面。其子在现场开始了简短审问："说，你刚才裤子口袋里是不是有什么东西？"

"没……没……没有什么东西。"嫌犯还没有从惊恐中缓过神来，话说得一点也不利索。

"那它刚才怎么鼓起来了？"其子用拳头捅了一下口袋处的大腿，加重语气厉声质问。

"我……我……对不起，我……我刚才起了生理反应……"

"你他妈蒙谁呢？你对着上面的画像起了生理反应？画像上哪一点让你兴奋了？"其子再次捶了他一拳，然后对着便衣们说，"把他带回队里！这小子把手藏在裤兜里对着领袖像竖中指，肯定是敌对势力派来的。"在成为头儿手中的王牌侦探之前，其子就受到了严格而又残酷的训练。其中一个课程是如何识别无形和无声的反抗，老师引用了埃塞俄比亚的一个谚语："当伟大的统治者经过的时候，明智的农民会深深地鞠躬，并默默地放屁"。国家的安全保卫者们必须锻炼出火眼金睛，在茫茫人海中，无论是谁在裤裆里默默放屁，还是有人在口袋里暗竖中指，他们都必须明察秋毫，火眼金睛。

在早晨举行的六警种案情联合分析会上，有一个专家指出了另外一种可能。在古代，皇上杀了犯人，会把他们仍然滴着鲜血的头颅挂在城门之上，臣民们因为嫉恶如仇，更为了表达衷心，无不聚集到城门之下，朝这些人头扔石子和吐唾沫。如今，悬挂人头的做法早已抛弃，取而代之的是悬挂领袖的画像供臣民们瞻仰。但几千年的恶习很难一下子消除，有些愚昧的刁民仍然会出于习惯向以前悬挂人头的地方吐痰或者扔东西。这虽然已经触犯了法律，但它的背后可能并没有什么阴谋。大多数专家对这种谬论并不赞同，其子更是觉得，这种专家要么愚蠢之极，要么他自己正是凶手。刁民固然如旧时一样愚昧，但如今的敌对势力会利用一切借口和机会来表达他们对这个制度优越性的不满，斗争的形式早已不是群情激愤的街头游行或怒火中烧的校园示威，他们的抗争如今呈现出非暴力不合作的态势，主要特点有沉默无声、形式多样和无对抗性等等，比如在街上行走时手里拿着一张白纸，以天冷的借口用围巾捂住嘴巴，在天桥上集体转着圈子谎称是锻炼，在各种论坛里用谐音和隐喻来讥讽领袖和体制，甚至用不消费不交税的躺平态度来消磨政府，如此等等，不一而足。这些敌对分子正把甘地和曼德拉的斗争方式发扬光大，试图在新时代把它丰富深化到另一个高度。

其子听着各种专家的相互辩论，已经在内心描绘出了凶手的画像。她很可能像外地发生的那起政治刑事案件一样，是一名女性，原因有很多，但主要是两个：女性臣民总是具有不知从何处而来的超出男性的胆识，在近期抓获的各种抗议组织者中，女性罪犯的比例要远远高于男性，这说明，她们要么因为得不到自己想要的一切而内心里憋满了怒火，要么因为体内的荷尔蒙更加情绪化因而更加缺少自控力。另一方面，那些男性臣民自从出生起就从来没有接受过西方流行的那种环切术，小脑袋一直蜷缩在一层充满了污垢的包皮里，不敢伸头露面，成了硬不起来的怂人。其子还推测，这位女性凶嫌应当还有早起的习惯，因为根据时间线的梳理，领袖额头的污点是在天亮之前被点上的。

在口袋里竖起中指的嫌犯被带走之后，其子继续耐心地观察，他留意更多的是那些穿着普通却眼神锐利的女性游客，尤其是远处手拿香蕉的一个少女。他不知道广场入口的保安是怎么做的安检，竟然把本该没收的香蕉放了进来，他们不知道香蕉皮是网路上对领袖的一种谐音讥讽吗？他们不知道上个月中央公园发生的那起大案吗？几个犯罪分子以行为艺术之名把成百上千支香蕉皮吊在公园的树枝上，引起了无数游客的围观和拍照，并把照片和视频发到了网上，形成了极其恶劣的政治影响，就连国外的各大媒体都煽风点火地大肆报道，导致老大暴跳如雷。其子在心里对那些保安骂了一句脏话，然后小心地靠近目标。广场上熙熙攘攘，人头攒动，盯住一个人不让他逃走并非一件容易的事。其子粗鲁地推搡着人群，视线一刻也不敢离开那个长发披肩的少女。这时，有人踩到了他的脚背，疼得他差点弯下腰去，但他忍住痛，一个肘子把对方顶开，同时发现女孩开始从香蕉的头部开始剥皮。他的心猛烈跳动起来，更加不敢怠慢，使劲地盯住她的右手。他关心的不是她如何吃掉这根香蕉，而是看她如何处理剩下的香蕉皮。如果她把香蕉皮挂在裤带上，无论是前面还是后面，他就要当机立断，冲上去把她抓捕归案。就在不久前，那些反贼们为了隐晦地表达对领袖的不敬，竟然画出各种以香蕉皮为恶搞的漫画，后来更是设计出所谓的"清新牛仔"，把裤子的前裆或后臀设计成香蕉皮的样式，以此来表达只要是清醒的人就会用生殖或排泄器官来致敬自称的领袖。那些始作俑者当然都被一网打尽，所有上市的和库存的产品也被销毁一空，但仍然有一些知法犯法、无惧生死的逆贼会铤而走险，在大庭广众之下用相同的手法来表达不满。

　　就在其子即将靠近吃香蕉的女孩时，天空突然乌云密布，接着狂风大作，雨点从淅淅沥沥很快就变成了瓢泼倾盆，广场上的游客们乱作一团，拥挤着跑向位于四个角落的地铁车站，那里是最好的避难所。吃香蕉的女孩跑向东北角的车站，她此时已经吃完了香蕉，蕉皮被她用牙签扎串在一起，拿在手中。其子越发肯定她具有重大的嫌疑，因为她的举动证明了她对领袖的仇恨。混乱的人流又把他们分开了一段距离，但女孩从未逃脱过其子的视线。然而，他马上发现，女孩已经踏上了地铁站的台阶，开始往下走，如果那样，自己就很难再追踪并将她抓捕，想到这，他奋力地推搡着人群，试图快速地靠近，一定要在她走下更深的台阶前，将她按倒在地。他一个健步跨上台阶，却感到脚下一滑，一个趔趄，一屁股摔倒在地上，原来他踩上了一块香蕉皮，加上地面湿滑，猛地摔了一个屁股墩子，幸好没有滚下台阶，但尾骨的刺痛让他一时差点晕厥。他试着用手支撑地面，让自己站立起来，但弥漫全身的疼痛打败了自己，他只好坐在地上，改用双臂阻挡着人流，防止他们踩踏上来。

夏天的暴雨就是雷公一时兴起的街头快闪，转眼就消失得无影无踪。躲在地铁里的人群又开始掉头返回广场。其子仍然坐在最上面的台阶上，他仔细辨认着经过的每一个人，但一直没有看见早先用牙签穿扎着香蕉皮的那个少女，倒是几位用跺脚方式走路的人引起了他的注意。他知道这是对领袖表达不满的另一种方式。一年前，所谓天桥转圈的社区健身运动像病毒一样波及全国，无论男女，不管老幼，他们三五成群地走上各大马路的天桥，一边转着圆圈，一边用力跺着双脚，声称是为了强身健体，但大家都知道，这不过是一种示威和抗议，自然马上就被取缔并受到严厉地监管，并像此前为了防止有人在墙上乱涂乱写而设置厕所保安一样，每一座天桥的两端自此都得到了专职地看守。当时他们的怒火传导到脚下，不止一座人行天桥被他们跺到垮塌，没想到现在竟然还有人敢用同样的方式明目张胆地走路。当他们走上更高的台阶时，其子看得清楚，他们脚步用力无疑是故意的。

他盯着他们，等待着他们一个台阶接一个台阶地走近，尤其是最后那个女孩，步伐夸张，眼神坚定，一看就不是什么良民。女孩注意到了他的目光，跨上最后一个台阶时，她站在了其子的面前，与他对视，然后伸出一只手，问道："要我拉你站起来吗？"其子没有回答，只是把自己的右手递给了她。但就在站起身的刹那，他猛地发力，捏住女孩的手腕，顺势往后一扭，几乎是同时，另一只手也锁住了她的左臂，迅速转到她的身后，用膝盖顶着她的后腰，推搡着她走到地铁站入口的背面，那里游客稀少，不会引起人群的聚集和围观。

"知道我为什么要抓你吗？"其子给她上了手铐，让她背着手坐靠在墙边，自己想要弯腰同她说话，但尾骨的一阵酸痛，让他又直起了身子。

"因为我不应当把你拉起来？诶，对了，你是谁呀，凭什么铐我？"

"你的手和脚现在都是你刚才犯罪的证据。告诉我，你到广场来了几次？前天你在哪里？"

"我的手和脚都犯罪了？它们同时犯的罪还是在不同时间犯了不同的罪？"女孩乐了，一点也没有像其他被抓的人那样紧张或害怕，这更加证明了其子的判断。

其子没有说话，他忍着疼，缓缓地蹲下来，开始对嫌犯搜身，期望能找到像全自动弹弓一样的便携式弹射装置。但他的手刚刚触及女孩的衣服，她便大叫起来："你没有搜查证，没有权力碰我！即使有搜查证，你是男的，也不能碰我！"

其子乐了，但马上换为威严的面孔："你他妈也不看看你这是在哪儿！都什么时候了，还在用好莱坞电影里的那一套来自欺欺人！我今天即使什么也搜不出来，就凭你刚才跺着脚走路，也可以把你关个十年八年的！你信不信？"

女孩似乎冷静了下来，语气和语调增添了一丝温柔："你是指我刚才的走路动作吗？我平时就是这样的，军训时教官告诉我们，走路一定要身姿挺拔，孔武有力，这样才能彰显我们民族的士气。"

其子站了起来，居高临下地看着她："我最瞧不起的就是你们这些人，敢做不敢当。只要被抓到，就满嘴跑火车，找出来各种借口。你还不如痛痛快快地承认，刚才就是在跺脚抗议，这样我还敬你是个女中豪杰。"

"你是说我在用脚表达不满？那些真正用脚投票的人从来不会让它出声，他们都是悄无声息地跑路，早就带着家人情人和民脂民膏润出去了。他们的抗议声大过任何跺脚的声音，而你们却视而不见、充耳不闻。"

其子确实不愿去听润的脚步声，对眼前少女的抗辩更是不予理睬，他二话不说，直接把她塞进了停靠在路边的警车里。

第二天一早，其子正准备去找头儿，跟他说新婚老婆今天返程，他要请假去机场接她，没想到头儿已经给他打来了电话，告诉他，昨天抓获的两个嫌犯的 DNA 都没有匹配成功，但根据新的线索，凶手已经潜逃回邻省的老家，组织决定派他立刻动身，与该县一个秘密线人用暗号接头，与他一起追查下落。同前天接到头儿的电话一样，其子在心里又骂了一句脏话，这不是成心不让自己与老婆亲热吗？这都领证十几天了，就算是万里长征，自己也已经爬了雪山，过了草地，为什么还不能进入窑洞与爱妻会合？他赶忙给正在登机的心上人打了个电话，向她耐心地解释，真诚地道歉，并保证回来后一定要加倍地补偿，"这一段就辛苦你了，一个人在家挺寂寞的。"老婆好像早就知道了似的，淡淡地回应道："我不会的！"其子想，她是头儿介绍给自己的，肯定理解头儿的安排，因为在短短的一天蜜月里与她谈心时，好像她比自己更加了解头儿。

当天早上，其子就赶到了[illegible]县。头儿交代的接头对象是一个喜欢装睡的人，接头暗号是"太晚了，大家都去睡吧，睡不着，也要睁着眼睛假装入睡"。一整天，其子都在不大的县城里闲逛，他摸清了城里的所有娱乐场所，就等着夜幕的降临。晚上唯一的群体热闹的去处是庆丰酒吧，其子坐在角落里，观察着三教九流进进出出。大半夜过去了，他还是没有发现一个像是要与自己接头的线人，便站了起来，大声叫道："太晚了，大家都去睡吧，睡不着，也要睁着眼睛假装入睡。"所有人立马都安静下来，过了好大一会儿，才有一个人打破了寂静："你他妈谁呀？是东街馒头的替身吗？这小子的口头禅就是这个，你不会像他一样，也是条子的密探吧？"

当天夜里，其子就找到了东街的馒头。他是个话痨，其子不明白这样的人怎么可以充当官方的线人。"我为什么睡觉喜欢睁着眼睛？因为我时刻保持着警惕。那些反贼骂我们是装睡，还说我们叫不醒。我们他妈的既没装也没睡，好吧？那我们要你叫醒干什么？那不正说明你们自己有毛病吗？对不对？走，我带你去一个好地方，一边吃，一边玩，一边聊。"于是他们开车去了郊外一个叫"赵家腊肉"的娱乐城，一进门是偌大的餐厅，七拐八绕之后，便到了只对回头客开放的隐秘包间。"哥，我跟你说个我真装睡的好玩事儿。前一段我老婆总是跟我不对付，老是骂我游手好闲，说我在家不干正事还要对她指手画脚，晚上也不让我碰她，我就怀疑她是不是在外面有人了。有一天，我去跟踪她，想要抓个现行，你猜怎么着？这婆娘贼得很，走到一个屋子前，刚要进门，却猛地转身，就看见了我。虽然我也做了乔装打扮，她那么远肯定没有把我认出来，但这贱人还是掉转身子，直直地就冲着我走过来了。我当时慌得一批，这要是被她抓住，那还不玩完？好在我脑子反应贼快，急中生智，赶紧靠着墙角蹲坐下来，张大了嘴，假装打呼噜睡觉。她走到我跟前，站了好半天，也不吭声，弄得我那个难受啊，差点睁开眼睛想要看她到底在搞什么鬼。过了一会儿，我听见她弯下腰，然后我就感到自己的裤子被她使劲一拽，下体一下子光了。你知道我平时是不穿内裤的。听见她跑远了，我才把上衣当作内裤，光着膀子跑回了家。不过，就是在那样的情况下，我也没有睁开眼睛，我觉得一直到最后，她肯定还是觉得我在睡觉。问题也不在于装睡，而是她在外面瞎搞，这才是问题的关键和本质，你说是吧？"

提到老婆，其子有些不太自在，身边衣衫轻薄、举止挑逗的少女的体温更是让他觉得对新婚妻子有些内疚。他想赶紧切入主题，从这个喋喋不休的密探嘴里抠出一些线索，好早点破案回城。馒头一边抹着油嘴，一边含混不清地说："我知道你们现在要找的坏分子都是些磨洋工或者阳奉阴违的家伙，那些正面刚的早就在高压打击下玩完了，新形势下的斗争是形形色色的无声的反抗。贱民们被封了嘴不能说话，但他们想方设法地用脚、用手、甚至用消极的态度来说话。所以我一直盯着那些逃避我们的组织管理和系统监管的贱民，更盯着那些身在体制内却貌合神离的干部，因为鱼的腐烂总是从头部开始，所以我们内部敌人的无声反抗才是最可怕的。我知道在郊外的一座山上住着几个从城里来的人，他们很少下山，每天就是开荒种地，自给自足，完全不把我们放在眼里，你可以好好地去查查他们。"

其子有些哭笑不得，他拿开了女陪护放在自己大腿内测的手，对馒头说："你听好了，我既然来找你，肯定是关系到一起重大的案件，我不能跟你泄密，告诉你这是什么案件，但是你觉得几个不下山的人会跑到城里作案吗？你给我把心从小脑袋那收回来，用上面的大脑袋好好想想！"此时，被晾在一边的另外几个姑娘手拉着手，附和着屏幕上的歌词和曲子，为他们唱起了歌："……心鼓咚咚不停歇，应和着战鼓声声响，你心在迎接明天的生命曙光！……"馒头把头凑到其子的耳旁，又用一只手遮住嘴巴，说出了一个他近几天来一直在盯梢的最大的嫌犯。

从"赵家腊肉"娱乐城出来后，两人来到了一条小路，这里没有路灯，也没有车流。馒头拉着其子蹲在一条岔路口，告诉他："我们就在这里等，他肯定会从这里经过。我就不告诉你他这么晚都去干嘛了。我把车拦下后，就说你是中央巡视组的，他是这儿的副县长，知道我的保密身份，肯定不会有怀疑。你到时候好好盘问他就行了。"

果然，没有一袋烟的功夫，馒头口中的那个人就像跟他约好了似地出现在这条黢黑无声的小道上，看见馒头站在路中央，他把车停了下来，摇下车窗，探出头问："干啥呢？"馒头不紧不慢地走到司机旁："你先把车熄火，没什么大不了的事，这是中央巡视组的其子同志，他要问你几个问题。"

其子走了过去，这才发现对方是个歪脖子。"我歪着脖子开车不算犯法吧？"他说。其子没有说话，看了他一会儿，然后问："新红宝书第六十四页主要讲什么？"

"对党忠诚，必须一心一意、一以贯之，必须表里如一、知行合一，任何时候任何情况下都不改其心、不移其志、不毁其节。"歪脖子脱口而出，没有任何的思考和犹疑，显然已经背得滚瓜烂熟。

"很好，那你为什么白天在县委办公室里总是敷衍了事，以躺平的心态处理公务，到了晚上却精神抖擞，花天酒地，并同李柏光和王藏的同党暗中交往呢？你不知道他们是反革命分子吗？还有，有人举报你前两天去了首都，去时提着一个箱子，回来却两手空空。你为什么要去首都？箱子里都有什么？"其子这样问时，紧盯住对方的眼睛，借着汽车大灯的余光，他并没有看出一丝慌乱，倒是发现了一点狡黠。歪脖子没有说话，也看着其子，就这样僵持了一会儿，他缓缓地摇上车窗，明目张胆地开走了。

第二天一早，其子便返回了单位，这是昨天夜里他把歪脖子的情况报告给头儿后得到的命令。"他是我们在埗县组织里的线人，不会有问题，只是与你接头的那个馒头有些私人恩怨。"头儿让他坐到离自己较远的一个凳子上，又说："关键是你，上面已经有了最新的指示，这几天就委屈你一下，在指定的时间和指定的地点把一些指定的问题梳理一下，作个说明，比如，你是不是经常在内心骂领导和同事脏话；还有，你在埂县的包厢里为什么要听那首叫什么'你可听到人民的怒吼'的歌曲；还有，最主要的，最近接连几个案子，你都在磨洋工，看起来是马不停蹄，忙忙碌碌，实际上却故意拖延，混淆视听，比如，你在广场上抓住的那两个嫌犯，根本都是无辜的，但既然抓了，我们现在还得浪费人力物力来搜罗其他罪名，好让他们接着被关下去。我非常不愿意知道你也是非暴力不合作的一份子，但只有你自己才能把事情说个清楚。"

其子本来想跟头儿汇报自己这几天对案情的各种分析和种种思路，但现在大脑忽然一片苍白，过了好半天，他才想起了不久前审问的一个女嫌犯在回答为什么要在马路上高举双手作出呐喊状却不发一声时所坦白的："当统治者把一切都视作自己的私产，并把维持统治当作自己的核心任务时，你是无法与他和他的统治机器讲理的，试图去说服更是毫无意义。面对着强大的专政机器，面对着电棍、盾牌、枪弹和坦克，我们只有幽默和沉默可以对付他们，而这种大音希声的反抗更加强大有力，它们将独裁者的权力消解于无形。"想到这里，其子很担心自己现在的沉默会被头儿当作是无声的反抗，便赶忙结结巴巴地说："好的，好的！那，那我能不能先给爱人打个电话？结婚这么多天了，我，我，我还没有跟她度过完整的一夜，我想跟她……"

"不用了，她昨天就得到了通知，而且我已经帮你把她安顿好了。在你认识情儿之前，我就已经比较深入地了解她了，她不会再与你度过任何一个夜晚；不过，你也放心，婚姻关系还是可以保留的。"头儿意味深长地回道。

三、寻找魔鬼的孩子

　　大海里真有妖怪吗？这些妖怪真会吃人吗？这是我在大迁移途中一直试图解开的谜题。我们的族长说，如果不从海边搬进山谷里，我们这个部落就会有灭顶之灾。

　　这是启程之后的第三天，盯着从海边升起的太阳，我想这可能会是我最后一次看见海边的日出，进入山谷之后，日出的景象会是怎样呢？由于昨天下了一场暴雨，道路变得异常泥泞，晚秋的清晨也比昨日更加阴冷，整个部落的队伍前不见首，后不见尾，拥挤着缓慢地往前挪动。虽然还看不见山脉，但我知道，它们肯定就在遥远的前方。这时老师走了过来，检查我的作业。在路上，我们学生的作业就是背诵族长的指示和语录，这多少让我们这些孩子感到有些开心，因为我们暂时不用去操心那些繁琐的公私转换公式和部落大事记的具体日期。"老师，今天背诵的族长指示里说，我们要警惕一切来自海里的东西，这是不是说，我们以后再也不能吃任何海鲜了？"我在一字不落地背诵完语录后，问老师。

　　"你们现在的任务就是牢记族长的思想，不要去作任何的联想或者引伸，好吗？"老师明显不想认真地回答我的问题，他甚至没有等我再次提问，就拖着泥腿考核其他学生去了。我看了一眼身旁的爷爷，他似乎正在闭目养神，但双腿却随着队伍往前迈进。我拉了一下他的手，他睁开眼睛，看着我。"爷爷，你每天都下海打渔，你有没有见过妖怪？它们真的吃人吗？"

　　"爷爷当然见过，它有时会从水里冒出头，但从来不上沙滩。"爷爷说完，又闭上了眼睛。

　　爷爷的话让我一下子记起了八岁时的一次经历。那时我对同座脖子上的珍珠项链着了迷，心想自己也有一串就好了。一天凌晨，太阳还没有从海的那一边露出脸来，天边只有启明星在闪烁，我偷偷地溜到海边，希望能捡到一些海蚌，它们的肚子里就有又大又圆的珍珠，据说它们只有在凌晨才会张开贝壳，汲取朝露和晨曦。不大一会儿，我就捡到了几只，这时我发现村庄的方向有一盏灯亮了起来，并且正向海边移动。我想，是不是爷爷发现我不见了，便举着灯笼过来找我呢。我站在原地不动，等着他走过来。忽然，灯光剧烈闪烁起来，接着传来几只海鸥急促高亢的叫声，好像它们正在与什么东西搏斗，我正感到纳闷，亮光稳住了，并继续向海边移动过来，我下意识地躲到了两块礁石之间，透过缝隙，我终于认出来那不是爷爷，而是一个从未见过的怪兽。它的脑袋很小，却带着光环，我原先以为的灯笼就是它的亮光。同脑袋相比，怪兽的屁股却有三个那么大，两只眼睛通红，也许是在光环的映照下才呈现出吓人的红色？更可怕的是他的手臂，我默默地数了一下，实在数不过来他的两只胳膊上到底长了多少张手，有的长，有的短，有的高，有的低。离着我还有很远，其中的几只就已经伸了过来，抓起沙滩上的螃蟹和扇贝，送到嘴里。我紧张得心都要蹦出来了，害怕它一旦发现了我，会不会也把我吃了。很快，它便来到了沙滩，环顾四周，然后向海的那一边伸出了两只手，我这才发现它还长着一条长长的尾巴，只是它夹在腹沟里，要不是在它的背后，真的很难发现。不一会儿，他的双手捧着收了回来，里面好像有什么东西在闪闪发亮。他再次环顾四周，我吓得大气不敢出，再也不敢偷窥，只顾蹲在礁石缝里，竖起耳朵，听着动静。也不知过了多久，朝阳露出了笑脸，我这才悄悄弓起腰，从缝隙里向外观瞧，沙滩上空空如也，连海蚌也不见了踪影。我赶紧走出来，飞奔着跑回了家。自此以后，每当老师和大人们说，妖怪只活在海里，我们岸上没有怪物时，我都知道，他们在撒谎，因为我亲眼在沙滩上见过一个，而且它是从村子里走出来的。我还明白了一个道理，对于大人们的话，如果你不知道他们所知道的，或者没有他们知道的多，那你就会被他们欺骗。

　　第十四天时，我们终于看见了高山的轮廓，我高兴地拉着爷爷的手，叫道："快看，爷爷，前面有山了。我们就要到了。我记得前天背诵的族长指示里说，进了山脉，我们只要再走八八六十四天，就能到达他选定的山谷了！"。爷爷眯起眼睛，只是嘟哝着："八八六十四天？你祖爷爷那一辈花了九九八十一天才走出大山，再回去，哪有那么快的！"我听他的话有些不对，便用同他一样细小的声音问："爷爷，你是说我们部落本来就是来自深山，现在只是回去？那我们当初为什么要出来，定居在海边呢？是这里有更多好吃的？还是好玩的？"爷爷惊慌地看了看四周，使劲捏了捏我的手，再也没有回答。我看见周围的人根本没有听我们说话，他们也看见了山的轮廓，个个激动万分，有的匍匐在地痛哭流涕，有的举起拳头高呼着族长万岁。

　　这是我第二次私下里听说我们部落本来是从深山老林里迁徙到海边的传言。第一次是从班上的死党嘴里，那时刚入初中，有一天在放学回家的路上，他把我拉到一颗树后，悄悄地告诉我，昨天吃晚饭时他抱怨饭菜难吃，外婆用长勺敲了一下他的脑袋，说要不是祖爷爷那一辈冒险搬到这里，你早就饿死了；现在有这么多海鲜美味，你却挑三拣四、这也不香那也不辣的。要是哪一天族长又改变了主意，你就只能去山上挖野菜吃了。在我们动身搬迁的前一晚，这个死党跳了海，爷爷的话让我想起了他，也让我怀疑，他的死很可能是他外婆的那次敲击在他的心里留下了恐惧的阴影。

又走了几天，我们来到了山脉的脚下，但我们不能从大路直接进山，必须穿过旁边的一片沼泽绕道而行，因为山脚下住着另外一个部落，族长下令，我们不能与他们有任何的接触。在我们扶老携幼艰难地跋涉时，异族部落里的男女老少赶了过来，站在大路上观看，他们指指点点，说着我们听不懂的话。我们走出沼泽已是第二天的深夜，所有人都疲惫不堪，饥渴难耐。我觉得这是一个绝好的时机，也是最后一次机会，我不能肯定在进山之后还能不能遇到其他的部落。到了丑时，所有人都已经喝完了稀粥，渐渐地深沉睡去，爷爷也躺在地上，发出了轻微的鼾声。我在上路之前，根据人们的传言，画了一幅海怪的草图，现在我把它小心地塞到胸口的衣服里，缓慢地爬向河边。河的另一边就是异族部落，我想去问问，他们远离海边住在这里是不是也像我们一样是为了躲避图上的妖怪，或者他们有没有见过海里的任何鬼怪。既然没有一个族人告诉我答案，那剩下的办法就是去向外人求证。我一边不声不响地匍匐着爬行，一边留意着巡逻队的动向，他们靠近时，我就趴着不动，假装入睡，这耗去了我不少时间。大约在寅时，我终于爬到了营地的外围，只要滚入河流，就可以泅渡到对岸了。我知道这是一次冒险，在迁徙途中，有很多族人因为叛逃丧失了性命，连他们的家人也受到了牵累。我这次虽然只是想证实一个信息，但后果是一样的可怕，所以必须万分地小心。我保持着入睡的姿势，等待了大约有十分钟，确认周围所有人都在发出睡梦中的呼吸声，巡逻队也正位于营地的另一边，便紧贴着地面，缓慢地爬向河岸。就在我的右手触及到河边的一颗小树时，我感到有人用力地抓住了我的左脚，我愣住了，心狂跳起来，缓缓地扭头一看，一位刚才还在熟睡的壮硕男人坐了起来，手腕仍然死死地抓着我的脚踝，接着他突然发力，把我拽了回去。

同其他一些所谓的叛逃者绑在一起之后，我才明白，那些睡在营地外围的族人都是卫队的便衣。按照部落的规矩，在太阳出来之前，我们被迅速地宣判为犯了叛国罪。我这时才意识到我们这个部落原来也是一个国家，自从出生以来我一直接受的教育是，我们听从族长的指挥，爹亲娘亲不如族长亲，部落就是族长，族长就是部落。宣判之后，他们给我套上了一个铁打的头盔，让我什么也看不见，什么也听不着，被拉着走时，感到头重脚轻，因为山路不平，经常差点摔倒，牵拉者这时就会使劲地带住绳子，没走多远，我的两个手腕便被勒得血肉模糊。更让我恐惧的，是不知何时会到来的处决。十几天前他们就处决过一批，那几个犯人被饿了三天三夜，然后被丢给了一直尾随着我们的一群野狗。我猜，我们这一批很可能也将在眼冒金星的时候被丢给山上的老虎。

也不知道过了多少天，整个队伍停了下来。当我头上的铁盔被取下后，我觉得最后的时刻来到了。忍受着刺眼的阳光，我尽力想多看一眼山川河流，还有这些可怜的族人。过了很久，骑着马的卫兵从队伍的中间走到了前面，高喊着族长的指示，原来我们所有男女老少都要上山采摘野果和收集木柴。我们这些犯人被分散到不同的小组，用仍然捆绑着的双手帮忙劳动。爬到高高的树上，我能看见山脚下族长那宽大的红色帐篷和紧紧围绕着的卫兵，课本里说，当年为了建立我们的家园，族长扛着一块巨石，面不改色地走了十里，没有换肩，没有停歇，而现在，他已不屑与我们一起劳作，在这几十个日夜的奔波中，我们甚至不能一睹他的尊荣。我又想到自己的命运，也许明天，也许就在这次采摘之后，也许只要有任何一只猛兽出现，我们就会被处死，或者成为祭品。我不怕死，但我一定要在死前打听明白，海里到底有没有吃人的妖怪，害得我们如此长途跋涉、退避三舍。我忽然有了逃跑的冲动，心也一下子随着这个念头猛烈跳动起来。我观察了一下各个小组的位置和山形，心很快又凉了。我们这些混杂着犯人的小组被围在中间，而且靠近山脚，根本无法跑上山头，消失在山的另一边。忽然，我听见人群骚动起来，抬眼一看，不知从哪里跑出来数不清的猴子，见人就咬，他们的嘶嘶声和人群的哭喊声混杂在一起，让所有人都感到更加地恐慌。我们以前一直生活在海边，习惯了与海鸥和海燕的和平共处，从来没有经历过这种野兽的攻击，也没有听过如此瘆人的怪叫。所有人都连滚带爬地冲向路边，装着果实的篮子和结扎成捆的木柴散落一地。我蹲在树上没有动，也许这是我逃跑的唯一机会。等所有人都被猴子追着跑向山脚时，我爬下树，开始往山头跑，时值深秋，大多数灌木都像中老年的男人掉光了头发，我只能尽力压低身子，荆条撕碎了本就破烂不堪的衣裤，刺藤划伤了脸颊和双手，但我不能停下，必须奋力地攀登，咬紧牙关用尽最后一点力气爬行，但终于还是体力不支，倒在了地上。

也不知过了多久，如果没有被打搅，我觉得我会一直睡下去。睁开眼，我发现自己被成群的猴子围在了中间。其中最为高大的一个可能是猴王，他正面无表情地凝视着我。我举起手，给他看腕上的绳索，想让他明白我对他们并没有任何威胁。猴王偏过头，看了一眼右边的手下，其中一只走了过来，手嘴并用，帮我解开了绳索。我活动了一下双手，指了指空地上堆积起来的各种水果，我猜这都是他们从我们那儿抢来的，就连篮筐也一起带了上来。猴王没有动，也没有出声，就那样坐着，一眼不眨地看着我。我心里有些发毛，但肚子实在饿得有些难受，便不管不顾地抓了一大把果子，准备塞进嘴里。刚送到口，忽然听到一声尖叫，接着，一只毛绒绒的手把我嘴边的水果抢了过去。我抬头一看，是猴王身边的一个手下，他正把抢去的果子放在猴王的手上。我大概明白了，敢情这些野猴也像我们的部落一样尊卑有序，如果猴王没有动嘴，谁也不准喝一口水。

当天晚上，我同猴子们一起睡在山顶的树上。我在想，我必须很快学会他们的语言，这样才能同他们沟通，询问他们是否听说过海里有妖怪的事。这些家伙走南闯北，跑遍了各个山头，应当消息灵通。如果海里出了吃人的鬼怪，他们一定有所耳闻；或者他们至少可以把我带到知情人那里。整夜我都在迷糊之中想着这件事，直到第二天黎明被一阵紧似一阵的狗吠声叫醒。所有的猴子也都开始低声嘶叫起来，很快，山顶上便站满了我的族人，我认出他们是族长的卫队，个个荷枪实弹，瞄向树上的猴群。

"请不要害怕，这是我们族长的贴身家犬，他虽然看起来很凶，但不会咬你们，他是我们今天的翻译。"我正在想卫队长是在同我说话，还是在同听不懂的猴子们说话，就听见那只牧羊犬高亢的吠叫忽然变成了低沉的吱吱声，那些猴子也一下子安静下来。我猜这只狗肯定翻译得不错，猴子们也都听懂了。

"我们今天来，不想伤害任何一只猴子，尽管你们昨天不仁不义，但我们族长决定原谅你们。前提是，你们必须把树上的那个叛徒给我扔下来，因为他是我们族长的私人财产。如果不交，我们伟大的族长将会以国家的名义对你们这些泼猴发动一场正义的战争。"

我看见猴王跳下树枝，站在了队长面前，唧唧吱吱直叫，狗狗翻译说："汪汪！私人财产？在我们的部落，虽然我拥有无上的权威，但没有哪知猴子是我猴王的私产。他们每一只都是独立的，自由的。难道你们人类还不如我们这些没有开化的猴子？"

"这同开化与否没有任何关系。不要说这个犯人，就连我们整个部落都是族长的财产，他拥有对一切事物和人员的无上处置权！"

"既然如此，你刚才为什么又说要发动一场国家的战争？既然一切都是你们族长的私产，又哪来的国家？"猴王又问。

"哼，国家就是尚黑，尚黑就是国家。对了，尚黑是我们族长的家姓；国家就是尚黑家的私产，因为没有第二家会成为族长。你们这些泼猴不了解我们的历史，当然不明白，从古至今，哪一朝哪一代不是皇家的私产？只有都是族长的私产，我们所有人才能亲如一家，相亲相爱。"

　　猴王看了看我，又看了看队长，"那你怎么能证明树上的这个人是你们族长的财产？"

　　"很简单，他的大脑打上了烙印，可惜，我无法把他的脑子劈开向你证明，同时又可以把他活着带回去。"

　　"你不用打开，我了解你们的族长。把尾巴夹到腹沟下藏起来，并不是真正的进化，并不比我这个仍然拖着尾巴的猴王伟大；但管理这么一个庞大的部落，倒也别无选择。不管怎么说，回去后，请代我向他问好!"猴王又看向我，问道："你愿意下来，跟着你的族人走吗？"。我刚听完狗狗的转译，他又说："看来你今天也没有其他的选择。我可不想有任何一个兄弟被这家伙的枪子打下树来。回去吧，回去好好地做你们族长的私有财产。"

　　在双手只自由了一夜又被重新绑上后，我被几个卫兵架着胳膊拖下了山。到了山脚下的营地，我发现所有族人的双眼都蒙上了一块红色纱巾，这是为了驱魔吗？我想，倘若果真如此，我们这些犯人暂时还活着，肯定是留着用来当作祭品的。在刚上路时，我曾问过爷爷，我们什么时候才能到达族长选定的山谷呢？爷爷说，当你看见所有飞翔的鸟儿只有吃食的喙却没有鸣叫的嘴时，我们就到了！你是说那些鸟儿只有半张嘴吗？我好奇地问。看来，在抵达之前，我可能连任何一只鸟儿也不会再看见了；更重要的是，我可能永远也不能得知海洋怪兽的真相了。

　　虽然昨晚在山顶的树上没有睡好，但今夜在山下的地上我更是辗转反侧，难以入眠。卫队长在山上对猴王说的话让我有些茅塞顿开，我一下子理解了族长为什么一直大力推行财产公有，因为既然国家即是尚黑，尚黑即是国家，那公有即是私有，是尚黑的私有。至于那个海洋妖怪，我忽然想到哲学老师的话，一个智者不是掌握着别人不了解的真相，就是拥有着他人不理解的推理。既然我无法从任何渠道打听到真相，那剩下的只有理性的逻辑了。我在想有没有一个可能，也许海里没有任何吃人的怪兽，那只是族长想要我们所有人回到山谷的借口，因为恐慌即是顺从。那他为什么要制造这个谎言，劳民伤财、兴师动众，把整个部落都搬迁到我们祖辈曾经放弃过的山谷呢？他们当年好不容易走出大山，让后代成为海鸟的朋友，现在我们为什么又要回到过去，让我们的子孙与野兽为伍呢？还有，虽然海怪可能子虚乌有，但我在儿时确实在海滩上看见过一个从村里走出来的怪物，那它又是什么？我们村里有谁会是魔鬼的变身？难道是族长？他说过，当年为了建立家园，他曾肩扛巨石走了十里依然面不改色，果真如此，那他就有很大的嫌疑，因为我们这些凡身肉胎断难有此神力。我还记得海滩上的那个怪兽拖着一条尾巴，而今天的猴王也好像意有所指，暗示我们的族长把他的尾巴藏在了腹下。我们的统治者原来是个魔鬼，我被自己的推理吓了一跳，但又觉得它合情合理，可以解释他的所有指示和语录。这个骨子里混合了自卑和自大的怪胎，只有回到山林老窝，才能露出真容，肆无忌惮地奴役所有人。

　　第二天一早，我们开始忙碌起来，大部分人上山去采摘果实和挖取野菜，我和四个成人囚犯绑在了一起，去路边的河流打水。我们慢腾腾地挪动着脚步，努力协调着步伐以免摔倒，费了好大的功夫才走完短短的路肩，来到河边。领头的大哥忽然抓取一块石头，使劲地砸着他脚腕上的绳索，断了后，又对着另一块石片来回切割着手上的绳子，同时对我们说："我们马上要进入虎丘了，今天不逃走，明天我们就会被老虎吃进肚子。"说完，他一个猛子跳进了河里，顺着河水向下游飘去。其他三位楞了一会儿，也赶忙如法炮制，见我站着没有动，便催促起来。"再不跑就来不及了！不要以为你是个孩子，他们就会放了你！"他们说。我还是没有动。经过昨晚一夜的思考，我已经没有了逃跑的冲动，而且在这个旅途中，我觉得自己已经长大了。在内心里，我现在把自己当作是一个清醒的旁观者，一个通过推理明白了真相的记录者。当历史进入黑暗时，除了少数几位先知，没有人会意识到他们正处于什么样的年代；而那些先知，总是被宣判为异端，接受别有用心的当权者和无知愚昧的群众的双重审判。我不自诩为先知，但我将留下来继续求索，直到进入虎口的那一刻。

四、高速逆行求生记

　　我在记录这件事时，父亲正开车带着我们八九个孩子，在高速路的快车道上逆着车流急速奔驰。此前，我们险些与十几辆车迎头对撞，并与两辆发生了严重的刮蹭，其中一辆的司机现在生死未卜。我知道，我们今天的结局可能只有一个，那就是车毁人亡；所以我想把整个经过翔实地记录下来，不知道这份记录对后人有何警醒，但至少它会让不明真相的亲友们了解事故的缘由。

　　早晨出发时，本来一切顺利，天空出奇地湛蓝，正值初秋，阳光也是温暖和煦。我们把已在家里存放了很长时间的棺材抬出来，放到面包车的后座上。里面躺着的是太爷爷，今天他要跟我们一起去六十四公里外的先祖神庙，并被永久供奉在那里。表面上，我们今天是去扫墓，实际上，我们想乘机把太祖的肉身移到庙里。五十多年了，祖庙里供奉的一直是太祖的衣冠，他的肉身一直藏在我们家里。父亲说，现在是时候把真人供奉起来了，这样他老人家不但能承受我们的敬仰，也能接受大众的跪拜。

　　在上高速之前，我们有说有笑，非常地和睦温馨。父亲一边开车，一边给我们灌输他的企业管理思想，这是他的老套路了，不管何时何地，他都会滔滔不绝地向我们讲述，他如何从爷爷的手里接过这个家族企业，并用自己的治理手段把它发展壮大，让它成为市场上的龙头老二；接着他又眉飞色舞地专注于自己的伟大设想，向我们吹嘘这个设想不但英明伟大，而且光荣正确。他的意思是，我们一定要把他的思想继承下去，只有继续运用这个思想，我们的席梦思家族企业才能独占鳌头，成为全球老大。

这样说着，他把车开上了高速。一上去，我就觉得有些不对。高速上车流稀疏，但偶尔出现的车辆无不与我们相向而行，有的使劲鸣笛，有的晃动大灯，父亲总是用同样的鸣笛和大灯回应；高速另一边的相反车道上倒是交通繁忙，所有的车都与我们往同一个方向行驶。我赶忙寻找两边的标志，想要确认我们是不是走错了路，可惜什么也没看到。我问跟我一起坐在后面同一排的三姐：我们是不是上错了匝道。三姐向两边看了看，说：好像我们是跟别人不一样。我又小声地问专注开车的父亲："爸爸，我们是不是开错方向了？"

父亲没有回头，大声地回答："这条道我闭着眼都能走。你太祖还在世的时候，我们就这么走。古代去祭奠皇上的先父先祖，我们的祖辈们也这么走，更不要说，我从小都走腻了。怎么会错呢？"

我想了一下，更小声地问："古代是骑马或者步行，想怎么走都可以；现在是高速，我们是不是要转到对面车道上去？"

父亲拍了一下方向盘，再次大声地说："屁话！转到那边车道不是南辕北辙吗？你不开车，就不要在这瞎指挥、瞎啰……"

父亲的话还没有说完，就听"轰"的一声，迎面驶来的一辆轿车一头撞在了中间的隔离带上。我的心一紧，知道他是为了不与我们相撞，才猛地转向选择了那个水泥墩子。"简直是找死！"父亲咕哝了一声。这时，坐在我后面的小妹伸长了脖子，怯怯地问："我们是在逆行吗？"小妹正在上小学五年级，已经学了一些交规，明白交通路线的基本道理，"不然，我们与那一边的车都是同一个方向，为什么我们中间却要用隔离带分开？"

"我们怎么会逆行！是别人开错了！"爸爸有些生气了，平时他的权威或决定一旦受到质疑，他就会火冒三丈。无论是在公司还是在家里，他一旦指明了方向，对他的任何一丝疑问都会被当做是对其权威的挑战，是意图夺权，都必须上升到生存还是死亡的高度来加以严厉批判，将其扼杀在萌芽状态。"作为子女，你不支持爸爸，却来打扰我开车，你是想让我们今天都一起出车祸死在这条路上吗？"

我想起了很久以前听到的一个笑话。一个上了年纪的老大爷正在高速路上开车，忽然接到了老伴的电话，她焦急地说："喂，老头子，你开车要当心啊。我刚才在收音机里听电台说，高速路上有一辆车在逆行，好危险。你可要躲它远远的。"老大爷特生气，对着电话大声回到："跟电台说，不止是一辆，除了我，所有其他的车都在逆行！"

忽然，又是一声巨响，我们都挺直了身子伸着脖子往外看，右边的两辆车撞在一起，冒出了一股浓烟。四弟拿出了手机，对父亲说："爸爸，我手机里的导航说我们要掉头耶。"父亲更生气了："我这不也是导航吗？手机上乱七八糟的东西多了去了，我这是专门给汽车用的导航仪，还是我们自家生产的席梦思牌。你连自己的东西都不相信，还去相信别人的？"

我们太了解席梦思牌导航仪了。几年前，父亲在一次公司会议上宣布，我们要改变公司业务单一的现状，致力于产业多元化。第一个产品就是导航仪，我们的竞争对手之所以一直当老大，就是因为他们不仅生产自己的主打产品，还设计制造其他产品比如导航仪。我们自己不生产，就只能用他家的，那简直是亲者痛、仇者快的事；那样，我们怎么也不能超越他成为天下第一。"实现产业多元化是保证我们立于不败之地的一个战略决策，关系到我们企业的生死存亡。"父亲说，并当场决定让二哥统领这一板块。二哥是我们家里父亲最喜欢的孩子，无论父亲有什么决策或指示，他从来都是无条件地服从并坚决地执行。每次我们对某项政策提出意见，他都会替父亲辩护，所以深得父亲的厚爱。

"这么多车都开错了路，我要不要报警跟警察说一下？"坐在副驾驶的二哥问父亲。

我正琢磨着父亲会怎么回答，忽然感到身子猛地往后一仰，接着又马上向前猛冲，在"砰"的一声中，我感觉肋骨都要被安全带勒断了。过了好大一会儿，我们车上的所有人才逐渐地清醒过来，明白了是怎么回事。车头的右侧，一辆车正在冒烟，引擎盖完全卷了起来，里面的司机正一脸茫然地看着我们。父亲摇下车窗，隔着二哥，愤怒地叫嚷："我说你这个人怎么开的车？这么宽的路，你瞎了眼就专门找我的车撞？"

对方摸了把脸，好像在检查是不是有血，又偏过头看了看几辆减速路过的车子，然后看着父亲，说："我说老哥你是不是开反了？你这是在逆行吧？"

父亲拍了一下方向盘，汽笛响了，猛然的轰鸣把我们都吓了一跳。"你他妈的说的是人话吗？你真是要多可乐就多可乐，要多雪碧就多雪碧。来，你下车过来看看我的导航是不是显示我在逆行！你自己开错了，却来赖我，简直是恶人先告状。就你那破车，也不经撞，我这还有事，就不找你赔我的车了。"说完，父亲关上车窗，离开了现场。开了一段，他又自言自语道："今儿个本来是去冲喜的，结果让这个王八蛋给撞了，真是他妈的晦气！"

　　我忽然想起驾校里的老师说过，如果在路上遇到逆行车辆，那它多半会是在你的左侧，因为那些开错了方向的司机即使嗑药醉酒有些神志不清，但他们还是会下意识地保持靠右行驶，而那往往是快车道。我们现在就是在快车道上。我觉得事态严峻，连忙拿出手机，打开导航，上面果然说我们正在逆行，我把手机交给二哥，让他给父亲看。三姐和四弟也都拿出手机，给二哥看，让他告诉父亲，我们必须掉头，不然我们接下来还会撞车。毫无预兆地，父亲猛地一个急刹，紧接着来了个漂亮的漂移，整个是三百六十度的大转弯，把车头调转了过来，与旁边鸣笛和闪灯的其他车辆保持了同一个方向。但马上他又挂上了倒档，急速地后退。三姐和四弟都吓得大叫："爸爸，你在干什么？"父亲没好气地回答："你们不是要我掉头吗？现在我掉了头，你们还是在那儿叫！我不倒着开，怎么会赶到神庙那儿？神庙就在我们屁股后头的那座山上，我们车头前面是大海。还不明白吗？"说完，他把车停了下来，然后再次掉头重新回到了原先的方向。

　　"我要下车！我不去了！"四弟一边叫嚷，一边使劲跺脚。

　　"今天谁都不能下车！我们一家子必须去神庙把太爷爷供起来。"发完了一通火，父亲忽然换了一种语气，开始温柔地讲起了太爷爷当年的丰功伟绩。"我最佩服你太祖的一点就是，一旦他认定了一个目标，一定会千方百计地去实现，不管采用什么手段，不管耗费多少成本，也不管是什么七大姑八大姨，只要对他的目标形成了妨碍，他一概不留情面。在我十三岁的那一年，公司的合伙人暗地里排挤你太爷爷，想要把他赶下台。你太爷爷去试探董事会，发现整个董事会都已经被合伙人控制和收买了。形势真的很严峻。太祖思考了好长时间，在召开董事会的前一天，他决定走群众路线，那也是他唯一可以依靠的力量了。他走到员工们中间，向他们解释他的目标，那就是员工最终会成为这家公司的股东和主人，每年的利润也应当分发给每一位员工。为了实现这个目标，他号召员工们罢工，要求董事会和管理层做出具体承诺，或者开除合伙人，因为他是侵吞公司利益的主谋，是实现员工当家作主的最大障碍。召开股东大会的那一天，公司总部门前人山人海，所有的工人都停下手中的活儿，聚集在大楼的门口，呼喊口号，阻挡董事会成员进入，等到合伙人出现时，他们揪他的衣领，砸他的轿车，撕了他的文件，那天他的小命差点都丢在那儿了。第二天，他就给董事会写信，正式出让了他的股份。当时，要不是你太爷爷深思熟虑、做事果断，这个公司现在就不会姓尚黑了，你们也不会成为各个分公司的头目。"

"那现在员工们成为公司的主人了吗？"七妹坐在最后一排，伸长了脖子问。

"这就是你们跟我和你太爷爷相比还比较幼稚的地方，干大事不能有妇人之仁。你太爷爷当年得罪了多少亲朋好友？很多都是他开创公司时最好的朋友，为了把公司发展壮大，你太祖不留丝毫情面。"父亲还在滔滔不绝，与七妹坐在一起的四弟打断了他，叫道："太爷爷在棺材里好像发臭了。"

"放屁！那是制作木乃伊用的香料，怎么是臭呢？"父亲怒斥道。

在我们聆听太爷爷发家史的过程中，闪灯、鸣笛和急刹车的刺耳尖叫从未断过。我怀疑父亲是想用太爷爷的故事来转移我们的恐惧或对他的质疑，便对他说："爸爸，你就在前面的出口下高速，我们走小路吧。你看看这么多车都在提醒我们，有的还撞到了一起，真的太危险了。"

父亲忽然暴跳如雷："你没有跟我平等说话的权利！明白吗？你是我儿子，你没有权力也没有能力指挥我。你们都得听我的！不要去听信那些胡扯，说什么你们已经是成人了，可以独立地思考，享有与父母同等的权利了。那都是屁话！没有我，你都来不了这个世界！明白吗？没有我，哪有你们今天的丰衣足食？哪有你们今天在公司的位置？老二，去用布把他们的嘴都给我裹起来，省得他们在后面打扰我开车！"

我觉得，在不同思维层次上的人是根本无法沟通的，这是一种类似于生物界生殖隔离的认知隔离。在父亲的眼中，子女既是家奴可以役使，也是家贼必须提防，我们对他的任何建议或者疑问都会激起他的强烈斗志。兄弟姐妹们都闭了嘴，有的开始蒙上眼打盹，有的打开背包吃起了东西，还有的戴上耳机聆听音乐。我小声地问旁边的三姐："爸爸今天是不是喝酒了，在醉驾吗？"三姐看了看他，说："他是在醉驾，不过不是喝了酒，而是被他自己的伟大思想和席梦思导航仪冲昏了头脑。"

　　从上高速以来，我的心一直在砰砰乱跳，虽然被强令闭上了嘴，但我还是伸着脖子，观察着前方的路况，以便在撞车前做好心理准备。同时，读大学时参加好友爸爸葬礼的伤心一幕又浮现在眼前。好友的爸爸就是被一辆逆行的工程车撞死的，在葬礼上，他的妻子哭天抢地，两个年幼的孩子一遍又一遍地喊着爸爸醒醒，而他们的爸爸四肢不全地躺在棺材里，再也不能陪着孩子们成长。那是我人生中经历过的最为悲伤的时刻，甚至超过了被女友抛弃后在酩酊大醉中痛哭的那一晚。

　　当这种悲伤慢慢浮起、刚要占据头脑时，我看见前方有一辆车急速地向我们冲了过来，在不到几十米处猛地向左急转，我们的车也同时向同一个方向躲避，对方见势又扭转车头向右边急转，父亲就像在模仿他一样也做出了同样的动作，在即将迎头相撞的刹那，来车第三次改变了方向，向左边滑去，这一次父亲也做出了正确的判断，把方向盘扭向了相反的方向。但为时已晚，我们的车头还是狠狠地撞在了对方车头的右侧，把他顶翻之后，又推着它挤到中间隔离带的水泥护栏上，才停了下来。我惊魂未定，赶忙解开安全带，探出身子去看对方的司机，只见那个可怜的大叔倒挂着一动也不动，整个脑袋埋在爆开的安全气囊里，慢慢地，安全气囊的边沿开始变色，一股红色的液体流了出来。我再看向父亲，奇怪的是我们的安全气囊竟然没有弹出，而他正在手忙脚乱地转动方向盘，试图把我们的面包车从对方身上拽出来。我刚想告诉他，对方司机可能死了时，他已经挂上前进档，继续上路了。

"不行，我得报警。刚才那个人肯定死了。"我说，话刚出口，坐在副驾驶的二哥已经转过身子，一把夺下我的手机，吼道："你还有完没完？你为什么总是不尊重爸爸、蔑视他的权威？你到底要怎样？想把警察招来，把我们都抓到号子里关起来吗？让爷爷今天不能供奉到神庙里、就在后备箱发臭烂掉吗？你怎么就不用你那疙瘩脑袋好好想想？"

"你说对了，老五就是没脑子。他老是觉得我们在逆行，要是我们开错了，其他人也会开错吗？你看看后面，有好几辆车也跟我们一起往山里开。"我转过头，果然，有四辆车紧跟着我们，再仔细一看，我叫道："爸爸！那是便衣警车，他们是来抓我们的！"话刚出口，其中的两辆已经亮起了隐藏的警灯，大喇叭也响了起来，向我们喊话，让我们靠边停车。

"别理丫的！一帮白眼狼。逢年过节没少给他们送钱送礼，平时他们都是给我们开道的狗崽子，现在却来找麻烦，真是狗咬吕洞宾，不识好心人。"父亲不时地瞭一眼后视镜，对我们说，"把车里喝完的瓶子都丢给他们，看他们还敢不敢用大喇叭骚扰我们。"二哥打开车窗，把有用没用的东西一股脑儿往外面抛。

"我们这不是在袭警，要罪加一等吗？"我看见四弟的脸都白了，他颤抖着声音似问似答，也不知道是在对谁说话。

"他们是来抢爷爷遗体的。说不定他们就是以前被爷爷斗败了的那个合伙人收买来报复的。"父亲加快了车速，断断续续地回答，"在这个关键时刻，谁也别再说什么，我们必须团结一致、拧成一股绳，才能度过难关，抵达神庙的终点。"

　　我紧张得一会儿伸长脖子看着迎面而来的车流，一会儿扭过头去看后面紧追不舍的警车，知道现在谁也无法阻止父亲的疯狂，心想要是母亲还在的话，他会不会稍微理智一点呢？但我们自出生起就从未见过母亲，从幼儿园一直到中学，我们都饱受同学们的嘲弄和欺辱，他们说我们是无娘的孩子，是没人要的孩子。我还记得每次都哭着反驳说："不对！我有妈妈，我爸爸就是我妈妈。我爸爸说，所有的妈妈都属于爸爸，所以，有爸爸就有了妈妈。"同学们哄堂大笑，讥讽说："那你是吃爸爸的奶长大的咯？"这种刺痛的苏醒反倒减轻了我的紧张，我想，今天要是死在路上，那我必须在死之前向父亲问个明白；要是能活着把爷爷供奉到神庙，我也要问个水落石出，并在神像前为母亲祈祷。于是，我看着父亲问："爸爸，你能告诉我们妈妈到底怎么了？为什么我们谁都没有见过她？以前有同学说，我们家的公司本来是她家的，太爷爷从她家手里夺了过来，然后你在她很小的时候就囚禁了她，只有在需要时，才去占有她。"

　　父亲出其不意地来个了点刹，扭头恶狠狠地瞪了我一眼，但马上又猛踩油门，更加疯狂地加速猛冲。他说："你这同学是邻居家的那小子吧？你不知道我们的邻居都是虎视眈眈、随时要对我们谋财害命的恶魔吗？我以前不是跟你们说过，要离他们远远的吗？你既然是我的儿子，既然坐在这个车里，你就要相信我、听我的：我是我们家、我们公司的主人，我是你们所有人的救世主。"

　　这就是父亲的风格。他自己让自己当爸爸，自己给自己立权威，自己给自己管教我们的权力，自己给自己不受我们监督或批评的权利，自己给自己定下没有同我们任何一个人商量的道路行程，自己把自以为是最好的导航当作指引，现在，又自己把自己封为救世主，还说他所做的一切都是为了我们。我看着他，发现他忽然从一个入口下了高速，我扭头看向车后，警车仍然跟着，而且又多了几辆装备齐整的正式警车，他们都闪着刺眼的光芒，呱呱呱地叫个不停。我倒是很高兴我们一家竟然活了下来，没有在高速上被撞死，虽然我们一路上害死了不止一个无辜的人。

我转回头再次看向父亲，就听他说："你以后再也不许提这个问题！永远也不要再提，否则……"忽然他惊呼了一声，我赶忙抬头，只见眼前出现一个很急的转弯，弯道后是横在马路中央的一根施工木栏，木栏后是大桥尚未开建的深渊，而我们的车已经来不及停住，一头撞了过去。

我们正在深渊里飘落……

五、集体之神露出了真面目

　　同往常一样，集体的使者铜巍带着各种工具，去往民间征收供奉。今天，他要在臣民们中间找到一份敬畏、一颗衷心和一种不问国事只求快乐的心态。集体的躯体已经大致完成，所有的部位包括五脏六腑都已通过臣民们的无私捐献各就各位，现在到了赋予其心智的关键时刻。朝阳和煦，它把温暖无私地分给所有需要的生灵，路边的花儿和草木都挺直了身子，对着它微笑，向她致意。铜巍一边走，一边感慨，我们的集体也将会像太阳一样爱着我们，而我们这些臣民也将如同这些花木拥戴着她。

　　征收敬畏应当是件轻松的差事，他知道需要去哪里寻找，如何轻易地获得。当阳光洒进最高学府的演讲厅时，铜巍也跟着走了进去。同学们正在进行激烈的辩论，这是他们的日常课程，每个早晨的这个时刻，他们都会在这里就某个议题比试各自的嘴皮子。听了一会儿，铜巍觉得他们尽是在瞎扯，既没有开放的信息，也没有批判的精神，纯粹是油嘴滑舌。他顾自走上讲台，从袖子里抽出一块红宝书，高举过顶，转动着身子，向左，向前，向右，以便所有同学和老师都能看个清楚。大厅立刻安静下来，刚才还在吐沫横飞的台上同学猫着腰轻手轻脚地溜回到各自的座位。不大一会儿，几乎所有人都开始从他们的座位上往下嗤溜。铜巍耐心地等待着，他知道同学和老师们的骨头正在软化，这是必然的，在集体的国度，很少有人能在这本红宝书同时也是红色权杖的面前保持着正常的姿势，更不要说依然骨硬身挺，但他期待的不是这个。他保持着手臂的姿势不动，让手上的红色权杖高高地立在空中，在朝阳的映照下闪闪发亮。果然，几乎所有人都马上趴到了地上，又过了一会儿，有些人开始萎缩、变形，转化为形色各异的虫子，有的恭着腰不停地蠕动，有的蜷缩成一团兀自颤抖。铜彘走下讲台，巡视了一圈，然后打开了所有的窗户。很快，在晨光里四处觅食的各色鸟儿纷纷飞了进来，它们顾不得兴奋地鸣叫，在地上蹦来跳去，啄食如此新鲜而又丰富的美食。

就在鸟儿啄食虫子时，铜彘保持着巡视的步伐，偶尔弯下腰，观察着鸟儿们的动向，他从大厅的一边走到另一边，又从前面走到后面。一个时辰后，当阳光开始从敞开的窗户退出屋子时，铜彘也学着之前的师生们那样，趴到了地上，紧贴着冰冷的地面，一点一点地爬动，终于，在最后一排的座椅下，他发现了一个紫黑色的毛毛虫，它还没有被任何一只鸟儿吃掉。没有哪知鸟儿敢下嘴的虫子，正是他所需要的，也是集体所需要的。他拿出一个红色木匣，小心翼翼地把它放了进去，封好盖子，走出了演讲厅。

铜彘的下一个目的地是市场。他把红色权杖放到胯下，骑着它一路畅通无阻，很快就来到了城区最大的露天市场。朝阳虽然渐老，但早市正处高潮。这里有杂货店，有鱼肉摊铺，也有买卖牲口乃至身体部位的私下交易。贩卖婴儿或者买卖躯体在集体的国度是非法的，但总有很多人在黑市里铤而走险。铜彘当然明白其中的缘由。自从几十年前缔造集体的计划开始以来，几乎所有的臣民都参与进来，他们必须无私地奉献躯体的某个部位，因为集体巨大无比，需要无数的四肢血肉有机地融合起来，才能成形为有生命的人体，才能把所有的臣民保护在他的胯下，才能无一遗漏地哺育所有的子民。然而有些自私的孬种为了躲避躯体的奉献或者逃避肢体的征收，竟然寻找穷苦人家去购买他们的部位，有些恶徒甚至把无家可归者哄骗或者绑架回家，用他们来移花接木、偷天换日。

　　如今，在所有的臣民都成了缺胳膊少腿的残疾人之后，集体终于肢体成形，只需赋予其情感和心智，就大功告成了，而这也是最为关键的时刻。铜龛觉得自己的使命至关重要而又无比高尚。但他一到市场，方知有些不妥。作为集体的使者，他曾拜访过无数的家庭，实施了无数的手术，市场里的很多人见了他，不是马上匍匐在地，就是赶紧躲进屋里，这让他无法找到自己想要找的人。尤其是猪肉摊前的那个无臂少女，见了他，立马忸怩起来，脸色泛红，不知是羞涩还是愤怒。铜龛看着她，想了半天，才记起来，这是他曾经要取其右腿、结果却带走了其双臂的那位农家少女。那一天，他按照计划，来到农家，喂她吃下了紫色宣人专。按照流程，他开始仔细地清洗擦拭她的身子，因为奉献的是右腿，他特别耐心地从脚趾一直揉捏按摩到大腿根部。少女的体香和肌肤的光泽与弹性渐渐地让铜龛的身体起了反应。此前，他也曾遇到过这种挑战，作为集体的使者，他当然可以为所欲为，但为了保持贡品的纯洁，他至多只是享受一下手嘴之快和想象的高潮，但今天，在仔细把玩和亲吻之后，他实在难以抑制肉体的冲动，还是脱去衣物，与奉献者融合为一体。等到一切都风平浪静，他觉得这条大腿已经不适合供奉给集体了，于是，他取下少女的双臂作为替代。临走前，他特意为这户人家留下了两袋宣人专当作犒赏和补偿。

　　现在，面对着曾经让自己乱了心智的美丽少女，铜龁也有些不知所措。他转过身，走进一家面具铺，为自己做了一番乔装打扮，又来到化妆品专柜，涂脂抹粉把自己完全变成了另外一个人。刚走出商铺，他便听到了一片喧哗。顺着吵闹的声音，他来到了一家日用品小摊前，地上摆放的都是一些价钱低廉的二手货。两个不但缺少一条胳膊还都没了牙齿的男人正在那里你推我搡，咿咿呀呀的叫喊声让人不明所以，活像两只大猩猩为了争夺领地在殊死搏斗。铜龁站在密密麻麻的人群外，听了半天，还是一头雾水，后来听身旁的另外一个看客询问他人，才明白了大概。原来，那两个男人是为了抢夺一袋牙膏，这支牙膏因为已经用了一半，要比其他几支便宜几毛。铜龁看得明白，大多数围观者对牙膏不感兴趣，他们都张大着嘴，兴奋地欣赏着两只大猩猩的舞蹈和搏斗，这可能是一天里最轻松愉悦的时刻了。

　　铜龁没有理睬斗兽场里的两个选手，他顺着里三层外三层的人群，来回地观察，他要寻找一个嘴张得最大、眼神最投入和神情最丰富的看客。要想更好地哺育子民，集体的神经联接里不能缺少这样的心智。半个时辰后，他挤进人群，拿出小盒子里的蜜蜂，把它放了出去。果然，它飞了一圈，落在了他看好的一个中年男人的头上。这一招屡试不爽，只有嘴上乐开了花、心里甜似蜜的看客才能吸引自己的这只蜜蜂紧盯着不放。就在目标嘴巴张到最大，并哈哈哈地笑出声时，铜龁插在口袋里的手指按下了按钮，那个全智能小蜜蜂把屁股往下一沉，尾刺精准地插入了男人的脑髓。

　　把会飞的机器小玩意儿收回了盒子，铜龁离开市场，再次骑上权杖，去往一家幼儿园。培养忠心，必须从娃娃抓起，这是集体代言人也就是皇上的谆谆教诲；铜垚自然要去小朋友那儿寻找最红的爱、最衷的心。

"小朋友们，你们家里有没有人到现在还没有向集体做出奉献的？"没有一个人举手，这在他预料之中。根据皇上的大数据，所有的子民都已经或多或少地贡献了自己的躯体。

"那你们觉得，家里人还有没有集体值得拥有的东西呢？"这时有一半的孩子举起了手，铜垚指向前排把手举得最高的男孩，他站了起来，向使者敬礼，响亮地回答："我爸爸妈妈的眼睛特别明亮，也特别犀利。我每次想要做什么，他们马上就能看出来！我觉得集体需要这样的眼睛。"

"很好！"铜垚点了点头，"据我所知，你父母已经供奉过一次眼睛了。你爸爸供奉的是左眼，你妈妈供奉的是右眼。如果再把剩下的两只献出来，他们就完全成了瞎子，需要你来赡养。你愿意吗？"

"我愿意！集体会照顾好我们的！"

铜垚非常满意，他拉住孩子的右手，往外走："革鲁普就需要像你这样忠心耿耿的子民。走，我带你去见他。这将是一个莫大的荣耀！"他无法像对待那个看客一样来取走这个孩子的衷心，他必须要当着集体的面亲自奉献，才能获得最好的效果。

完成了这一单，今天的任务总算大功告成。铜垚刚想骑上权杖，赶回皇宫，耳朵里忽然传来一阵刺拉之声，正如半睡半醒之间梦魇麻木自己时耳朵里会出现的声音。他赶紧调整好身子的方向，声音清晰起来，原来是皇上向他下发了一道紧急指令：大数据探测出，市区里竟然隐藏着一个异端，他的内心充满了对集体的不敬和对其代言人的不满，使者必须立即找到他并带回皇宫，让他成为集体心智的一部分。铜龛站在那儿，没有动，他感到有些不解。集体怎么可以把反贼的异端思维吸收进自己的心智里呢？那不是鼓励更多的臣民生发不敬的思想吗？他用红宝书挠了一下脑袋，猜想集体或许是用这个异端作为疫苗，来防范更多的异端？不管怎样，他现在无需知道集体或皇上的心思，只管去执行命令就行了。

根据大数据提供的方位，铜龛来到了市区的一处贫民窟。贫民竟然也有思想，而且还是异端的思想，真是新鲜。他一边想，一边用权杖敲响了房门。

"我知道你们迟早会来的。"一个用滑轮当作双腿的中年汉子打开了门，他看了一眼红宝书，对来人说。铜龛没有说话，他松开男孩的手，从胸口的一个小盒子里取出了几种不同的黑色飞虫，把它们放在掌心。这些虫子依次展开翅膀，飞了起来。它们绕着目标飞了几圈后，却一起改变方向，飞到了另外一个房间。铜龛赶紧跟了过去。这是个书房，四面排满了书籍，紧靠房门的一排书架上站着一只五彩缤纷的鸟儿。黑色飞虫绕着它飞了几圈后，纷纷落在它的脚下，不动了，那情景就像是几个学生乖乖地坐在老师面前，专心听讲，而那只鸟儿此时忽然唱起了歌。铜龛听了，却觉得它如同唐僧的紧箍咒，自己的脑袋膨胀开来，一阵剧痛。但很快，大脑开始变得异常清晰，他觉得自己甚至能穿透墙壁看清遥远皇宫里的一切。他脸色大变，一下子明白过来，赶紧退了出去，锁上房门，结结巴巴地看着房屋的主人：

"你。。。你。。。你有揭皇鸟？"

"对，它就是绝迹了几千年的揭皇鸟。使者大人不愧是见多识广，居然能叫出她的名字。"

铜巍再次环顾四周，并没有发现这屋子里还有其他什么异常之处，便点了点头："我知道你为什么是个异端了。"

"嗯，我也知道自己是怎么看清了真相的。"中年汉子盯着铜巍的眼睛，笑着回答，"使者大人请坐，容我给你从头讲来。"

一年前，我把双腿供奉给了集体。第二天，我感到巨痛难忍，便坐着滑板，用双手划着地面，用了八天九夜的时间，来到了郊外的山上，想要找些草药来缓解疼痛，消炎解毒……

"给你做截肢手术的是卡姆瑞德吧？"铜巍打断了讲述，似问似答："我听说，他在做取体手术前，从来不给臣民服用足够的宣人专，导致臣民们总是无比地疼痛。"

正是他。我们都知道他用那些克扣的宣人专干什么去了。到了山上，我才发现，地势平缓之处的药草早就被人采光了，只有陡坡或悬崖上还有一些可以摘取。我小心地移到悬崖前，用一根木棍去够药草，尝试了很多次，都不能把药草拨弄过来。我只好冒险再往前走近一些，但滑轮碰到了一块松动的石子，我顿时失去了平衡，摔了下去。也不知过了多久，等我醒过来时，发现自己是在一个洞窟里。我花了好长时间才慢慢适应了里面的黑暗，摸索着往前爬，希望能摸到出口。爬呀爬呀，还是见不到一丝光线，倒是摸到了一块立着的方形石块，上面凹凸不平。我仔细地抚摸辨认，终于明白这是一块墓碑，主人是一个叫"杨朱"的人。墓碑的背面记载着一些离奇的故事，其中一段说，之所以选择此地埋葬主人，是因为它的底下埋藏着一种叫揭皇鸟的鸟蛋，墓葬的一个甬道通向这些鸟蛋，以便亡者可以取用，并与神鸟交谈。我按照墓碑上的描述，在黑暗中摸索着找到了那条甬道，匍匐着爬行，也不知爬了多久，来到了一处更加逼仄的墓室，中间是一个土堆，我趴在地上，围着它摸了一圈，找到有些松动的地方，扣了起来。不大一会儿，我就摸到了一个圆形的石头，再接着往里扣，又摸到了几个。我捡了一个较为完整光滑的，塞到了怀里，然后顺着来路，倒着往回爬。刚爬到一半，头顶就开始往下掉土，我赶紧双臂使力，加快了速度，但更多的土块掉了下来，把我压在甬道里动弹不得。就在我想着乘机休息一下再发力后退时，只听轰的一声，甬道一下子完全坍塌了。我只感到身子一下子悬空，整个人急速地往下坠落。

也不知道过去了几天，我终于苏醒过来，发现自己正泡在水里，随着河流缓缓地漂浮。看来我并没有死，之前的甬道坍塌可能让我掉进了一条暗河。最终我还是上了岸，又辗转回到了家中。我掏出口袋里的那块圆石，它的表皮已经被河水浸泡得有些松软，我仔细地端详，认出这是一枚鸟蛋化石。白天我把它摆放在向南的窗户边，让它接受阳光的照晒；夜晚，我把它放到被子里，捂在胸口。过了一段，我听到蛋里有些动静，便更加小心地保持温度和湿度。六十四天之后，一只色彩斑斓的小鸟孵化出来；一出生，便会唱初听难受之极、听后心旷神怡的歌曲。在她的歌声中，第一天，我的眼睛可以穿墙破屋，看到遥远的皇宫，我的思绪可以飞跃皇宫的上空，俯视他的轮廓；第二天，我的眼睛可以看清皇宫里所有的房间，我的思绪可以理清里面所有人物的关系；第三天，我的眼睛看见地下埋藏着一个巨大的锅炉，我的思绪认出里面即将熬成的脂膏正是子民们的躯体。我巡视整个皇宫，梳理了所有的逻辑，并没有找到我们奉献了自己却始终未见其身影的集体。

"要想涵盖如此广袤之地，要想照顾到天下所有的子民，集体必须大象无形、大音希声。它不是我们凡人的眼睛能看见的。"铜龛用手擦了擦板凳上的灰尘，坐了下来，再次松开了拉着孩童的手。

"他确实无影无形，就像皇帝的新装，用无数色彩斑斓的丝线做成，却谁也看不见，只配成为皇帝招摇过市的幌子。"中年汉子也在对面坐了下来，"在揭皇鸟歌声的启迪下，我明白了，集体并不是我们的哲学或理念，它只是当权者摄取私利的说教；我们也并没有共享的集体，所有的一切都是皇家的私产。"

铜龛没有回应，只是微笑着看着这个异端。

"集体就是集权，集权就会异化。我不相信，集体会来保护我们这些子民，会来哺育我们这些子民。一个异化了其臣民、牺牲了其民众的集体是不会善待其供奉者的，只会变本加厉地讹诈和索取。如果集体真像你所说的那样会照顾我们、哺育我们，那就请他先把从我们这儿拿走的肢体和心脑还给我们。"

"你说的对。"铜龛仍然在环顾四周，漫不经心地回应。

"当权者说我们是一切社会关系的总和，所以我们必须有集体，必须以他的利益为最高利益，但我们并不是社会关系的总和，而是一切社会关系的加减乘除平方求根正弦和余弦，所以集体只会把我们异化，让臣民们在权力面前匍匐在地，让贫民百姓为了一点私利而互相伤害，让我们的孩子可以为了皇上而出卖父母，现在又要来剿灭任何一丝与当权者的说教不同的思考。"正在这时，揭皇鸟的歌声猛地提高了八度，穿透了墙壁和房门，在堂屋缭绕回荡。小男孩挣脱了铜龛的手，开始跳起舞来，铜龛胸口里装着青虫的盒子也跳动起来，同飞出来的蜜蜂一起蹦到了地上，乘着男孩打开门，一起跑进了里屋。铜龛和汉子赶忙跟了过去。

揭皇鸟不知何时飞落下来，站在书房的地上旁若无人地尽情歌唱，它的声音越来越嘹亮，小男孩也跟着歌声转得越来越快。突然，歌声戛然而止，男孩昏倒在地上；青虫却已经爬到了小鸟的嘴边，毫不犹豫地钻了进去；而蜜蜂却兀自在房间里无头地乱撞，并一头扎进了一本书里，没有了踪影。

"不用担心，青虫很快就会变成一枚鸟蛋，并将孵化出一个可爱的婴儿；而小男孩也将苏醒，并找到回家的路。"汉子抱着双臂，对铜龛说。

铜龛没有看他，只是在一本本地翻看书架上的书，试图找到他的蜜蜂。"我一点也不担心，该担心的是你！你刚才说了那么多，有什么意义呢？又有谁在乎呢？你知道皇宫的地下就是古墓吗？那里，皇上养着一只跟它一模一样的鸟儿。"

六、原来我们一直活在梦中

　　太阳就要落山了，梯田上的活儿还没有干完，长工胡徒擦了一把汗，不再理会山顶上那只高音喇叭的聒噪，弯下腰更加卖力地忙活起来。老东家今天派的活儿比往常多，胡徒用鹰嘴锄快速地刨坑，然后把黄豆种子一粒粒放进去，再用十齿耙把土填平。这些农具都是老东家从夷人那儿花高价买来的，用起来非常得心应手；种子也是夷人搞出来的什么基因改良货，听说产量高，耐干旱，虫害少。这些都很好，但高音喇叭每天总是教育长工们，夷人是死敌，是我们所有不幸的根源。胡徒直起腰来，吐了一口吐沫，又看了一眼黄色的太阳和黑色的群山，再次加快了手脚。

　　吃完晚饭，胡徒掸去身上的灰土，刚刚躺下准备睡觉，少东家忽然出现在了床前。他递过来一把在夜色中闪着白光的刀子，说："在午夜的钟声敲响之前，你去把那个小子给杀了！"胡徒一下子坐了起来，哆嗦着嘴唇不知道该怎么应答，但还是接过了刀子。"你的手在抖，这样拿刀子怎么去捅人呢？"少东家抓住胡徒的手腕使劲捏了一下，又说："你要记住，我们家有你们这些朋友，也有夷人那样的敌人。你一定要分清什么是爱什么是恨，什么是好什么是坏。"胡徒知道，这些都是老东家的意思，每次他都是通过儿子对长工们发号施令。他看了一眼窗外，残月已经爬上枝头，还有一个多时辰就要到子时了，胡徒有些焦急，要完成东家的任务，自己现在就要动身，他赶忙跳下床，想要找一块黑色的毛巾或衣物当作面罩，但翻遍了地上的破衣烂衫，也找不到合适的布料。就在这时，窗外传来好友疑蛰的声音："我去地里看看，刚撒的种子不要被小动物们刨了，你要去吗？"胡徒看向窗外，果然是疑哲在跟自己说话，他一屁股坐了起来，原来刚才是在做梦。平常干活，自己也杀死了不少小生命，但用刀子捅人却是另一回事，他很庆幸那不是真的。他对着窗子回道："我睡了，你去吧。"

再次躺下没有多久，少东家一把推开房门，又走了进来，大声叫道："你怎么还没走？快拿上刀子赶紧去！你要是不能在午夜前把那小子杀了，我们谁都没好日子过，你的主人更不会饶你！"胡徒别无选择，只好握紧了刀子，顾不得找一块黑布充当面罩，匆匆忙忙地走出了屋子。

夷人那小子住在山脚下太平河的另一边，胡徒没费多大周折便找到了他的住处。他蹑手蹑脚地靠近后窗，用指头沾了一点口水想要在窗纸上破一个小洞以便观察，刚把指头戳到窗子，马上意识到他家用的都是玻璃。他小心翼翼地躲在后面，缓缓地抬头朝里观瞧。夷人正躺在床上，嘴里发出叽里咕噜的声音，看来他正在梦乡里呓语。胡徒听了半天，也没整明白他在说些什么，又竖着耳朵听了一会儿，才意识到夷人从来都是满嘴鸟语，自己当然不会听懂。他又去轻轻地推窗边的后门，显然已经从里面锁上了，他试图用手中的短刀沿着门缝去挑开齿扣，但它纹丝不动，好像用的是一种西洋锁，无法从外面拨开。胡徒再次透过窗子看了一眼房间，然后小心地绕到前门，就在他把刀子插进门缝时，门自己开了，它竟然没有上锁。胡徒的心快速地跳动起来，月亮已经爬上了中天，夜半钟声马上就要敲响了，他握紧匕首，不声不响地进了房间。夷人仍然在说着梦话，胡徒走到床边，对着他的胸膛猛地刺了下去。夷人就像知道他要行刺一样，就在刀子落下来时，恰好翻身从床的中央睡到了里侧，匕首紧挨着他的胳膊刺入了床铺。剧烈的心跳和失手的声响吓得胡徒差点晕厥过去，他哆嗦着站在床前，试图把匕首拔出来，没想到夷人睁开眼，猛地坐了起来。胡徒吓得拔腿就跑，刚到门口，就与一个人撞了一个满怀。他抬头一看，是长工好友疑蛰。

"瞧你这慌里慌张的，还满身的臭汗，不是说睡了吗？怎么往外面跑？"疑蛰这样问时，已经把胡徒拉回到床前，"我把你那块地一起看了，没有什么野物的足迹，你不用担心。"

胡徒转着头把房间前后左右搜索了一遍，仍然对刚才历历在目、情节逼真的梦境有些将信将疑，他擦了一把额头的汗，问："你说，老东家会不会真地让我去杀人？"

"让你去杀人？杀谁？"

"笛卡尔，那个夷人。"胡徒又擦了一把汗，盯着好友的眼睛，似乎想要得到一个明确的答案，"少东家说这是老地主的命令，他还给了我一把刀子。"

"笛卡尔？那个怀疑一切的唯心主义者？说'我思故我在'的家伙？"疑蛰也盯着胡徒的眼睛，显得非常困惑，"老地主干嘛要让你去杀他？"

"不会跟农具和种子有关吧？这些东西都是老地主从夷人那儿花了银子买的，笛卡尔就是个夷人。"

"这样说的话，他巴结笛卡尔还来不及呢，干嘛要杀他？肯定有什么我们不知道的隐情。"疑蛰一边说，一边拿出了口袋里的手机，"我们到网上搜搜，看看笛卡尔是不是说了什么他的坏话。"胡徒套上衣服，也坐到床边，伸头去看好友的手机，在"笛卡尔"的搜索结果里，除了广告，什么实质性的内容也没有。"既然网上什么也搜不到，那我们去图书馆找找。"疑蛰领着胡徒来到了地主家的资料室，架子上的书籍大多是关于农耕种植和动物饲养的手册以及圤家过往的光辉家史，但也有不少文学和哲学方面的。两人循着编号找到了笛卡尔的条目，可那里空空如也。"以前肯定有不少，不然这个条目下怎么会有这么大的空档呢？"胡徒还没有说完，就听疑蛰叫了起来："这里有一本！"胡徒赶紧转过头去，只见疑蛰从旁边的条目里抽出了一本叫《笛卡尔的梦做完了吗》的书。"看起来像是研究笛卡尔的专著，但所有的页面已经被撕得只剩下破碎的脊根，封面上作者的名字也模糊不清，因为它被划了无数的叉叉。"胡徒从疑蛰手中接过书，对着灯光变换着角度，说："好像是姓夏，但名字看不清。"

"我来搜搜看。"疑蛰再次拿出手机，输入书名，搜索引擎顿时弹出无数的文章，"几万个结果，都是批判打倒它的。还有好多条目是人肉作者的个人信息和用脏话辱骂他的。"

"那就好办了。我们现在就去找这个叫夏业良的人，他或许可以告诉我们，为什么笛卡尔被禁了，老地主又为什么想要谋害他。"

如果以老东家为参照，夏教授住在夷人区的对面。二人找到他的住处时，发现他的屋子已经只剩下一堆灰烬，他们绕着地基转了一圈，发现不远处的树下有一个人正在蜷缩着睡觉，便走过去把他推醒。"夏教授？你们要找那个笛卡尔专家？他现在是个犯人，每天挨家挨户在人家墙上写标语呢。"疑蛰和胡徒分工，各自到每一家的墙脚下，在躺卧的犯人中辨认教授，并约好在找到后用猫头鹰的叫声作为确认的信号。虽然每面墙下都有人和衣而卧，而且二人与夏教授素未谋面，但找到一个手握刷子的人还是轻而易举。教授被推醒后，没有恼怒，只是纠正了他们的称呼："我不是夏教授，我叫夏老九。"疑蛰拉着教授的手，把他带到一颗无人的树下，说："教授，我们找您是想请教一个关于笛卡尔的问题。这位是胡徒老兄，他刚刚做了一个噩梦，梦里我们的主人让他去杀死笛卡尔，他很害怕这是真的。"

"既然你们担心噩梦成真，那你们怎么知道现实就不是噩梦呢？"教授没有回答，反问道。

"什么意思？你是说我们现在还是在梦里面？"

"我给你们讲一个笛卡尔做梦的故事，然后你再回答我。要想理解笛卡尔，必须厘清西方哲学思想史的一个重要脉络，那就是世界的本质是什么和我们人类能不能接近并掌握这个本质。"教授用手中的刷子在地方画了两个圆圈，继续说："西方的哲人觉得，我们人类只能通过眼耳鼻舌等感官来认识世界，我们对世界的所有知识都是我们的感官给我们的，这一个圆圈代表着世界及其本质，这一个圆圈代表着我们的认知，它们俩是不同质的，一个是无意识的物质，另一个是有意识的感知，所以，我们的认知不同于世界本身，我们的认知更不能与世界的本质混为一谈，认知只是认知，而本质就是本质，这才有了康德的先验与后验和自在之物不可认知；黑格尔对它大加批判，却也搞出了代表着世界本质的绝对精神；到了维特根斯坦，他干脆说，语言是我们人类与外在世界的边界。"

　　"笛卡尔也一直深受这个二元悖论的困扰，日日夜夜苦思冥想，就是找不到解决的办法。有天晚上，他在这样的思考中睡着了，梦见自己走在一条伸手不见五指的森林小道上，周围是各种动物凄厉恐怖的叫声，但他看不见它们，他甚至觉得，所有这些叫声并不是来自动物，而是魔鬼的召唤，因为它们是那么摄人心魄又令人毛骨悚然。走了一段，他停了下来，摸索着拢了一小堆草叶和几根树枝，又摸到两块石头，砸了半天，才把草堆点燃。他举着树枝当作火把，继续前行，在火光的映照下，黑暗里所有盯着他的眼睛显现出来，但很快又黯淡下去。他又加了两根树枝，让火把燃烧得更亮一些，更远处的眼睛也显现出来并立即黯淡下去。他很好奇那些家伙是因为害怕火光闭上了眼睛还是吓得逃之夭夭，他把树枝燃烧的一端对准了自己，刹那间，他感到自己失去了身体，一下子变成了一个会飞的无形鬼魂，而且在黑暗中可以清楚地看清一切。他在森林里肆意地飞翔，正在暗自得意，却如同蝴蝶一下子撞进了蛛网，任凭自己怎么挣扎，也难以摆脱束缚。

　　'你刚才为什么要点燃火把？'笛卡尔听见一个声音质问自己，便大声回道：'我想看清森林和要走的道路！'

　　'你无需看清道路，只要顺着山上的小径走下去就是了，那是我为你准备的路。你更不用看清森林。'

　　'你是谁？你有什么权力决定我走哪条路？我为什么要受你摆布？'

　　'看来你还不知道我是谁？我们来做个游戏吧，如果你输了，你就明白我是谁了，不过那时你的末日也就到了。'未等笛卡尔回答，牢牢捆绑着他的巨大黑影已经开始了两个人的游戏：'你马上会看见各种影像，如果你能说出哪一个是我，你就赢了。'话刚说完，各类草木，诸种动物，乃至不同的人类鳞次节比地呈现出来，笛卡尔甚至认出有些是神话或传说里才有的形象，他觉得这简直是把整个世界分门别类地在黑夜里重现出来，渐渐地他迷糊起来，不知道自己位于何处，也不知道自己要做什么，乃至眼前恢复了黑暗，再也没有任何东西呈现时，他依然神思恍惚，不知所以。'看来你已经认输了，他们都是我，但我不是他们，因为我是恶魔！哈哈哈。'魔鬼在这样说时，笛卡尔感到自己忽然被某种巨大的力量吸住，然后身不由己地坠入了深渊。

从噩梦里醒来后，笛卡尔一直神情忧郁，寝食难安。他想，如果这个世界都是魔鬼的幻化，一切都是它的把戏，我们怎么才能识别它们？认清它们并不是世界的真相呢？恶魔之所以能够施展这个魔法，正是因为我们人类认识世界的方式只能通过我们的感官，而魔鬼既可以影响我们的思维和感知，又可以释放幻像来以假乱真，让我们以为魔鬼的一切就是世界的一切。他苦思冥想，终于得出一个结论，那就是我们只有不依赖感官而学会批判性思维，才能确认自己的存在和周围世界的真实性，这就是他的名言：我思故我在。这里的思是批判性的、富有逻辑的质疑和判断，而不是人云亦云或者偏听偏信。

所以，回到你们俩的问题，你们怎么证明自己不是正在梦里或者活在老东家的幻像里呢？你们所有的信息都来自他的喇叭，你们的日常思维都是他从小就灌输给你们的教育，就像孙猴子逃不出如来的掌心一样，你们的感知乃至思维都无法跳脱他的魔掌，你们只能活在他的梦中或幻像里。所以，回去吧，等你们明确地知道，自己是清醒的、独立的，并学会了批判和质疑，再来找我。"

教授走后，胡徒和疑蛰仍然坐在树下，良久，疑蛰才说："也许夏教授说的对，老地主每天在大喇叭里说我们要实现垬家梦，说我们每个人都应当有垬家梦，还说我们都是一家人，要做同一个梦。说不定这就是他的烟幕，或者更糟糕，他搞的这个梦把我们所有人都骗了，让我们活在里面成为他的走狗或棋子而不自知。"

"要是有个旁观者像外村的人或者夷人能告诉我们就好了，因为他们应当不受地主的控制，很清楚我们是活在梦中还是现实里。"

"这不可能，你知道说真话的夷人都是不受欢迎的。不过，倒是可以做一些测试，看看我们现在是不是真的就在梦里。"疑哲说，"如果是在梦里，场景和人物都会快速地变换，一般没有什么连续性。不对，不对，这恰恰证明了我们是在梦中，因为老地主正是这样，昨天要我们大鸣大放，今天就说我们的建议和批评是要造反；早上把我们关在家里，说外面有病毒，晚上又说没什么大不了，让我们都出来干活；去年说我们要多向夷人学习，欢迎他们来投资，今年却大声臭骂夷人，说他们都是心怀歹意、试图祸害老东家的敌人，我们要见一个杀一个……"

胡徒打断了他，说："我知道一个好办法，他们说辨别是不是在做梦，最简单的测试就是读一段文字，过一会儿再读一遍，如果是做梦，这段文字和意思都会改变，如果是现实，它还是原来的文字和意思。"

　　"这个方法好！"疑蛰怕了一下巴掌，附和道："你看前面那堵墙上是夏教授昨天刚刷的标语：长工只有生一个孩子的权利！我们现在闭上眼睛睡一会儿，等天亮了，再来看这个标语。"

　　天刚麻麻亮，鸟儿们已经叽叽喳喳地开始互道早安了。胡徒推醒了疑蛰，叫道："快看，标语真地变了。"疑蛰揉了揉眼睛，只见上面写着：长工必须多生多育，为埌家壮大生产力做出贡献！"也许标语不是一个好的参照，因为它就是今天这样明天那样，一直在变。天也快亮了，我们赶紧回去，在下地干活之前，再去一趟图书馆，找书里的一句话来试试，白纸黑字一般不会错的。"

　　二人以最快的速度跑到老东家的图书室，门后的第一排书架上摆放的最厚的一本是埌家族谱，疑蛰随意翻开一页，用手指着上面的第一句话读了起来："表林是埌家的伟大工头，是老东家坚定不移的接班人。"读完，他从门外的地上捡起一根鹅毛，小心地夹在那页纸上，"下地去吧，晚上回来再读一遍，就知道我俩是不是一直在梦里了。"

　　长工们一般都是在不同的地里干活，各自负责一块庄稼，疑蛰和胡徒独自忙活着，但都有些心不在焉。好不容易等到太阳落山，二人迫不及待地跑向图书室，疑蛰抢先一步抓住羽毛，翻开暗含着他们命运密码的那一页，正想读出来，却愣住了。胡徒急迫地问："变了没有？上面写着什么？"他挤开疑蛰，只见上面写着："表林是埌家的叛徒，是欺骗老东家的最大阴谋家。"

　　二人愣在那里，谁也没有说话，甚至不知道自己是怎么回到胡徒的宿舍的。过了好久，胡徒开了口："看来，我们真的是活在梦中，说不定就是活在老东家的梦里，他的大喇叭每天叫着说我们要做㧟家梦追求美好生活，说不定就是为了迷惑我们。"

"不只是鼓吹㧟家梦，它还煽动对夷人的仇恨，对任何问题它从来都是直接塞给我们答案，隐藏一切真实的信息，害怕我们思考得出自己的结论，所有这些都再次印证了我们就是活在梦中，因为在梦里我们只有情绪没有理智，只有结果没有推理。在听夏教授讲笛卡尔做梦的时候，我就在想印度教里三大神之一的毗湿奴，她喜欢躺在七头蛇身边做梦，觉得我们这个世界里所有的缘起缘灭都只不过是她的梦境。还有我们古代的晋惠帝，大臣们上早朝时跪地央求说，草民们饿殍遍野，哭声震天，皇上您就开恩赶紧开仓济民吧！晋惠帝一佛龙袍，骂道：放肆！朕昨夜明明梦见布衣百姓无不锦衣足食、人寿年丰，你们竟然在这里妖言惑众，欺骗寡人，谁要再提赈灾，我就把他的脑袋砍了，去给臣民们熬汤充饥！"

胡徒不知道疑蛰是什么时候离开的，他和衣而卧，迷糊之中发现夏教授来到了床前，他俯下身子问道：你学会质疑了吗？学会批判性思考了吗？你知道批判思维甚至可以让你认清自己的真实面目吗？胡徒翻了个身，把屁股对着他，没有理会。过了一会儿，他发现自己变成了恶魔，又过了一会儿，他变成了毗湿奴，最后穿上龙袍成了晋惠帝。他很兴奋，想再去寻找疑蛰，让他看看自己现在的模样，找到时，发现他正趴在门口的地上，想要张开嘴，却听不见他在说什么。胡徒撩开龙袍，把耳朵凑近他的嘴边，就听疑哲用微弱的声音问道："皇上，您梦见我们国泰民安、丰衣足食了吗？"胡徒有些失望，他站起身，准备回到床上去，却发现老东家正向自己跑来，手中握着一把尖刀，刀刃把皎洁的月光映照得白晃晃一片，让他想要拔腿逃走，却辨不出任何方向。

七、诸神的复活

清洁工刘文辉如往常一样夜半起床，去清扫马路，却惊讶地发现，与平日里垃圾满地不同，此时躺在地上的只有铺天盖地的纸片。他捡起一张，凑近了细看，从上面的人像认出，这是所有人都用来换取食物活命的交子。他抬起头，借着月光，看见街边的树木都已光秃，此时正是枝繁叶茂的晚春，但上面的嫩叶青枝已被捋得一干二净。他吃力地想把铺满了宽阔马路的交子扫到路边，忙活了一两个钟头，才清理出不足百米，他知道，如果在天亮前不把活儿干完，自己以后就不能再以此谋生了，而第二天这些纸片会被车轮裹上天空，就像亡魂一般四处飘舞。多即是少，当每一张交子的面额带着无数的零时，它的价值也就归零了，腰缠万贯就是一贫如洗；当每家每户都只能用麻袋储存货币时，这些货币还不如一张厕纸。现在他所要清理的正是这些一文不值的垃圾。

忙活了半夜，刘文辉又困又乏，他坐到马路边，抬头看向天空，惊讶地发现，在微弱的晨曦中一队地狱鸟正从紫红的云层里钻出来，飞向天边，他不敢相信自己的眼睛，猛地站了起来，没错，飞在天上的正是又叫铁鸟的不祥之物。难道我们又进入了一个末法时代？离自己上次受难才刚过去半个世纪，新的劫难已经在这个种族的命运循环中到来了？他丢下扫帚，向马路尽头的灵山跑去，想要站到高处看个究竟。也许自己再也不能躲在夜色的黑幕里，再也不能凭着马路上的垃圾来了解白日里的生活了；也许自己以另一种身份现身的时机成熟了。

　　来到山顶极目远眺，黑色的铁鸟早已无影无踪。刘文辉看向山脚下的城市，朝阳即将如常升起，晨光不均匀地涂抹在高高低低的屋顶上，他开启慧眼，看见大大小小的手指从窗户、从门缝、从破败的墙壁里伸了出来。它们大多来自豕族，即使饿死，也不敢大声呐喊，只能用颤抖的手指来哀求施舍。这并不奇怪，豕族纵有任何的愤怒或不满，也不敢竖起脑后的鬃毛辫子，至多发出一丝只有自己能勉强听见的哼哼之声。但他也看见一些不同的手指，它们是中指，直直地冲向天空，肯定不是在哀求什么。刘文辉定睛细看，果然是谏族的抗议者。自己以前也是他们中的一员，现在依然人数众多，但在魔王的打击下，敢于发声者已经寥寥无几。忽然，云层里伸出一只血淋淋的大手，径直向下面的一根中指抓去，在把它紧紧箍住的同时，另一只手猛地捶了下来，把屋顶砸开一个大口子，接着，每一根指头上的指甲迅速地变长，眨眼间就插进了屋内，开始翻箱倒柜，东戳西捅，捉拿中指的主人。刘文辉觉得这可能只是一种打草惊蛇的诡计。果然，两个谏人冲出大门，跑了出来。看起来像是一对年轻的情侣，女孩搀扶着已被扯断了右臂的男友，在巷子里笨拙地奔跑，不时回头，那几个如毒蛇吐着信子一般的指甲正把他们的屋子戳成一堆废墟，又射出一串串火球，将他们的头发和衣物点燃。两人只好各自为战，手忙脚乱地将自己剥了个精光，一丝不挂地继续奔跑。由于失去了一条胳膊，男孩跑得明显有些吃力，背部和肩膀已经被锐利的指甲划得血迹斑斑。他猛地加快了步伐，追上女友，伸出左手，用尽力气把她推进了侧向的胡同，自己则继续沿着巷子向前猛冲。好在前面两边的阳台上横躺着长长短短的衣架，上面晾挂着衣物和被单，跑进去之后，空中的指甲已经不能轻易将他抓住。但他并没有跑进去多远，便被不知从哪儿冒出来的无数只豕族走兽围在了中间，他们嗡嗡嗡地哼叫着，用嘴拱他、撕咬他。男孩只好转头往回跑，一边用仅剩的左臂阻挡着走兽，一边看向天空，防备着血红的指甲，根本没有想到会与一个人撞了个满怀。在惊魂未定中细看，才发现撞到的正是女友，她也被豕族的走兽们追得走投无路，退了回来。二人拉着手，踉跄着跑回老屋，虽然它已经千疮百孔，但那也是他们现在唯一的藏身之所。空中的血手再次从云层里伸了下来，锋利的指甲在晨光的映照下泛着寒光，它们穿过破败不堪的屋顶，笔直地扎进了男孩的背部，然后猛地往回一拉，将他的内脏连同肌肉一起切成了碎片。血手重复着这个动作，直到把男孩保护在身下的女友暴露出来，用同样的手法，将她也撕得粉碎。豕族走兽们在门外早已迫不及待，他们饥肠辘辘，两眼放光，争先恐后地蜂拥而上，争抢着地上的碎肉，连同废料一起塞进嘴里。

刘文辉扬起头，看向天空，朝阳虽然已经升起，却被乌云遮住了光芒。看来魔王对于任何异议和抗争依然那么心狠手毒，务必赶尽杀绝，他依然在用同样的手法来维持自己的统治和遮掩犯下的罪行。当年自己就是这么被他折磨得奄奄一息再陶掉内脏击杀而死，虽然自己的磨难成就了自己的神性，但无数的生命至今仍是四处飘荡的冤魂野鬼。那时，豕族们从一个劫难走向另一个劫难，从盲目走向疯癫，从饿死自己到屠戮他人，所有人都在狂欢中恐惧，在神圣里行恶，那是真正的末法时代。如今，又一个轮回来到了，千万人将无辜地死去，只有找到民者才能阻止灾难的循环。当年自己与其他几位清醒的谏族同道在寻找民者的路上丧生，但现在他要重新踏上征途。元春、罗克和林昭此时应当也像自己一样感应到了黑幕的降临，她们肯定也会以神的面目现身，一起拯救苍生。想到这里，刘文辉扬起头，发出一声怒吼，刹那间，一道闪电划过云层，震耳欲聋的霹雳晃动着天地，那双血手不见了踪影。

下山回到住处，刘文辉找到换班搭档金刚王申酉，无需言语，他已经明白了一切。二人稍作收拾，踏上了寻找火神冯元春的路途。从南方往西走，要翻越崇山峻岭，但金刚王申酉驾着神车劈盘于傍晚时分便抵达了山城。他们把劈盘留在郊外，准备轻装进城，却发现前方路边有三个人正纠缠在一起撕打，四周已经围满了乐呵呵的看客，还有更多的人不断地向他们跑去。刘文辉一跺脚，所有人都怔住了，他们感到站立不稳，五脏六腑都要被震出胸腔。你撕我扯的三个人住了手，未等来人询问，便争先恐后地告起状来。一个说，另一位趁他不备，用石子砸他；另一个说，自己根本没有捡什么石子，更没有砸他；第三个说，没有人砸他，是刚才飞速开过去的警车压到了一个石子，把它弹起来，正好击中了第一位的脑袋。

"刚才有人看见了吗？是不是警车轮子踢飞的石头？"刘文辉问。

人群里一个依然在咧嘴乐呵的清秀女子点了点头，说："是警车干的，我就站在旁边，刚才吓了一跳，要不是躲得快，自己差点也被砸着。"

"那你们三个互相道歉完事。"刘文辉对圈子里仍然互相揪着衣服的人说，然后又对所有人吼道："大家都散了！"围观者捂着耳朵，就像在杀头刀下被特赦了一般，纷纷撒起脚丫子，慌不择路地跑了。只有刚才作证的女子站着没动，她问："你是南方雷神刘文辉？"金刚王申酉抢着回答："他就是！"

"哦，太好了！我是金刚李久连，火神冯元春让我在这里迎候你们。"

"我就知道西方火神已经先知先觉了。你刚才既然看见了石子不是有人故意扔的，为什么不去阻止他们打架、却同那些豕族一起幸灾乐祸地围观呢？"刘文辉不解地问。

"没有用的！他们相信真相的时代还没有到来！"金刚李久连一边在前领路往一个垃圾站里走，一边说："元春告诉我，历史又回到了循环的起点，我们必须联合起来阻止魔王的恶行，把豕族从疯狂和死亡里拯救出来。我很悲观，总是觉得希望渺茫，时机远未成熟。"

"不问时节，尽力而为！"火神冯元春忽然出现在了他们面前，她看着自己的金刚："魔王已经失去了谏族的信任，也正在失去豕族的拥护。如今成堆的交子如同废纸，豕族饥饿难耐，没有了活命的根本，他们就成了魔王权杖的最大威胁。交子之与权杖犹如血液之与身体、能量之与宇宙，一旦谏族揭竿而起，魔王为了镇压便会动用更多的交子，他的权杖最终会失血过多而魔力尽失，并干裂崩解。最重要的是，这一次，我们四方诸神将合力找到民者，借用他的法力各持权杖四分五裂后的一端，魔王将再也不能独揽，再也不能持之为所欲为。"

李久连驾着神兽独骊在前，王申酉驱着劈盘在后，载着雷神和火神往东进发，去找水神林昭，但刚出城郊，就被漫山遍野的豕族走兽挡住了去路。他们个个昂首挺胸，有气无力地哼叫着，似有满腔的怒火。

"他们真的相信，所有的饥饿都是因为我们寻找民者造成的。"刘文辉叹了一口气，像是要把满腹悲悯抒发出来。

冯元春笑了："当然是我们造成的。魔王把大部分交子都花在镇压我们身上，当然没有多少再分给豕族去买吃的。"

就在他俩说着话时，豕族走兽已经失去了耐心，他们纷纷用脑后的鬃毛辫子缠住独骊和劈盘的前脚和后腿，然后哼叫着用力往后拉，试图把两匹神兽拽倒在地。"真是可悲而又可恨的一群行尸走肉，终身只会匍匐在地，不能也不想去登高望远，了解另外的世界，知道魔法之外还有正道。"冯元春收起了笑容，一脸地严肃："看见他们如此无知愚昧又助纣为虐，我真想吐出火舌，把他们一烧了之。"

"那肯定不是解决之道。这样吧，我们剪掉他们的辫子，再把它嫁接到他们的中指上，这样他们既保留了自己耐以为傲的长辫，又有了在生气时可以同权杖比试的东西。"

"好主意！"冯元春话刚说完，一条火舌便犹如蛟龙游走翻飞，眨眼间就把所有豕族的鬃辫连根烧断了，接着，就听刘文辉发出一声雷吼，那些正要落到地上的辫子飘舞起来，直直地落在各自主人的中指上，根部尚未熄灭的火苗恰好把它们焊接在了上面，看起来像极了飘动着红缨的短枪。豕族们停止了哼哼吵叫，一下子哭成了一片，有的手忙脚乱地摸着后脑，不相信自己没有了辫子；有的跪到地上四处摸索，想把辫子找回来；还有的使劲甩着手，试图把中指上突然多出来的红缨扔掉。"你们会适应的，在民者被找到后，你们还会感激我们。"雷神说完，又是一声怒吼，两个神兽也跟着嘶叫一声，眨眼间便载着主人不见了踪影。

但没飞多久，他们就被迫落到了地面。只见前方出现了一个黑色的圆点，它越变越大，越变越黑，很快就遮蔽了大半的天空，远远望去，就像是一口黑不见底的枯井。忽然，所有的树木剧烈摇晃起来，一眨眼的功夫就被连根拔起，齐刷刷地飞向空中，消失在了那口枯井里。刘文辉感到天地仿佛安静下来，听不到一丝声音。他很奇怪，在他雷神的耳朵里，如此惊天动地的景象竟然寂静无声。无数的飞禽和走兽随着树木一起飞向空中，被黑洞吞噬，他和火神以及两大金刚一起努力贴近地面，双手使劲抠住石块，却无法保护独骊和劈盘，眼睁睁地看着心爱的神兽被掳夺而去。就在此时，空中的景象突变，飞向井口的已不再是天地的生物，而是源源不竭的洪水，乍看上去，是那个黑洞在倾盆而下，实则是自下而上倒流的江河。他们站了起来，看着这个壮观的奇景，有些难以置信，更是不得其解。又过了一会儿，遮天盖地的洪水真的改变了方向，开始自上而下地倾盆而出，残枝败叶和飞鸟走兽的尸体洒落了一地。在大水流尽之后，那个黑井也逐渐变淡，消失了，而远处的河边出现了一个湿漉漉的人影。

"那不是东方水神吗？"冯元春叫道，话刚出口，林昭已经来到了面前，"刚才那个黑洞是冲着我来的。北方山神遇罗克被抓了，我从首府逃出来后，一路与魔王斗法，当它想以黑洞吞噬我时，我索性施之以所有江海湖泊之水，它最终难以承受，只能吐出逃离。"

　　"原来如此。看来在我们这个世界，黑洞的存在是真实的。"刘文辉说。

　　林昭点了点头，"是啊，任何地方只要满足了史瓦西奇点的条件，黑洞就会形成。我们这个地方也不例外。第一次世界大战时，在德国军队当炮兵的天文学家史瓦西利用战斗的间隙计算爱因斯坦的引力场方程，却意外发现了一种奇点，也就是当一颗巨大的恒星坍缩成一点时，它的空间和时间将被撕碎，形成一种吞噬一切却不吐丝毫并与外界隔绝的怪物，就连光也会被它紧紧地摄住，无法逃出。爱因斯坦肯定了这种解法的合理性，敏感而又富有想象力的史瓦西并未因此激动，他马上联想到当时欧洲的政治形势，私下担心，如果某个政府把所有权力和资源都集中在自己的手里，那么这个国家会不会也变成一个可怕的黑洞，里面是无比高压，将人民蹂躏撕碎，而外界却一无所知。他觉得这个想法可能过于多虑，然而，在他战死疆场之后不久，德国法西斯便上台垄断了大权，将他的祖国拖入了如同黑洞一般的灾难之中。"

　　"是啊，从中得到启发的还有海森堡。他发现，在亚原子层面，我们根本无法用位置、速度或动量等经典物理概念来描述任何粒子，对于黑洞，我们同样需要一种全新的语言才能认知它。这就像魔王，它厌恶一切民者所使用的词汇，只喜欢歌颂、赞美和服从，它有着自己的一套语言。"火神回应说。

　　刘文辉问林昭："你的金刚和神兽质驿呢？"

　　"刚才魔王施法发起黑色旋暴时，我把质驿藏了起来。"水神吹了声口哨，她的神兽从远处飞奔过来，"至于金刚陆兰秀，我这就带你们去看她。"说完，他们跨上质驿，向东飞去。很快，他们来到了一个广场，"你们看，那个在不断转圈的人便是我的金刚。她已经疯了。"广场上人头攒动，但只有她一个人站在中央，旁若无人地独自转着圈子，一遍又一遍，好像没有终点，嘴里还不断嘟囔着："我手腕上的金镯子呢？我手腕上的金镯子呢？它是我出生起就带着的，是妈妈给我的。"

"她在首府为了掩护我逃走，被魔王抓住后送进了精神病院，现在已经被折磨成了这个样子。我知道她在找的金手镯是什么意思，等民者现身、我们也各自掌握一片权杖之后，她就会恢复正常、神智清醒的。"

水神的话还没有说完，广场上空突然出现了一只血淋淋的手臂，它左右摇摆晃动着，如同垂钓的渔夫在水里故意摆动着诱饵。果然，成群结队的豕族从四面八方涌现出来，哼哼着把广场挤得水泄不通，个个大张着嘴，想要去接四处飘洒的血滴；就连一些饿得两眼昏花的谏人也夹杂其中，颤颤巍巍地做着同样的动作。这时，手臂停止了晃动，就听空中一个声音说道："我们的国家现在暂时出现了些微困难，我知道男女老少都在挨饿，谏族说，只要找到民者，一切问题都会迎刃而解。所以，我就把民者请了过来，让他给你们做主，他肯定会马上就让你们吃饱肚子的。"豕族欢呼起来，整齐划一地左右晃动着身子，中指上的辫子也竖立起来，随着身子一起摇摆，像极了风中的芦苇。

"魔王找到了民者？"雷神问水火二神，看着她俩的眼神明显有些焦躁。

"我怀疑他在引蛇出洞。"林昭说，"平时这些豕族一听到民者二字，不是逃之夭夭躲藏起来，就是用魔王的腔调破口大骂，或者举报提及这个名字的谏人。现在，他们忽然如此兴奋，那就说明，此民者非彼民者，魔王刚才提及的，肯定不是我们在找的。"

"我也觉得魔王是在引诱我们。"冯元春点头附和，"我们先静观其变，或者等我们救出山神遇罗克后再去追查不迟。"

话刚说完，空中的声音又响了起来，但语气忽然变得极其严厉和生硬："民者刚刚跟我说，他也改善不了民生，不能保证我们丰衣足食，他只是能让每一位开口说话，让每一位都可以摸一摸我的权杖。既然他是个窝囊废，我就把他杀了，每天我会卸下他身上的一块肉，赏给你们吃。每天你们就在这里领取。"

"看来我们必须现身了。"雷神站了起来，"不管他是民者还是民毛，我们都必须阻止魔王的恶行。"

"我同意。"水神也站了起来，"魔王的手中有很多民毛，以前他就干过用他充当民者的勾当，害得很多吃了他的肉喝了他的血的谏人和豕兽都成了僵尸，我们不能眼睁睁地看着这个悲剧再次重演。我们以神的身份现身，就是为了拯救苍生，阻止末法时代悲剧的重演。"

东西南三方诸神和两个金刚顺着空中的声音飞升而上，在当年遇难的时代，他们都是单打独斗，只是因为寻找民者就分别惨遭魔王的毒手，现在他们要联合起来，阻止他的恶行。可他们刚刚升入高空，就感到一股无形的大力拖拽着自己，身不由己地落向一口深井，及至到了洞口，吸力猛地加大，他们甚至还没有来得及挣扎，就被吞了进去。里面黢黑如漆，但一种震耳欲聋的噪音却令他们的内心翻江倒海，好在那股无形的吸力消失了。刘文辉猛吼一声，希望用炸雷来震破魔障，但他的声响竟然被噪音盖住了，还从四面八方反弹回来，震得另外几位差点背过气去，他们赶忙捂住了耳朵。冯元春施展火攻，看看能不能烧出一个可以逃生的窟窿，但四周如同铜墙铁壁，在火烧之下一下子变得炙热无比，黑洞顿时成了太上老君烧炼孙猴子的八卦炉，林昭赶忙不停地洒水，温度才稍稍降了下来。

"看来我们在里面是无法破解这个魔障了。"林昭说，"好在我的神兽并没有跟我们一起被吸进来，她可以去找北方山神的金刚，让他从外面配合我们，或许还有一丝希望。"

冯元春表示赞同："我们本来应当去解救遇罗克的，现在倒需要她的金刚来解救我们。不过，只要彼此团结一致，我们就不会再重复当年的厄运。"

"只有金刚张志新在外面策应，恐怕还是没有多少胜算，只有山神与我们一起发功，才能破除魔障。"刘文辉压低了声音，说，"还有，我们在受难成神之前，一直以为魔王与民者并不相互排斥，魔王也可以成为民者的一部分执掌权杖的一端，现在看来我们都错了。魔王与民者不可调和，只有完全消灭它，让它不能死而复生，民者才能真正地现身并主宰一切。"

也不知过了多久，水神再次听见了她的神兽的叫声，"看来，遇罗克虽然身处狱中，她还是得到了质驿的信息，并成功发动了山林里所有的生灵。"，林昭一边说，一边与雷神火神手牵着手围成一圈。外面，各类野兽、诸种鸟雀、万般鸣虫、乃至所有的草木都在一起尽力发出最大的声响，渐渐地，它们汇聚成惊天动地的霹雳，就听雷神刘文辉也发出一声撕心裂肺的怒吼，一股火光从顶部冲出，底部如同黄河决堤汹涌喷薄，三方诸神和两位金刚一下子跳了出来，他们各自占据一方，向下一看，刚才困住自己的原来不是黑洞或深井，而是一个巨大无比的喇叭，它现在已经破败不堪，不能再发出一丝声响。

　　"走吧，我们带着这些生灵一起去寻找魔王。我同意雷神的看法，魔王不灭，民者难请。"林昭说完，一声呼哨，神兽载着众神，腾云而上，向着魔王的宫殿飞去。

八、必然，偶然与爱情

　　女友骂我是孬种发生在秋后月末的一个傍晚。那天我正开着车送她回家，在拐进离家不远的一条小道时，发现路边停着一辆微面，我放慢速度，小心地错身而过，她忽然叫了起来："停车！停车！"，接着又小声地问："你看那两个家伙是不是人贩子？"我把车稍微往后倒了一点，看见微面的另一侧有两个男人正在使劲拖拽一个哭喊的女孩，看样子是要把她塞进车里。我正试图弄明白是什么情况，女友已经用力地按了两下喇叭，把我吓了一跳。我下意识地赶紧开车走人；女友急了，一边朝我吼叫，一边伸手抢夺方向盘。我勉强用右臂阻挡着她，加大油门，快速离开了是非之地。但女友不依不饶，一路上吵闹咒骂，到了家门口，仍在数落我是个孬种，说我是个树叶掉下来都怕打着头的胆小鬼。"你看看你现在住的那个破地方，还有你工作这么多年一直没变的那么一点破工资，小字辈的都升上去了，就你还是个小职员，为什么呢？因为你就是个墨守成规、不思进取的窝囊废。当年在大学里我看你不声不响地埋头读书，以为将来一定会大有作为，就跟你走到了一起，没想到你除了会读书，什么也不是。你滚吧，你在我的眼里根本就不算个男人！"说完，她一甩手，掼上车门，头也不回地走进了楼道。

　　同往常的争吵一样，我选择了隐忍退让。在别人眼中的男女朋友吵架，在我们这里只有单向的批判和发泄。开车回去再次经过那条小路时，面包车已经不在了。进了自己的房间，还没来得及拆开方便面的包装，房东就推门走了进来。"小蒋啊，跟你说个事儿。"他顾自把屋里唯一的那把椅子拉到自己的屁股底下，对着地面说："明天有个装修师傅要来加一个隔断，从下个礼拜起，你跟新来的租户合用这个房间，本来我是想让你从下个礼拜起多交一倍房租的，但考虑到你可能有些难以接受或者交不起，就为你着想，让别人替你交上涨的那一部分。你要还是觉得不合适呢，那我今天晚上就把这间屋子收拾一下，以免明天新找的租户要看房子。现在经济形势不好，股市大跌，我赚的一些钱都赔在里面了，日子比谁都难过。"

当天夜里踯躅在街头时，每当想起房东的话，我就觉得他的语气与单位里的老板如出一辙。几天前在宣布提拔新来的一个同事时，她把我叫到办公室，语重心长地解释说，新提拔的职位非常具有挑战性，之所以没有考虑我这个老员工，是不想让我承担太大的压力。深秋的夜晚有些寒气袭人，我缩在巷子里的墙根下，不断扯拽着床单和背包，试图裹得更紧一些，悉索的声响触发了上面窗户里的灯光，还有干咳的声音。我不想被别人怀疑为乘夜行窃的盗贼，便起身转往另外一个胡同。找到避风处刚刚坐下，上面的窗户打开了，一个看不清面容的大爷露出了脑袋，他问："你在这儿干嘛呢？"我告诉他夜里无家可归，想借用他的屋檐凑合一晚。大爷伸长脖子看了看，确认我单身一人，行囊空空，便说："这么冷的天，可别在这冻死喽，你赶紧找个暖和地儿，别在这跟自己过不去，听到了吗？"

我背着包，抱着床单，漫无目的地瞎逛，寒冷刺激着双腿，竟不知不觉来到了灯火通明的火车北站。里面虽然暖和，但安检员说必须有票才能进入。我只好买了一张开往南方的车票，只有这次列车正在运行。候车室里的暖意渐渐恢复了我的神智，我想也许这是天意，自己必须有所改变了，离开寒冷的被窝，前往温暖的远方。如果在此处所有人的眼中，我都是个可以忽视的窝囊废，那么离开就是与己与人最好的选择。迁徙他处，我并不想要证明什么，只希望挣得一丝体面和尊严。或许房东说的对，大家的日子都不容易，到了南方，我发现找到一份称心的工作并非易事。每个老板都有自己拒绝的理由，性别、年龄、学历乃至相貌都是他们对你说不的合理套路。终于，报纸广告栏上的一个雇主愿意与我面谈。"你要找的理想工作当然有，拿到合同顺利入职也并非难事。"面试的人简单问了几个问题后，说："你先交一千五百块手续费，我们过两天就帮你搞定。"这么说，你们只是中介，并不是自己招人？他笑了，我能看出他的眼中满是鄙夷，觉得我的问题既愚蠢又幼稚，"这里没有我们人力资源顾问的介绍，你不会找到任何一份好一点的工作。要不你就去试试。"我默默地交了钱，因为之前的两个礼拜，我已经试过了。但我没有想到的，是他让我去上班的地方，就是马路边举着牌子招苦力的小作坊。每天光着膀子把铁块放进高温的炉子里，等变得火红后再用钳子取出来用力地捶打，敲砸成规定的形状和规格。晚上下班时，屋外的一切影像在我的眼中都是红色，所有的声音在我的耳里都是低沉的长鸣，双臂也成了自己敲打过的铁块，沉重而又轻飘。我想过一走了之，却又觉得对不起已交的费用。晚上躺在床上，我开始痛恨自己，觉得前女友并没有骂错，我就是个胆小鬼，是个浑浑噩噩得过且过的废物。第二天下班路上的遭遇让我更加确认了这一点。

当时天还没有黑定，劳累了一天，我正浑浑噩噩地往宿舍走，就感到自己被撞了一下，然后是"啪"的一声，好像有什么东西掉到了地上。我稍微缓过一些神来，看见面前站着三个人，个个光着膀子，胳膊上都是醒目的纹身。其中一个一把抓住我，说："小子！你走路不长眼吗？把我大哥的苹果机都撞掉了，你看，摔成了这样，还不赶紧赔钱！"我有些懵，看着他们的架势心里有些发怵，脑袋里冒出的第一个念头是赶紧赔钱消灾。我把口袋里的所有钱都掏了出来，抓着我胳膊的家伙一把夺了过去，对另外两个人扬了扬，又回头对我笑着说："你这是打发叫花子呢？我大哥的手被你蹭破了皮，就不跟你计较了，这苹果手机破了，你总得陪吧？知道这机子大哥花了多少钱才抢到手的吗？因为用了几天，就算我们仁义给你打个半折，五千块钱一分也不能少！"接着，他脸色一变，说："走，带我们去你家里拿钱！不然就把身份证交出来！"

躺在木板床上，我开始愈加痛恨自己，既是因为失去的钱财，更是因为自己的无能。一夜无眠，即将天亮时，在迷糊之间，我突然明白，自己并不是懦弱，而是对不确定性的天生逃避乃至恐惧。从小到大的教育都是循规蹈矩、按部就班，不要节外生枝。当初找工作，我之所以轻信那个所谓的中介，就是因为内心深处以为中介就是工作的保证。及至遇到那几个流氓，又觉得逃跑、报警、抗争或打斗都不会有好的结果，唯一能做的就是息事宁人。女友说的对，我就是个怕事的孬种，要想改变，必须脱胎换骨，打开封闭的大脑，接受意外和变化，学会与不确定性相处，学会在不舒服的情景里泰然自若。我自认为是个善良有爱心的人，但每次遇到需要帮助的人或事，我从未伸手、从未解囊，因为我既没有面对未知的勇气，也没有敢于挑战的决心，更没有敞开胸怀的毅力，我就是个苟且偷生、猥琐怯懦的井底之蛙。我同时发现我此前从未认清过自己，也不明白在他人的第一印象中，我会是什么：帅气而亲切？丑陋而厌恶？柔软而可欺？我尚未学会用别人的眼光来看待自己。我掀开被子，一屁股坐了起来，我要离开这个地方，偷渡出境，到另外一种环境下锤炼自己，逼迫自己成为心胸开阔、敢做敢当和思维敏捷的人。

偷渡的旅程如同涅磐再生，好在最终有惊无险地来到了境外，我打算在这块大陆上一边打工让自己生存下去，一边观察别人的人生，了解这个世界，毕竟这里是人类文明的高处和方向。一开始，我也是四处流浪，干一些零散的黑工，晚上也像在国内一样，睡过马路。有一天晚上，我准备在教堂边上的墓地里过夜，因为那里安静，早晨起来很晚也不会有人打扰，不像在公园，很早就有人进来遛狗。我刚在墓碑前一块平坦的地砖上铺好床单，一个骑自行车的家伙停了下来，问："你准备在这里不用帐篷露天野营吗？"我不知道他是什么意思，正在犹豫怎么回答，他又说："这一带有不少狐狸，如果露天过夜，小心被它们咬伤。前几天就有一位被咬破了鼻子，血流不止，被急救车送进了医院。"他见我还是没有说话，就走了过来，对我说："你要是没有地方过夜，可以去我们的宿舍暂时度过一晚，那里也有两个亚洲人，说不定他们可以提供一些帮助。"我看他不像是坏人，话说得也颇有诚意，便点了点头。他推车带着我走了没有很远，到了一栋看似有些老旧的别墅前，敲开门后，把我交给了里面的人。原来他们都是一家餐厅的厨师和杂工，里面果然有两个同胞。通过他们，我总算有了一段稳定的工作。

但后厨仍然是个封闭的世界，同餐厅里的客人没有任何交流，同外面的世界更是没有联系。两个月后，我跳槽到一家市区的酒吧，虽然只是负责食物和清洁，但毕竟有了开阔眼界的机会。在酒吧，酒保的工作最吃香，有不少单身女顾客会跟你调情乃至投怀送抱；它也最赚钱，每天晚上都会有丰厚的小费落入个人的腰包。最吃力不讨好的活儿便是打扫卫生，几乎没有哪一天没有客人不吐在当场，有的在宿醉之后大小便失禁，如果有斗殴，地上更是杯盘狼藉，酒水和饮料撒得到处都是。更可怕的是清扫厕所，每次打烊之后，你都会发现，这里是世界上最龌龊肮脏的地方，与一墙之隔的花天酒地相比，简直就是一个地狱一个天堂。有的客人酒醉之后难以控制自己，会把大小便随意拉在地上，还有的可能是兴奋也可能是恶作剧，会把污秽物随意涂抹。每一天我都要花至少一两个小时才能把男女厕所收拾干净。

我在酒吧的工作要求我总是第一个开门，最后一个关门。因为在夜晚来临之前，进门的客人大多是点一些小吃去填饱肚子，酒保无需早到。有一天上午，我正在准备食材，一位常客走了进来，他说昨晚喝醉了，没有付钱就回了家，现在过来为昨天的酒水结帐。他留下了比往日要多一倍的小费。在酒吧，酒保们一般并不期待从常客那里得到多少施舍，他们几乎每晚或每周都会光临，点上一杯同样的酒水，坐在那里静静地消磨时光，不像流客，有时会大手大脚，一旦勾引得手或玩得开心，会非同寻常地大方。当天晚上，我把那个常客留下的小费都交给了昨天值班的酒保威廉，他非常感激，平日他们最担心也最痛恨的客人便是隔日结帐，因为这样所有的小费都会被别人拿走，他没想到我会这么无私。接下来的几个月里，威廉在有事迟到或异常忙碌时，都会让我帮忙招待客人，这让我有了获得额外收入的便利，更有了直接同客人接触的机会。可笑的是，他说我的身高有些矮小，缺少做酒保的先天条件，就连穿上高跟鞋都不足够，不客气地建议我踩一副高跷。他的理由是，身材高大可以吸引女性顾客，她们会大把地花钱，还会来跟你调情；对于男性酒鬼，你可以居高临下监视他们，威慑他们，防止逃帐或闹事。"更重要的是，打烊后清理那些污秽，你踩着高跷就不会弄脏你的双脚了，不过你要防止摔倒！"他说。

　　在我离开这家酒吧前的一天晚上，生意异乎寻常地火爆，我照例帮着酒保招待客人。坐在吧台前的是一个叫麦克的常客，因为酒精成瘾已经同老婆离了婚，孩子也不来看他。每天晚上，他都会坐在那里，晕晕乎乎地消磨时光。这些常客各有各的故事，但毫无例外地都已经结束了人生，余下的日子已经没有了任何反转的可能，不会有一丝变化的精彩，不是等着在街头瘫倒猝死，就是夜半在回家的路上被汽车撞飞。他们同酒吧里那些期待着某种机遇、随时准备拥抱惊喜的流客们形成了鲜明的对比。我一边留意着麦克，防止他前仰后倾时摔下高脚凳，一边随口应付着另一位叫琳达的常客的唠叨。忽然，厅里传来巨大的喧哗声，每次有这种吵闹时，我都知道打斗会不可避免。果然，离吧台不远处有两个男人正在搂抱撕扯，这一桌本来是一群女生，其中的女主因为乳腺癌复查治愈，带着一帮好友过来庆祝，我只知道之前另外一桌的一位男士可能对女主有意，为她买了一杯酒，并借机蹭了过去，跟她们接上了话头，现在却与别人开打，难道有人争锋吃醋想半道劫花？在保安把两个家伙轰走之后，威廉骂骂咧咧地回到了柜台，他说，另外一个男人给女主的闺蜜买了酒后，也想蹭过去搭话，就在他走到她们的桌前时，一个酒鬼正好踉踉跄跄地去厕所放水，撞到了正与女主聊得火热的第一个男主，他以为要上桌的第二个男主撞了他并要抢夺他的猎物，便借着酒劲二话不说揍了他两拳，后者当然不能示弱丢脸，直接撸起了袖子开干。

在国外打工游历三年之后，我回国开了一家小超市，半年后，又开了一家分店。在分店开业前的那天凌晨，我正开着皮卡运货，忽然听到身后有赛车轰鸣着靠近，还没有来得及看一下后视镜，就感到脑袋像被砸了一下，猛地撞在了仪表盘上，接着弹回座背，我感到自己的脖子都要断了。过了好长时间，才缓过神来，我看见皮卡已经被顶到了路边，车头抵着一颗大树，正冒着一丝轻烟。我下了车，发现追尾的轿车已经面目全非，汽油和酒精的味道掺杂在一起，给人一种莫名其妙的虚幻感觉。司机耷拉着脑袋，动也不动，腹部被什么东西顶着，不断地往外冒血。我又看向同样昏迷的副驾，不禁大吃一惊，那是我的前女友小香！

当天下午，在交警队做完笔录后，我直接去了医院，小香尚未苏醒，我看着这张依然熟悉的脸庞，思索着等她醒来后，该如何告诉她男友已经去世的消息。我推迟了分店的开业，每天抽空去医院看她。到了第七天，小香终于醒了，看见我开门进去，有些恍惚，直到我在床前坐了好长时间，才犹豫地问："你是中子？"我点了点头，她看了看四周，又问："你怎么来了？"我告诉她我是车祸的另一方，她一直看着我，没再说话。医生告诉我，小香需要很长时间慢慢恢复，需要亲人的耐心陪伴。我觉得医生可能把我当作她的亲人了。在南方的这座城市，她和我都是远离故土和家人的异乡人，我也不介意被误认为她的亲人来照料她。

一个月后，小香可以在搀扶下拄着拐杖慢慢地走路了，我每天都会扶着她在医院的走廊里小心地走个来回。"你是什么时候到南方来的？"在每日的行走中慢慢消除了尴尬和戒备之后，有一天她问。"在我们吵架的第二天我就来了。"我说，"但并没有呆多久。我辗转去了好几个国家，边打工边旅游，主要还是想开阔眼界。"停顿了一会儿，见她没有回应，我又说："这几年我最大的收获并不是打工挣了钱，而是认识了不少人，经历了很多事，还读了不少关于进化论的书。我现在理解了人类是如何走到今天的，又将往何处去。"这时我们已经回到了病房，小香并没有像往常一样躺下，而是靠卧着。她看着我，说："听起来，你好像不是变得成熟了，而是已经开悟了。"

我有些不好意思。在我们还是男女朋友时，经常是她给我上课，讲各种考古发现，以及这些发现同进化论的关系。她当时在考古研究所工作。我清了清嗓子，说："我的理解是，进化可以总结为三点，第一，遗传是非习得性的，是基于基因或生殖细胞而非体细胞，也就是说，后天的习惯或经验无法遗传，长颈鹿之所以脖子长并不是因为它们一直昂着头去吃树顶的枝叶；第二，尽管遗传的本质是基因的复制，但基因会有突变，导致一个物种会有不同的变种，乃至形成全新的物种；第三，无论是基因遗传还是遗传漂变，大自然会做出自己的裁判，不能适应环境的都会被淘汰。今天所有的长颈鹿都有很长的脖子，就是因为短脖子的都被大自然淘汰了。"停顿了一下，发现小香的表情并没有多大的变化，我继续说："人类之所以能脱颖而出，是因为在以上三个方面至少有两个我们并没有听天由命，而是作出了抗争。对于非习得性遗传，我们发明了文字和纸张，虽然后天的经验无法通过基因传给后代，但通过书籍，我们的后代可以学习，从前辈的经验里吸取教训并掌握知识；对于自然的独裁专断，我们并不被动地接受，而是去改变自己生存的环境，让环境来适应我们；唯有对于遗传漂变，我们还没有取得多大的进展，虽然基因技术有了起色，但我觉得还有很长的路要走。"

"即使我们可以进行基因编辑，突变依然会发生。"小香终于说话了："偶然性或不确定性是永恒的。"

"对，我想起了以前你对我说的，必然性只是偶然性在更大时空尺度下成熟后下的一颗蛋，它可以诞生出飞鸟也可以孵化出毒蛇，关键是看必然性所处并自我营造的环境能让谁成活并长大。你知道吗，在国外打工时，我忽然想到，一个事件的发生概率与它对人生的影响成反比。某件事越是偶然，发生的概率越低，它对人生的影响就越大，反之亦然。比如，中了彩票大奖，或者出了车祸……呃，我是说在酒吧偶尔瞟了别人一眼，却被当作是挑衅，结果挨了致命的刀子，这个世上有好多这样的例子。"

小香示意我扶她起来，"我们再出去走走，大夫说我可以到后面的院子转转了。"医院大楼的后院更像一个花园，蜿蜒的小道犹如山溪，围绕着亭阁在花草间出其不意地分叉、转弯、回旋，又在某把座椅处惊喜会合。"一个粒子有许多种穿越空间的方法，而它却只能选择一种，它选择的方式就是完全随机。"小香说，"最大的偶然及其影响是生命的诞生。孕育生命的各种要素碰巧在这颗星球上汇聚一堂，作为它的最高形式，我们人类怎么能不对偶然心存敬畏呢？"

我点了点头。生命在各种机缘巧合下出现，人类在无数的偶然变化中成长。比如我们的繁殖。不在家族内部近亲结婚，而是与陌生人结缘，规避确定性、追求变化，正是我们优化自身基因的手段。如今有无数的大龄男女难以婚配，甚至没有对象，这是自由恋爱的一个必然结果。在包办婚姻的时代，每一个男孩每一个女孩都会有一个归宿，但现在有哪一个男孩女孩希望回到那样的时代呢。民主亦是如此，在我们每个人都可以行使自己的权利后，必然会出现很多争论甚至观念冲突，但我们谁也不想回到所有的权利包括思想自由都被剥夺的时代。可惜在平庸无趣和未知变化之间，我们大多数人都是选择前者。

"你在国外行万里路，读万卷书，听起来过得挺好的，为什么又跑回来呢？而且是到了这里？"我站在亭子里看着其他一些病人和家属在小径上散步，她却盯着我问。

我知道她会对此好奇的。"这事说来话长。每天早上去酒吧上班的路上要经过一家连锁超市，有一天我有些内急，便进去借用厕所。完事后，在经过收银台往外走时却被值班的店员叫住，她递给我一杯咖啡。我以为她弄错了，便说我并没有点咖啡，只是去了趟洗手间。她笑着说：请放心收下。每天我们都会为前十位顾客提供免费咖啡，这是我们老板定下的规矩。我当时正想从酒吧辞职，便向店员要了老板的电话。这家连锁超市在当地大约有十几家分店，老板是个意大利人，名叫卡洛。他让我去城郊的一家分店做仓储管理，其实就是收发货物，汇报库存，并为货架补缺。有一天，我正在商店后门等着卡车送货上门，卡洛却跑了过来。他说转账系统坏了，今天只好亲自给送货人一张支票。"伙计，你喜欢这里吗？"在等待货车到来时，他问。我告诉他，这个城市的人文风情别有特色，他的超市管理风格也颇为不同。我以前在另外一个城市的商店干过，老板办公室的墙上挂着一份管理守则，其中一条写着，对于任何一位进来的顾客，我们都要竭尽所能让他们掏空口袋并负债累累才能离开。我告诉他，我很喜欢现在的这份工作，但我只是个过客，注定不能久留。卡洛用严肃的神情看着我，又问：我见过很多背包客，他们大多只是走马观花，拍些照片当作炫耀的资本，但我也见过几个真正的旅人，他们四处游走是为了疗愈内心的情伤。我一眼就看出来，你是第二种。我笑了，没有回答。卡洛也笑了，他说：当然，你的眼神里除了失恋的忧伤，还有对这个世界的好奇。你刚到我的店里不久，可能还没有机会听到员工们私下里嚼我的舌头，但我可以亲自告诉你我的故事。

我曾自杀过两次。第一次很老套，深爱的女友把我踹了，我觉得自己非常无能，感到将来再也不会爱上别的女人，为了最后一次证明我对她的爱，我从租住的五楼公寓跳了下去，幸运的是被树枝挡了一下，活了下来，但双腿却没有保住。在医院里苏醒后，我发现臀部以下空空荡荡，才知道自己从此成了废人，更加万念俱灰。在醒来后一个月的一天夜里，我把偷偷积攒的镇痛药安眠药一股脑地吞进了肚子。之前跳楼时，一切都发生地极其迅速，在那一瞬间我的大脑一片空白，而现在服药后的心理却完全不同，在双臂和腹部开始渐渐麻木时，我突然感到了极大的恐惧，开始后悔。我当然没有死，不然现在就不会站在这里同你聊天了。

我偷偷地瞄了一眼卡洛的裤管，这才注意到里面是金属假肢。卡洛继续说：虽然吞药后非常后悔，但被救活后的几天，我还是情绪低落，看不见人生隧道的一丝亮光。我心态的转变发生在第二周的周日。那天早晨醒来后，我看见房间里有一丝丝的光线，它们从窗外射进来，与护士刚刚端给我的咖啡热气缠绕在一起，我忽然感到自己的心灵融化在某种莫名的氛围里，我说不出这种氛围是一种香味，还是一种光泽，还是我小时候在教堂里听到的管风琴的回响。窗外飞鸟的追逐嬉闹声落在护士柔和温暖的笑容上，让我升起了一份无名的感动，我当时渴望马上见到朋友和父母，希望立刻得到他们每天都会给我的爱抚和拥抱。完全恢复后，在父母的帮助下，我做起了超市的生意，虽然前女友并没有回到我的身旁，但我也没有像当初想的那样得不到女人的爱情。"

我被他的故事感染了，想了一下，小心地问：所以现在所有的连锁店都为先到的十位顾客提供免费咖啡，是来自于那天清晨你在病房里的感悟？

卡洛依然沉浸在自己的情绪里，仿佛在自言自语，又像是答非所问：主动放弃自己生命的人各有绝望的理由，但都无一例外地尚未看清这个世界，也未看透自己的一生。一旦有了清醒且透彻的理解，即使离开这个世界仍然是最好的选择，在那种心境下的放手也是最为放松和愉悦的。这是我用了很长时间才明白的道理。"

"你前天说开了两家商店，我猜你也会提供免费咖啡？"小香拄着拐杖小心地走下台阶，我只好在后面扶着她的胳膊防止她摔倒。

"当然，除了咖啡，我还免费提供热茶、豆浆和点心，但我不会只选择前十位顾客，对于那些真正需要帮助的人，我会全天免费。曾经有一个打工妹经常到我的超市买方便面，每次只买一包，而且是最便宜的。从她的穿着和掏钱的动作，我可以看出她过得非常拮据。我知道超市对面的工厂老板并不大方，每次她来时，我都会以买一送一或者处理过期商品的借口送她一根香肠、额外一包方便面或者其他一些食物。几天前，她过来跟我告别，说弟弟在老家终于结婚了，家里现在催她回去跟一个已经给了彩礼的人成家，她来是想谢谢我，说在这个城市我是唯一对她好的人，每次我的微笑都会让她感到温暖，成了每天能够坚持下去的唯一盼头。她说会一辈子记着我这个好人。"

小香停了下来，坐到小径相交处的椅子上，看着我，我站在她的面前，不知道她要做什么。就听她说："你前面说，一件事发生概率越小，对人生的影响越大，而你刚才的故事却是个反证，你对那个女孩无疑产生了巨大的影响，但并不是通过偶然事件，而是平日里的点滴关怀和照顾。"

这倒是我没有想到的，看来她的大脑已经完全恢复了正常，又有了一贯的批判性思考。"嗯，你说的对，也许用日常的平凡给予别人意义才是我们能够做到的意义，毕竟我们谁也无法预测或控制偶然。"

"也许吧，至少爱情可以作为一个证明。我们年轻时情愫初开，更期待偶然的相遇，并称之为缘分，但真正的爱情是细水长流的浇灌和平凡生活里的关心扶持。这也是我所期待的爱情，我觉得真正能与我走到最后的一定是一个可以让我接受他本真的人，而不是我所希望成为的人。而这样的人只有在平常生活中足够地成熟才有可能。"

我觉得这可能是个很好的时机，便小心地说："你还记得车祸发生时的情景吗？你的男友当时他……"

"我苏醒后就已经向护士打听了，也一直在为他祈祷，但愿他的家人不会太过悲伤。不过，他不是我的男朋友。头天晚上我去参加朋友聚会，天快亮时，他说跟我同路，可以顺便捎我回去，我当时已经有些醉了，根本没注意到他也早已酒精上头。我这几天一直非常自责，要是当时劝他打车就好了。"沉默了好大一会儿，小香抬起头，看着我："当年劈头盖脸地骂你之后，我也同样地非常内疚，那天在单位被领导批评，晚上坐你的车时本来就窝着一肚子的火。"

我赶忙让她打住，"你当时想去阻止那两个人贩子是对的，可惜我当年确实懦弱。不过现在已经脱胎换骨，要是再遇到不公或者不义，我会像你一样挺身而出。"

小香苦笑着摇了摇头，问："你这几天同姚大夫说话了吗？"

"谁是姚大夫？"

"就是我的主治医师。看来他也没有告诉你。每次问他，我的腿能不能保住，是不是要截肢，他总是安慰说，你不要焦虑，先放松心态，早日让大脑康复再说。"忽然她话题一转，用命令的口吻说道："把你的手机给我。"接过手机，她拨了一个电话，就听她说："喂，是姚大夫吗？你好，我是曹小香的家属，我就是想问问，我们家小香的腿怎么样了，是不是要截肢，那样的话，我们就赶紧去筹钱。"

我正暗自好笑，却发现小香的脸色渐渐阴沉下来。在接下来的沉默中，我们就那样坐着，直到暮色渐浓，我帮助她站起来，说，"天要黑了，我们回去吧。一般来说，消息总是结伴而来，一个坏的，一个好的。你刚刚只是选择了先听坏的。"

小香把拐杖拄到左腋下，并没有挪步，抬起头不解地看着我。"好消息就是，假如真是那样的话，你不再需要的那双鞋已经有买家了。"我说，"我希望这次车祸的偶然能与细水长流产生双重的影响。"

九、兔武脑认出了大灰狼

收到紧急动员令时，支部书记兔武脑正在给兔子兔孙们上思想品德课，讲解他们的领袖兔大大的伟大思想，这些思想其实只是秘书为他撰写的各种会议的发言稿，如今集结成册，成了他自己系统而又深刻的大部头理论。动员令是由兔大大通过口谕一级一级传达下来的，兔武脑不敢怠慢，马上打开抽屉，拿出战时紧急状态法，宣布进入二级战备，并按照上面的清单，命令所有兔子，无论职位，不管老幼，立即转入正七级战道。根据拐弯的程度和入地的深浅，兔子洞一般分为十二级，在地下的隧道以正数分类，而地上以洞口为圆心的不同距离被划分为负十二级。所有的粮食也都转运到正七级储藏室并封存起来，开始实行战时供给制，没有书记的批条，谁也不能擅自靠近粮仓，更不能随意拿取食物。所有兔子的言行也必须遵守紧急状态法，任何敢怀疑、讽刺或批评兔大大思想的兔子，都会被立即就地正法，无需通过形式化的司法审判。任何有通敌或叛变嫌疑的隐藏分子，任何同志都可以将他当场打死而无需负法律责任。与此同时，兔武脑书记拿出了所有备用的扩音器，将它们安装起来，同已经在广播的喇叭一起，开始循环播放兔子家族革命史，尤其是兔太祖的英雄事迹。他老人家当年在山穷水绝、道尽途穷的不利形势下带领先辈们杀出一条血路，打败了饿狼，赶跑了恶狗，建立了自由、平等和幸福的兔子王国，他是我们所有兔子的大救星，他的光辉事迹将永远鼓舞着我们保家卫国，再次战胜敌人，走向更大的辉煌。

根据太祖的理论，这将是一场持久战，但不到两个月，兔子们就发现，外面的敌人一个还没有看见，内部的威胁倒是明显严重起来。

进入战时状态两个月后的一天早晨，兔武脑书记正在起草每日形势简报，忽然有一个手下慌里慌张地跑了过来："报告书记，我们的片区有两个坏分子正在吃其他兔子！"兔武脑吃了一惊，他知道由于配给分发的粮食一天只有一两片枯黄的菜叶，加上终日躲在深深的地下，有不少年老体弱的同志不是饿死就是病死，就连原先肥胖壮实的兔子也出现了浮肿；但他觉得这些困难都是暂时的，是可以克服的，现在发生了兔子吃兔子这种有悖伦理的不幸事件还是让他有些惊慌，担心传出去会产生意想不到的负面影响。他赶紧跟着走几步就得停下来喘气的手下，前往查看。那两个吃了同胞肉的兔子是一对父子，嘴上和脖子上血迹斑斑，此时他们已经被同区的其他兔子捆了起来，地上的兔子毛一片狼藉，被吃掉的尸体只剩下了兔子头，双眼圆睁看着屋子里所有的同伴。片区区长见支部书记来了，赶紧向他汇报情况，说被吃的兔子是孩子他妈，昨天夜里死了，父子俩饿昏了头，乘着黑暗竟然躲在草褥子里把她吃了，但他作为区长一直保持着警觉，在听到声响又闻到肉味后，便过来查看，将他俩抓了个现行，并在天亮后第一时间派手下向书记报告。

武脑书记围着父子俩转了一圈，然后面对着所有的兔子停了下来，表情明显痛心疾首："同志们！我们兔子种族向来都是素食主义者，现在竟然发生了这种大逆不道、有违兔伦的恶性案件，这正说明了敌人对我们的进攻不只是发生在战场上，也会出现在我们的内心里，我们无时不刻都不能停止学习兔大大思想，否则我们就会成为我们自己的敌人。我知道，我们暂时面临着食物短缺的不利形势，但胜利终将属于我们。我宣布，从现在开始，我们要发动一场自纠自查和相互监督的运动，每一位同志都必须紧紧地盯住每一个兔子，找出他私藏的粮食，挖掘他隐蔽的不良思想。只要有任何发现，必须也只能向我直接汇报，绝不能向其他任何同志泄漏，更不能向其他片区的兔子透露风声，尤其是今天这样的恶性案件，谁也不准谈论！"

　　亲手处死了父子俩后，武脑书记赶回屋子，将当天的形势简报发给了大大，这个简报每天必须赶在正午十二点前发出，否则会受到政治处分。与其说这是一份简报，不如说是写给大大的捷报：他的辖区形势一片大好，所有的兔子都精神饱满，斗志昂扬，随时准备英勇牺牲，杀敌报国。虽然形势喜人，但一切都要从最坏处着想。为了防止思想不坚定的下属跑出去寻找食物，武脑书记在广播里反复告诫大家，外面的形势正在恶化，所有的洞口都被敌人包围了，更可怕的是，大灰狼和哈巴狗为了吃上兔子肉，喝到兔子血，竟然狼狈为奸地走到了一起。我们现在面临着比太祖干革命时更加复杂和严峻的局面，他说。宣传非常有效，所有的兔子都大气不敢出地躲在第七级地洞里，虽然他们因为饥饿早已气息奄奄。武脑书记非常满意，但他也注意到恐慌宣传的负面作用，那就是每天很难凑齐驻守洞口的哨兵，大家总能找到不同的理由躲避兵役。有的整日闭着眼睛，说自己瞎了；有的一瘸一拐地走路，说自己断了腿；还有的干脆卧床不起，声称自己就要死了。

　　兔武脑无法辨别真假，因为每天饿死病死的兔子确实越来越多。第二天，他刚刚发完当天的简报，就听到门口有虚弱的声音喊"报告！"。他冲着外面说："进来吧。"过了好大一会儿，房门才被艰难地推开，一只瘦得不成样子的老兔子费力地挪动着脚步，爬了进来。兔武脑认得他，好像名叫兔有情，曾是辖区下面一个小分队的队长。"什么事？"武脑书记坐在宽大的办公桌前没有动，看着下面问。兔有情没有回答，继续吃力地向着书记挪动，过了一顿饭的功夫，总算爬到了办公桌的脚下。他抬起头，小声地说："没有吃的，大伙儿马上就要死绝了，再这样下去，有没有敌人、要不要战胜敌人都已经无所谓了。我观察了很久，现在可以向您报告，我终于找到了食物短缺的原因。"说完，他又往前爬了几步，把声音压得更低，说："我们的粮食都被蜘蛛和蚂蚁偷吃了。我数了一下，每天大约有四五十只蜘蛛还有几百只蚂蚁进出我们的仓库。他们去粮仓能干什么呢？就是偷我们的粮食！"

　　武脑书记觉得事态严重，马上召开了一场群众大会。他让兔有情走上讲台，亲自告诉大家他的发现。有很多同志表示反对，有的说，蜘蛛只吃小昆虫，根本不会对我们这些枯黄腐烂的破叶子感兴趣，蚂蚁也是，他们可能会偷吃人类的大米，即使拿了一些萝卜缨子或菜叶子，也不是为了吃，而是为了装饰他们的蚁巢。更有一些同志激动地上台，说这些蜘蛛和蚂蚁根本不是来偷我们的粮食，而是为了打探情报，是大灰狼和哈巴狗派来的间谍。这个发言一下子改变了会议的方向，很多兔子如梦方醒，纷纷举手发言，有的说，他亲眼看见兔有情趴在地上同蜘蛛和蚂蚁嘀嘀咕咕地窃窃私语，但没有谁能听懂他们在说什么，很可能是一种暗语或接头信号。还有的想起来，以前没有谁愿意去驻防洞口，而他每次都是主动请缨，自从防洞里出现蜘蛛和蚂蚁后，他就总是借口头晕眼花或体弱多病呆在家里，现在看来，都是有计划有预谋地在配合外面的敌人。

　　武脑书记最后做了总结性发言："同志们，你们的检举和揭发都是英勇的革命行为，帮我们铲除了又一个祸害。兔有情事件再次向我们敲响了警钟，敌人不但在外面向我们步步紧逼，还在内部瓦解我们的防线，我们决不能让他们的阴谋得逞。大叛徒兔有情一方面向敌人传递情报，另一方面造谣说我们粮食短缺，兔子们正在饿死，那我们今天就送他上西天，要是不把他处死，他就会继续浪费我们的粮食。"说完，他挑选了几个身强体壮尚能干活的同志，把叛徒的四肢五马分尸般地绑在了四个不同的柱子上，从唇部开始，用刀一点一点地开始剥皮。可怜的兔有情本就瘦得皮包骨，四个刀手很难一下子把皮与肉分离开来，也没有多少鲜血可以润滑，因而极大地延长了极刑的执行时间，更加增添了扎心刺骨的疼痛。所有的兔子都你推我搡地围拥在四周，或兴奋或木然或惊恐地看着曾经的朋友当下的仇敌扭动着身体，用变形的脸和嘴发出奇怪的叫声。兔有情嚎叫了一整个夜晚，才咽下最后一口气。在他死去之前，他那条完整的新鲜兔皮已经被书记当作特别的革命成果，附在当天的号外简报里送给了大大。

　　在兔有情死去后的第二天夜晚，所有的兔子都已经上床就寝，临近午夜时，一声"狼来了"的凄厉尖叫把进入了梦乡和闭眼装睡的兔子都吓得跳了起来，他们顾不得梳理毛发来遮挡隐私部位，也来不及询问，争先恐后地从屋里跑了出来，及至跑到了第九级洞窟，大家才你瞧着我，我看着你，发现并没有狼或狗追过来，才稍许放宽了心。有兔子问："刚才是谁在谎报军情、扰乱民心？"

"是粉红兔团团！"一只个子矮小的母兔说，"我就睡在他边上，当时没有睡着，一开始他只是在梦里小声地嘀咕着什么，后来就尖叫起来了。"

蹲在角落里的团团回道："不是我。我根本没有做梦。你自己每天都说眼睛瞎了，只能躺在床上，现在怎么睁开了？跑这么远怎么没有撞死呢？"

一句话惊醒了梦中人，大伙儿这才意识到，平时一直假装的腿瘸、眼瞎、耳聋、背断等等等等不去干活或当兵的理由，此时统统露出了马脚，自我证明为谎言。刚才还面面相觑你盯着我、我瞪着你，现在谁也不敢去看其他兔子的眼睛，个个都低着头不再说话。过了好大一会儿，就听有只兔子说："看来并没有什么狼，也没见到狗，可能就是句梦话，我们还是回去睡觉吧。明天起来后，一切都会恢复正常，该瞎的瞎，该哑的哑，该瘸的瘸，该聋的聋。"说话的是另一只粉红兔名叫武威，一向自认为是书记的接班人，"只是谁也不准把今晚的事告诉书记。谁打了小报告，谁就不得好死！"

武威说这句话时，并没有想到会一语成谶，更没有想到会祸害所有在场的兔子。

第二天，兔武威照常去兵工厂上班，因为自称耳背而且失语，自从紧急状态法实施以来，他就一直被安排去制造炸弹。这种臭蛋的主要原料是颗粒状的兔子屎，工人们需要用一种加压炉把它们压缩进掏空的树根球里，臭蛋的顶端有一根用紫藤做的触发器，这些臭蛋在被扔到敌人的阵地后，触发器接触地面，引起内部气压升高，兔子屎颗粒就会四分五裂地爆炸，一股脑地砸向敌人，轻则短暂昏迷，重会当场死亡，更别提那种恶臭和恶心味吓得没有被击中的豺狼狗豹四散奔逃。这种炸弹的关键是内部气压，在制造时一定要小心谨慎、防止过载，务必保证弹内压力保持在规定的水平，大了会自发爆炸，小了不会触地引爆。由于营养不良，兔武威本就有些萎靡不振，加上昨夜的乌龙，他更加地迷糊不清。上面分配的任务是每天完成至少十个炸弹，在制造第四个时，他已经完全眯上了眼睛，加压器在他的鼾声中不断地为粪蛋加压，忽然一声巨响，接着是连环的爆炸，兔武威在睡梦中还没有来得及喊叫，就连同工友们一起被炸得粉碎。不但兵工厂被彻底摧毁，整个第七级防洞里所有的兔子都尸骨无存。兔武脑书记正在加固的单独指挥所里阅读大大的最新指示，他先是感受到了强烈的震动，接着是雷鸣般的巨响。等到一切都风平浪静后，他小心地打开厚厚的房门，发现外面一片狼藉，所有的部下都已无影无踪。

接下来的几天，兔武脑除了按时发出除了日期其他只字未改的简报外，就是独自坐在指挥所里发呆。到了第三天，他实在饥饿难耐，整个地下隧道里找不出一丁点吃的，他只好匍匐在地，小心翼翼地爬到已经破碎不堪的洞口。外面阳光明媚，他一边侧耳倾听，一边一点点地探出脑袋，提防着被埋伏在四周的敌人发现。终于，他的整个身子都冒出了洞外，却没有发现任何狼狗的影子。看着鲜翠欲滴的野菜和红润诱人的水果，他顾不得潜在的危险，大快朵颐起来。平日里即使在和平时期，他们也只能吃些过期的叶子，胡萝卜、水果和新鲜蔬菜都被当作特供品送到了中央，由大大分配给他喜欢的中高级干部。有时，他也会把即将腐烂的瓜果赏赐给基层干部，但那是莫大的荣誉，各支部的书记们都不舍得轻易吃掉，他们会把这些奖品贡在壁柜里，与奖状并列呈放，当作炫耀的资本。直到吃得肚大腰圆，几乎恶心得要呕吐出来，兔武脑才停止了咀嚼。他想回到指挥所再次躲藏起来，刚迈开步子，肚皮就蹭着地面钻心地疼痛。他索性躺在地上，想着等消化一会儿再回去不迟，却渐渐地迷糊过去。

睡梦中，兔武脑仍然在疯狂地采摘葡萄和草莓，忽然眼睛的余光看见不远处出现了一个高大的黑影，他猛地惊醒过来，揉了揉眼睛，发现果然有一只梅花鹿站在自己的面前。他松了一口气，悬着的心也平静下来。"你们最近都去哪儿了？以前经常遇到你们，这一段连个影子也没有。"梅花鹿低下头问。根据战时状态法，任何兔子不能向任何其他动物透露任何信息，但武脑书记扭头看了看四周，还是小声地反问："你在森林里逛荡，没有看见大灰狼吗？"

梅花鹿扬起头，哈哈地笑了："近百年前，听太爷爷说是有不少狼，但它们都被赶尽杀绝了，我活了这么大一把年纪，还真的没看见一只。"

"这片林子里真的没有狼？"兔武脑不相信自己的耳朵，再次问道。

"豺狼大灰狼郊狼狐狼，什么狼也没有！"一只花猫从树上爬了下来，插嘴说道，她后面的几只松鼠也跟着不停地点头。

"那哈巴狗呢？"兔武脑又问。

"我们倒是有一些小狗朋友，他们都非常温顺友好，不信你问问那几只松鼠。"梅花鹿回答。

兔武脑书记有些迷惑。难道我们一向伟大光荣正确的领袖发生了误判？那是不可能的。"不对！当年太祖带领兔子们打败了豺狼，并没有把他们赶尽杀绝，他们只是认输投降了；鬣狗也没有都杀死，而是被赶跑了。他们肯定还躲在哪里，不可能都死光了。而且，我们的领袖大大说，现在的敌人是大灰狼和哈巴狗，不是太祖时的豺狼和鬣狗。"

"你不是第一个跟我们这样说的兔子。"梅花鹿笑了，看了看松鼠、花猫还有刚刚不知从哪儿冒出来的山羊，"整个森林里也只有你们兔子认为当年是你们打败了豺狼。你去问问任何一个动物，他们都会告诉你，当年跟豺狼撕打的是护家犬，等到豺狼被赶跑、护家犬也深受重伤时，兔太祖从洞里钻了出来，带领着成群结队的兔子兔孙又把护家犬赶出了这片林子。"

"你说的也不全对。"山羊捋了捋胡子，说："同豺狼干架的确实是狗狗，我太爷爷留下了一本日记，里面记载了他的所见所闻。他说，当年狗狗们拼得很凶，个个不是死就是伤，我们山羊都吓得跑到了山头的悬崖峭壁上躲了起来，有时候从上面看他们咬在一块真是吓人。但是那些兔子并不是只躲在洞里不敢出来，他们也活跃的很，挖了很多洞用来下绊子，不过不是去绊那些豺狼，而是专门去绊本来就不占优势的狗狗。"

兔武脑越听越生气，他大叫一声："够了！你们不要再编造谎言来骗我了！真相不是这样的，我们的史书写得很明白，就是兔太祖打败了狼群。而且，我们现在是在战时紧急状态，如果没有大灰狼和哈巴狗，我们的伟大领袖大大为什么要宣布全兔总动员呢？"

"因为他害怕你们见到外面的世界多么自由、平等和幸福，害怕你们知道了真相就会怀疑他的宣传，就会质疑他的统治。只有虚构出一个外部敌人，只有让你们感到恐慌，只有激发出你们对他人的仇恨，你们才能更加紧密地团结在他的周围。"头顶有一只小鸟正好经过，边飞边对下面说。

"说到谎言，你知道吗，整个森林里，所有动物都知道你们兔子从上到下个个都撒谎成性，没有一个会说真话。"松鼠从梅花鹿身后走到武脑书记面前，看着他的眼睛："如果你相信你们的史书，那上面为什么记载着兔太祖后来在会见豺狼的使团时，当面向他们表示感谢，说当年要不是因为他们侵犯这片森林，兔子们还赶不走护家犬呢？"

兔武脑确实在兔太祖文选里读过这断轶事，这些文选以及兔大大理论他都烂熟于心，可以信手拈来。他忽然记起太祖的革命战友兔得槐元帅被整死时的一个罪名，就是在百兔大战中击毙了不少豺狼，暴露了兔子军团的实力，破坏了韬光养晦的战略，这不正好暗示着，当年兔党根本没有把抗击豺狼当作战略任务吗？还有，史书上说豺狼是从临海的东北面入侵的，所有重要的战役都发生在东北和东面，而太祖当时却同先辈们一起位于西北，他们是怎么去抗击豺狼的呢？自己以前在读这些文献时为什么没有把各种细节联系起来、注意到他们的自相矛盾呢？他赶紧停止了思考，他担心思考越多，内心会越加痛苦。

武脑书记不知道自己是怎么回到房间的，虽然今天吃了好多美食，肚子现在饱饱的，他却感到难受之极，恶心欲吐。爆炸虽然没有摧毁坚固的指挥室，但在它的顶部捅了几个大洞，看着外面的夜空，他又想起了小花猫的话："你们的兔太祖确实杀敌无数，不过被杀的敌人不是豺狼，而是你们兔子自己，只要他一努嘴、一伸指头，他面前的兔子就会被定性为敌人，就会被整死。这个林子里，还从来没有哪个狮王猴王虎王像他那样害死自己的同胞多达几千万只。"临近子夜时，武脑书记渐渐平静了一些，他觉得太祖当年那么做可能也是迫不得已，在弱肉强食的林子里，也许他的做法是唯一可以保证兔子家族存活下来并占领这片土地的深远战略，无论怎么说，既然他成功了就一定是对的，况且，我们现在有举世无双、无比英明的领袖兔大大总书记，我们一定会再创辉煌。想到这，武脑书记的心里舒畅多了，他随手拿起床头的兔大大光辉事迹画册，一页页地慢慢翻看，这本书几乎已经被翻烂了，但现在阅读别有一番新意，会让自己感受到一种莫名的力量。他借着洞口透入的夜光，每一个文字，每一幅照片，都要仔细地看上半天。忽然，他的眼睛停在了第八页的图片上，手也停止了翻动，这是大大第六次当选为伟大领袖后向代表们挥手致意的场景，但奇怪的是，四张照片里他都是赤身裸体露出了完全不是兔子的毛发，而且屁股后面明显拖着一条长长的尾巴。自己以前翻读了无数遍，也曾在电视上看过现场直播，清楚地记得他当时穿着中山装，但现在这些照片上他的衣服怎么消失不见了？他又赶忙翻到第九页，仍然是大大带领他的几位亲密战友们在台上向代表们陈述雄心的见面会，他也仍然一丝不挂，身后的尾巴高高地翘起。武脑书记抬起头，不敢再看一眼，他觉得自己的心脏跳的厉害，几乎要夺胸而出。难道大大那天穿着特制的衣服，这种衣服在夜色下就会消失不见？还是他像穿新衣的皇帝一样其实根本就没有穿衣服，只是用了某种障眼法让我们觉得他穿了？他捶了一下自己的脑袋，为刚才的胡思乱想感到自责。但内心的不安还是难以消除，他索性离开指挥所，在夜光下向九曲十八弯的隧洞深处走去。

　　兔子洞在爆炸之后没有一级是完整的，每一个都已经破碎不堪。武脑书记摸索着从一级走向另一级，一直走到深深的尽头，然后掉头深一脚浅一脚地往回走。回到指挥所，天差不多要亮了，他也觉得自己的脑子恢复了一丝清醒，难怪他们不吃蔬菜瓜果却个个红光满面、大腹便便，难怪他们命令所有的兔子都必须呆在扭扭曲曲的隧洞深处、不能私自走出地面，难怪他有时候讲话会突然偏着头嚎叫，身后的同伙也伸着脖子发出同样的声音。当第一缕阳光从头顶的破洞照射进来时，兔武脑拿出了每日简报的模板，将几个月来一成不变的电文一股脑地抹去，然后一字一句地郑重写到：大灰狼已经出现，而且不止一只！

十、我在非洲当国师的那些事

十几年前，国内的官方媒体曾刊载过一篇长篇报道，用自豪的语气介绍了我在非洲某国当政府顾问的事，如果你去网上搜索，说不定还能找到那篇文章，当然，前提是，你得知道那篇报道用的是我的哪一个假名。其实，我当时的真实身份是该国终身主席的国师，替他运筹帷幄、出谋划策，毫不吹嘘地说，他的江山都是我帮着打下来的。那都是几十年前的事了。如今该国四处推销它的政治制度，宣传说，正是得益于这种与欧美不同的体制，它的经济才能在很短的时间内突飞猛进。作为当年的政策制定者之一，我太了解这个制度了，乃至如今只能隐姓埋名躲藏在异国他乡。

为了不暴露让自己惹火烧身，我在后面透露内情时，一律用坤国来代称这个非洲国家，用魔祖来代称该国的开国领袖和后来的国家主席。要是用了真名的话，凭我对他的了解和依他做过的那些狠事，我可能会挣得大家对这篇文章的真实性的认可，但不用多久，你们恐怕就再也听不到我的消息了。

我同魔祖相识于国内某校园，当时他刚从非洲过来留学，我被学校安排当他的"学伴"陪读，其实就是做保姆，因为他初来乍到，人生地不熟，语言也不通，我们这些本地学伴可以手把手地教他们，让他们更快地适应新的生活。然而半年不到，这小子就把我给甩了，自个儿找了几个异性学伴，还大言不惭地跟学校国际部的指导员说，女学伴更耐心、更细致，也让他更有融入我们当地文化的冲动。有时候在校园里偶尔遇见，看到他与漂亮的女同学有说有笑，我就气不打一处来，发誓以后再也不正眼瞧他。没想到几个月后，快到期末考试时，这个厚脸皮又来找我，说昨天被几个流氓打了，他们今天还会在放学回宿舍的路上等他，要让他挂彩。我见他的眉头确实鼓起了一个大包，便想这可能是那些仇恨留学生的人干的，因为这些留学生在这里享有超国民待遇，比如学费全免，每月有国家发放的花不掉的生活费，每个人都住着单间，有空调，有电梯，简直像是在异国他乡度假。从这方面来说，我心里也很不爽，于是准备把他打发走，不管他的闲事，但又怕他去学校告状，毕竟在系统里我仍然是他名义上的学伴，出了事，学校处罚的，肯定是我。于是，我只好黑着脸，陪他回宿舍。

留学生的宿舍楼紧靠着校园外的公园湖泊，比较安静偏僻。我俩骑着自行车刚走到"闲人免进"大牌子下的岔路口，就被三个家伙拦住了。他们一把将魔祖从车上拽了下来，二话不说就踢了他几脚。我赶忙将他们挡住，却被一个家伙乘机薅住了脖子，就听他说："哥们，这不关你的事，这孙子敢动大哥的马子，还把她肚子搞大了，今儿个非得把他给骟了，你丫的最好别掺和！"我靠！一听这话，我知道坏了，这他妈比扇脸、抢钱、捅刀子还要恶劣。这已经不是什么个人头顶上色儿的小事了，而是民族大义和种族荣誉的大事。这小子之前不跟我说实话，想把我骗过来陪打是吧。看着他们对魔祖拳脚相加，我急中生智，知道大麻烦只能用大话头才能盖得住，便再次拦住他们，用京片子的口吻警告说，这个黑人是一位国际友人，在他们国家大有来头，要是有个三长两短，那就不是我们学校能处理的了，肯定会惊动上头，搞不好会成为一个外交事件！到时候谁都吃不了兜着走！见他们停止了殴打，我又说：你们几个见好就收得了，反正捶也捶了，踹也踹了，以后让他离你们的女朋友远点，要是再犯，到时候下多大的狠手都不为过。说完，我让魔祖赶紧道歉保证，那几个家伙不干，非要让魔祖下跪发誓，我好说歹说，这孙子才不情愿地半跪着咕哝了一通，也不知道他是真地在发誓，还是在暗中骂我们。那几个不知道是学生还是校外流氓的家伙又照着他的脑袋扇了几下，才骂骂咧咧、指指戳戳地离开。

这事儿让我对魔祖的印象更差了，以后只要在路上遇到，我都绕着走。没想到这小子不但不报恩，三年后在毕业前夕又来找我，说要是不帮忙，他就死定了。这回他倒是说了实情，原来是偷图书馆一本珍藏版《孙子兵法》时被抓住了。他恬不知耻地说："我就是忘了把它还回柜台，揣在怀里不小心带出了阅览室。"真够厚颜无耻的。我满怀着厌恶，冷冷回他："一年级时我为帮你差点挨了一顿揍，现在你在裤子里拉稀，又想让我来擦干净，是吧？"这个无赖可能没完全听懂，还在那儿傻笑，用半生不熟的中文说，现在要毕业了，跟他好的女生都莫名其妙地躲他远远的，"我爸爸是酋长，我回去也会当酋长，家里有很多牛，我回去会给你很多钱。"我觉得他在给我画大饼，便没理他，转身就走。这丫的跟在后面，又说："我已经跟学校解释了，我不是有意带出去的，作为外国留学生，我不了解图书馆的规定。他们说，只要有个同学写一份书面证词，他们可以不再追究。我已经把你的名字告诉他们了。"我转过身，抡起拳头，就想给他一下子。他一边举起右手试图阻挡，一边说："你以前跟我分享的考试作弊秘诀，还有哪位老师无能，哪位老师好色，哪位老师喜财这些八卦，我可跟谁也没说。我知道说了对你毕业不好。"我靠，敢情我当年掏心窝的真话现在都成了他讹诈我的黑材料了。

　　毕业后，我总算摆脱了这个无赖，但无聊恶心的工作更让我烦心。我已经厌倦了单位里的勾心斗角和溜须拍马，琢磨着是不是要辞职，下海经商做个小买卖什么的。一天深夜，有人敲门，我推开一看，是个若不开灯都看不见有人的黑家伙，不认识，我以为他走错了房间，他却用中文字正腔圆地问："你是某某某吗？"我有些懵逼，他乘机从门缝里挤了进来，直到我关好门，他又看了看十四层楼高的窗外，然后重新拉上窗帘，说："我是魔祖派来的特命全权大使，这是他委托我向您转交的坱国总顾问任命书。"我知道魔祖这个人，还从来没听说过坱国这么一个国家，正犹豫沉吟着呢，来人解释说，魔祖回国后，组建了一支游击队，准备发动兵变推翻现政府，成立民主自由共和国"坱国"，结果被政府军打个落花流水。他觉得失败是因为自己的孙子兵法还没有完全吃透，特意邀请当年的老同学去给他当参谋，共同建立一个新国家。我一听，心想，好嘛，这次的饼画得更邪乎。见我不信，这位特命全权大使从手提包里拿出了一叠美元，接着又拿出一块金条，说这是聘礼，一旦接受，待遇还会更加优厚，如果打了胜仗乃至成功建国，我将成为国家领导人之一，即使在自己的祖国也将一跃成为政府的座上宾。"你就过他几次命，现在还是只有你才能救他。"使者说。

　　跟着这位大使去往那个非洲国家，可谓历尽千辛，他解释说，这一切都是为了安全，为了掩人耳目。像偷渡一样海陆空辗转颠簸了十几天之后，终于抵达该国，并在山上一个不大的坑洞里见到了阔别多年的老同学。魔祖又是握手又是拥抱，给我的感觉就是终于盼来了大救星。安顿好后，他带我去阅兵，散落在山上不同坑洞里的士兵大约有一百来人，个个看起来就像是矿工。当晚促膝长谈，我大致明白了他目前的处境。此前他高估了国民对独裁腐败政府的不满，以为兵变会一呼百应，结果只有自己的小部队起义，很快便被打得落花流水，即使采用孙子战术在城市进行游击战，也无法获得民众的广泛支持，整个队伍越打越小，已经到了山穷水尽的地步，现在只好躲在深山里，只有天黑之后才偶尔下去抢些粮食和生活用品。我有些后悔跑这么远来当什么总顾问，这简直就是来送命，但我还是给他出了一些主意，告诉他，打游击当然可行，但必须全面地多方位地进行综合的长期斗争，处理好文与武、虚与实、内与外的关系。要想获得民众的广泛支持，必须四处散发传单和大力发展民主电台，揭露政府的腐败邪恶，同时不断地骚扰国家军队，占领一些偏远地区的警察署和军营，这是文与武的结合。虚与实就是给农民和小市民画大饼，向他们许诺，一旦推翻现政府，就分发土地房屋，取消苛捐杂税，实行民主选举，同时把当下抢来的粮食和财物适当地分配一些给占领区的民众，把土地从酋长手里没收归公，再分发给农民，鼓励他们积极生产，解决游击队的粮食问题。更重要的，是既要大力发展政府部门和军队的内线，获得各种情报，又要派出代表去游说对我们现政府不满的几个国家，向他们许诺一些利益，来获取他们的各种支持，这样的话，即使最后失败了，也有可以逃亡的后路。魔祖听着，不住地点头，到最后甚至眼含泪光，仿佛洞外的晨曦就是胜利的曙光。我自告奋勇，装扮成商人回到祖国进行游说。

　　一个多月后，再次辗转回到山洞，我向魔祖通报了秘密会谈的结果："他们对你送女儿去当情妇的建议不感兴趣，让你儿子去长期读书，他们倒是未置可否。"魔祖想了一会儿，说："看来他们不喜欢联姻，更想要人质。"我纠正说："他们更想要的是东北的优质港口，乃至整个东北省份，反正那里也不是你的老家，我们可以考虑。作为回报，我们会得到武器弹药还有人员培训。"魔祖点了点头，"嗯，你们好像有个成语叫壮士断。。。断。。。"我刚想说"断腕"，他已经凑近了我的耳朵，小声地问："你找到冰冰了吗？"我摇了摇头。"嗯，上次给你送去任命书的特使也没找到她。难道她真的一点也不想我？"

　　有了充足且强大的武器和训练有素的战斗队员，我们的根据地扩大了好几倍，魔祖和几个高级领导人也搬进了舒适且隐蔽的房间，再也不用窝在山上的坑洞里忍受蚊虫的叮咬和毒蛇的骚扰了。他每天都在思考着什么时候可以去攻打城市，至少占领一个都市，以便壮大影响，获得更多的国际认同和支持，而我一直在试图打消他冒进的念头，告诉他，虽然我们有高级内线，对政府军的动向了若指掌，但出于两个原因，我们还不能改变游击战略，过早地进行正面对抗。第一，我们没有远程火力来扫清对方的大炮，一旦暴露位置，我们还没有接敌就会成为炮灰；第二，即使我们能挺过政府军的强大火力并蚕食远多于我们的敌军，从最好的结果来说，也至多是形成相持不下的局面，那时候，一直对我们的矿产垂涎欲滴的邻国就会乘机入侵，将政府军连同我们一起消灭干净。"你知道我们另一个成语吗？叫河蚌相争，渔翁得利。"魔祖如梦初醒，瞪着两只圆眼说："怪不得邻国一直说要帮我们，却什么也没做。""我们还有一个成语叫口惠而实不至，说的就是这样的人。所以我们最好的策略是借用别人的手来削弱和消灭政府军，而自己却不费一兵一卒，同时还能暗中壮大自己。我们可以派一个隐藏在政府军的士兵向邻国军队开枪，最好打死几个，挑动两国开战。如今邻国大兵压境，就差有人点火了。"魔祖像个印度人一样摇着头："根据内线情报，政府军现在只把我们当作敌人，他们退守边境十几公里，严厉禁止任何国民或士兵靠近边境，就是为了防止与邻国发生冲突，更不要说开枪了。"

两周后，邻国同我们的政府军开战的消息传来时，魔祖看见我在微笑，便又瞪起圆眼，问："你派人潜入边境开了枪？"我学着印度人摇了摇头："政府军不敢开枪，不代表邻国士兵不可以代替他们开枪！""你是说邻国士兵假装成我们的政府军朝他们自己军队开枪？这个士兵也是我们的人？"因为肤色较深，魔祖不安时很少露出焦虑神色，但现在却露了出来，我安慰说："即使邻国将领发现了是自己人开的枪，他们也会顺水推舟，将计就计，巴不得有个借口出兵，因为他们已经知道了我们的身后是某一个大国，不可能再指望做一个旁观的渔翁了，他们能做的就是在我们掌权之前赶紧占领一些领土和矿井。"我的话加深了他不安的神色，他又问："邻国是怎么知道我们与某大国的秘密交易的？"我学着欧洲人耸了耸肩，又学着印度人摇了摇头，走出了他的房间。

　　随着紧张局势升级和战火日趋激烈，政府军开始大批地往东部边境调动，魔祖又开始头脑发热，在军事会议上鼓吹乘着空虚从西北往东推进，绞杀和收编留在后方防范我们的部队。我发表了不同的意见，提出此时不但不能攻击政府军，还要做足文章为他们助威加油，发布通告，暂停内战，一致对外，将侵略者赶出国门。看着众将领不解的神情，我解释说，如果我们从背后捅刀子，就会使我们失去道德制高点，陷入不利的舆论泥沼里，以后很难得到广大民众的支持和拥护，而且会逼迫政府割地求和，然后调转枪头消灭我们。我们大肆宣传同仇敌忾，不止是为了夺取民心，更是要让政府降低对我们的提防，没有后顾之忧地投入所有兵力去对付外敌。我们发表声明团结一致，并不是说我们就真的会出钱出力，我们要做的，只是一边高喊民族大义，以抵抗侵略的正当理由征召想要为国效力的青年，大肆扩张，另一边看着他们厮杀，等到政府军被侵略者打得遍体鳞伤、苟延残喘时，我们就可以发动全面进攻了。这叫坐山观虎斗，又叫下山摘桃子。

　　战争进行到第八年时，侵略者的颓势已经日渐明朗，我让魔祖以埱国主席的身份给我的祖国政府发了一封密件，邀请他们赶紧派兵，来帮助我们歼灭占领了东北的侵略者。这招棋一箭三雕，既让我们的幕后支持者有了占领东北和港口的理由，免得以后让我们骑虎难下或者落下卖国的骂名，又可以在邻国军队撤出后借他们之手继续牵制政府军，同时，我们可以更加方便地得到他们的军事援助。以后的局势发展就顺理成章了，完全按照我们的计划往前推进，全面内战打响后，我们只用了四年就把政府军消灭殆尽，剩下的一些残兵败将只好逃往海上的孤岛。

建国大典开完后的第二天晚上，我去魔祖的宫殿向他告辞。魔祖指了指他身边的躺椅，让我坐下。"你是在想你们的那个什么成语吗？叫什么兔子死了，猎狗就可以煮着吃了？"他自个儿忽然笑出了声，"你放心，我不吃狗肉，它们是我的好朋友。如果我对身边的所有人对充满了怀疑，那你就是个例外，毕竟我们同学多年，而且你不是我们种族的人，我对你没有什么好担心的。"说完，他歪斜着身子靠向我，像小孩子说悄悄话一样对着我的耳朵说，"我告诉你一个秘密。我们的所有宣传资料和党的史料里都说我是我们珙党的创始人，是我们伟大事业的奠基者，这是个谎言。"他看我没有反应，轻声笑了，"创立者另有其人，在党成立几年后，秘密召开了第一届党代会，我去参加了，只不过在那次会议上，我是个刚留学回国的无名小卒，没有被邀请发言，也根本插不上嘴。没想到这反倒救了我的命。可能是有人告密，或者走漏了风声，会开到一半，警察忽然冲进来抓人，我坐在不起眼的角落里，乘机溜进了厕所，过了好久，等外面没有了声音，我才假装一边擦手，一边走出来说：怎么，人都走了？哈哈哈，这是我在第一次党代会上说的唯一一句话，而且没有人听。"我知道，既然被他信任得悉了他的天大秘密，那就必须表示点什么，便也学他那样笑着，用开玩笑的口吻说："那么你当初留学让我帮忙时，说自己是酋长的儿子，将来会当酋长，那肯定也不是真的喽？""不不不，那不全是！"魔祖赶忙正色纠正："你看我现在成了珙国的主席，那不就是最大的酋长嘛！"接着他又恢复了平常的语气："我一直在思考这些年来你的建议和谋略，我发现，它们都可以用一个词来概括：欺骗！凡是妨碍我们夺权或掌权的敌人，包括我们自己的人民，打得过的，我们致之于死地；打不过的，我们就欺骗。我们欺骗政府，欺骗友邦，欺骗民众，甚至欺骗自己的亲信，而且欺骗得非常诚恳和逼真。内战前，在与政府谈判时，你让我喊当时的总统万岁；内战间，为了得到某国的援助，你又让我喊该国的总书记万岁；为了获得民众的支持，你让我喊人民万岁，并向他们许诺，建国后，分发土地和房产，实现民主和自由。"我忽然感到坐着有些不自在，便站了起来，假装踱步，说："对于轻飘的大脑来说，真相往往过于沉重，他们宁愿接受早已习惯的谎言。所以那也是存在的合理性决定了手段的迫不得已。《孙子兵法》说：兵者，诡道也。欺骗是成功的必要手段，如果当初不撒谎，我们是不会打败政府军夺取政权的。欺骗本身并不是什么坏事，关键是要把谎撒得真实，比如你杀了一个人的父母，而他却把你当作他的亲爹亲娘；或者他们因为你剥夺了一切而穷得叮当响，却对你施舍的一片面包感激涕零。纳粹宣传部长戈培尔曾说，如果撒谎，就撒弥天大谎。因为弥天大谎往往具有某种可信的魔力。而且，民众在大谎和小谎之间更容易成为前者的俘虏。"

　　"在这方面，我还要向你学习。"魔祖也站了起来，握住我的手，"共和国刚刚成立，一切百废待兴。我希望你能继续辅佐我，至少在接下来的几年能帮我稳固政权。"我怕他握着不放，便抽回手，重新坐到座位上，问他："主席大权在握，难道还担心有人篡位？"魔祖也跟着坐了下来，说，"你这不是明知故问吗？"确实，国内现在矛盾重重，但我知道，魔祖真正关心的是他手中的权力会不会被人夺走，基于刚才的对话，我觉得他好像已经有了主意，便说："我只是想听听你的对策是什么，也许可以帮你参考参考。""嗯，虽然问题多多，但我们还是要抓住两个要点：一是继续大力宣传我的思想，让党中央和所有国民都紧紧围绕在我的周围。宣传是精神的军队，在和平时期比武装部队要更加有力有效。二是紧紧抓住农民和工人，他们占据了总人口的百分之九十多，只要他们拥护，就可以江山永固。"经过这么多年的学习和磨练，我觉得魔祖已经从留学时的流氓无赖蜕变成了城府颇深的领袖，便追问道："魔主席果然英明，那你将如何抓住农民和工人的心呢？"

一个月后，一场样板戏开始在全国各地轰轰烈烈地表演开来，戏名叫"白发女"，讲的是拥有土地的酋长如何残酷剥削农民并霸占民女的故事，剧情有名有姓，非常地逼真煽情，任何看过的人都会对酋长的恶行咬牙切齿，都知道如今我们最大的敌人是国内的剥削阶级，英明领袖魔主席将带领我们把这些地主恶霸打倒在地，斩草除根，农民们从此将有自己的土地，成为这个国家的主人。有了群情激愤的民意，接下来打酋长分田地的运动便如火如荼地发展到了每一个部落。我知道，这些部落里的农民和城市里的工人在获得田地和财产后，一定会起早贪黑地大干特干，同当年给酋长或资本家打工时相比，他们并没有变得轻松，但成了国家的主人这种自豪感将使他们工作得非常愉悦，这将极大地促进新生共和国的经济发展，在短时间内改变一穷二白的落后面貌。但魔祖的下一招很快就会落下棋盘，推广"农村合作社"将会成为新的全民运动，这是为了防止在土地私有化后产生新的剥削阶级，也是为了让所有人都能享受轻松的工作和富裕的生活，因为私有化会导致年老体弱和人口稀少的家庭成为社会的弱势群体，有的家庭吃不完浪费了，有的家庭却吃不饱有上顿没下顿。实行农村合作社或公社后，所有人都可以敞开肚皮吃饱喝好。实质上，这场运动是在把酋长们的土地分给农民后，再从农民手中收归国有，党成了最后的主人和赢家，把所有的财产都收进囊中，这对保障党的权力至关重要。如果这只是纯粹的经济改革，那我们就有点小看魔祖的招术了，它还隐藏着一步铲除政治隐患的妙棋。

随着公社的推广，镇压反革命运动也进行得轰轰烈烈。几乎所有的高级将领和中央领导都成了被打倒的对象，有的是因为历史问题，比如在内战前不坚决执行中央战略方针，在前线同侵略者进行真刀真枪的战斗，虽然杀死了几千敌军，但也过早地暴露了我军实力，既让政府军再次加强了对我们的提防，也把我们变成了侵略者的敌人；还有的是现实问题，同中央的大政方针唱反调，或执行得不彻底，不想把土地分给农民，不想建立合作社，目的就是破坏革命，不想让工人农民成为国家的主人。一天深夜，我正躺在床上，心里默数着有多少熟识的高级干部和将领被抓了，忽然听到了轻轻的敲门声。我拉开窗帘的一角，夜色里并没有人。躺到床上后，敲门声又响了起来，我猛地打开门，黑咕隆咚的夜色里站着一个黑衣黑裤的黑女人，她闪身进屋，立刻跪了下来，我这才认出她是国家副主席依代目的老婆，就听她开始哭诉老公整天被批斗已经没有了人样，在监狱里也得不到救治，再这样下去，马上就要死了。她求我去跟魔祖说情，准许依代目在监狱外就医，等医好后恢复了身体，再接受批斗不迟。我没有吭声，担心为反革命说话会让自己也成为反革命。依代目老婆见我不说话，就抱住我的腿，说当年他对我有救命之恩，希望看在过去恩情上，去跟魔主席说明依代目的非人处境。依代目确实救过我的命，那是在解放战争开打不久，政府军的飞机在我的住处附近投下一枚炸弹，引燃了我的卧室，依代目带领着他的士兵冲进火海，把我背了出来。

反革命运动开展以来，我已经有三个多月没有同魔祖见面了。第二天，贴身卫兵把我带进宫殿时，他正在游泳。爬上来后，他裹着浴巾，笑着问："怎么，大水冲了龙王庙，你也成了挨批的对象？"我点了点头，又摇了摇头，告诉他，不是我，是依代目。"哦，他，那个老狐狸。"魔祖点上一支进口的香烟，吸了一口，说，"既然是群众在批斗他，我们可不好与人民为敌呀。"我说他与我有救命之恩，我欠他一个人情，希望魔主席能写个条子，以免他死在监狱里或者呼出最后一口气时还在接受批斗。魔祖又抽了几口烟，说："我知道他救过你的命，但是我更希望你能不受波及。有一个笑话，说有个男人回到家，看见自己的小狗正在撕咬一只兔子。他吓坏了，认出来这只被咬死的兔子是邻居家的心爱宠物。从狗狗嘴里夺下兔子后，他把它的尸体清洗干净，梳好毛发，偷偷地放回了邻居家后院的兔子笼里，作出自然死亡的假象。几个小时后，他看见邻居家的门口来了好几辆警车。他有些做贼心虚，便走过去假装关心，其实是打听究竟。邻居说，她的宠物兔彼得今天早晨死了，她把它埋在了后花园里。刚才回到家，发现有个变态把它挖了出来，清理干净又放回了笼子。"我替他倒掉烟灰，说，"谢谢你的

笑话，那我就不去挖死掉的兔子了，我可不想让警察找上家
门。"

　　"这就对了。"魔祖点上第二根烟，向水池吐着烟雾，
"我还有第二个秘密没有告诉你或任何人。其实我还有一个
分身，我是两个人！在无知的大众眼中，我是神灵；在眼尖
的智者心里，我是魔鬼。任何地方，任何时候，只要有人不
听话或者表示哪怕一点反对，我身体里的某个机关就会被触
发，第二个我也就是魔鬼便会跳出来，要杀人。""你是说你
有双重人格？"我有些心虚，假装关心地问。"那都是心理学
家唬人的术语，我知道这第二个我是真实的，真的会对任何
敢说不甚至不顺从的人下狠手。我控制不了他，我猜这个脾
气暴躁、反复无常的家伙恰好与我共享这个肉身，有时候他
做主，有时候我当家，我们轮流坐庄，只不过别人看不出来
罢了，在他们的眼中，我永远是光荣伟大正确的神。""我们
确实看不出来，因为在我们的意识里，你总是对的，原来你
们两个不只是轮流坐庄，而且互相捍卫，以便保证你们总是
对的。我很好奇，那以你的名字命名的理论到底是谁的思想
呢？"他想也没想，脱口而出："是我们两个的共同思想！"说
完，便大笑起来，把烟灰弹得到处都是，很快又板起了面
孔："我想了一下你几年前的辞职申请，觉得现在或许是个
好时机。"我站起身，鞠了一个躬，说谢谢。他指了指椅
子，让我重新坐下，"前些天我读了几本关于你们国家历史
的禁书，才知道当初留学时在课堂上学的历史都是编造的谎
言，而这些禁书才是真相。我很喜欢这些书，还让秘书再去
多找一些，因为它们记载着东方美食之所以好吃的黑暗料
理，隐含着解开历史秘密的钥匙。我学到了很多，甚至联想

到你过去的很多建议，有种似曾相识的感觉。但我也担心有人会写一本类似的书来，透露我们坑国的机密，你觉得呢？"

我看他正紧盯着我，便迎着他的目光说："不会的！您的思想就是我们的精神军队，它强大无比，无论是谁到了无论什么地方，都将继续接受它的暗中指挥！"

魔祖笑了，向我挥了挥手。我知道他很满意，相比于手握武器的武装力量，他更自豪的是这个国家的精神军队，因为前者除了自己，也被很多人心叵测的将军们掌控着；而精神军队的领袖只有他们俩人，况且它的影响力和威慑力就像力场一样无影无形却遍及寰宇，它深入地球各洲的每一个角落、潜伏于臣民脑中的每一根神经，它的收益也如同其思想著作的版税一样只为他俩人所得；它把每一位国民都驯化成自己的士兵，甘愿为之抛头颅洒热血。

随着他的手势，我赶紧倒退着溜出了他的宫殿，我担心他的另一半会随时醒来。

十一、我们就是黑手党，怎么着？

　　每当看见有些刚得温饱之人洋洋自得，自以为生活富足、岁月静好时，我都会觉得好笑，甚至替他们感到悲哀和怜悯。这些吃穿不愁、有车有房的所谓先富者都是鼠目寸光的井底之蛙，对自己处境的了解还不如一个外国的孩子，他看见皇帝穿上新衣后，就喊皇上怎么光着屁股，过了几天，又问爸爸，既然我们每天都对皇帝歌功颂德，说我们的一切都是他给的，没有伟大的圣上就没有我们现在的一切，那他会不会有一天不高兴，就把赏给我们的东西都收走呢？我们的老大对这些自觉过上了好日子的有产者也是不屑一顾，他担心的是那些无产者。在当天的常委会上，他歪着脖子，问我们六个跟班的小矮人，那些思想落伍的穷人教育得怎么样了？还有给我们挑刺唱对台戏的吗？老二赶紧打开平板，给他看两段视频。第一段是公园里的市民们载歌载舞，歌唱国家的富强，歌颂民族的复兴。第二段是一队农民在水田里劳作，他们一边弯着腰插秧，一边对着陷在泥里的双脚高唱没有同业党，就没有新央国；跟着羽主席，就是跟着红太阳。同业党就是我们老大领导的新央国执政党，在没有获得权力之前，叫斧头帮，因为听起来就像是黑社会，当年的老大将它改了名。羽主席又叫羽白书记，但我们几个跟班的已经习惯了叫他老大，也习惯了他在这个国家的无上权威和对一切事务的拍板定夺。老大没有看视频，只是闭目聆听了一会儿歌声，忽然睁开眼睛问道：既然国民都很满意，为什么还会有人阻挠拆迁呢？

　　我们知道，老大也知道，这些人不是在阻挠拆迁，而是为了拿到自己满意的补偿。雌乱新区是老大主导的世纪工程，百年大计的重要组成部分，牵扯到成千上万家的搬迁。有些觉悟不高的家庭拒不听从命令，觉得我们给的补偿过低，成群结队地上街阻拦交通，到政府部门示威抗议，甚至勾结国外势力，试图扩大影响，给我们施加压力。这些无赖和暴徒不理睬我们苦口婆心的劝说，不理解他们为什么只是一些租户，国家才是这块土地和这些房屋的真正主人。没错，你们祖祖辈辈都住在这里，从清朝以来就没有挪过窝，但自从同业党成了这个国家的领导者，自从所有居民都成了新央国的国民，国家就成了这块土地上一切的主人。很多人思维迟钝，到现在还没有理解主人的含义，更没有理解雌乱新区所具有的政治意义，有时候，对于那些哭叫的孩子，你不打他一顿，他是不会安静的。在拆迁合同截止日还剩三天时，一伙黑衣黑帽、满身花纹的肌肉男冲进领头闹事的两户人家。其中一户较为年轻，他们有一个即将成年的女儿。肌肉男们把父母按在地上，当着他们的面将他们的黄花闺女奸污了，并放下狠话：今天只是毁了她一个人的身子，再不搬走，要的就是他们一家人的小命。另外一户没有闺女，三个儿子都已成家立业，只有老头一个人坚守。在把他双腿的脚筋挑断后，他们给三个儿子分别打了电话，告诉他们赶紧把老头子抬走，不然他们以后就没有机会尽孝了。拆迁合同截止日的最后一天，第一户人去楼空，推土机轻松地将屋子夷为平地，而那个老头竟然没走，他趴在门口，嘴里嘟嘟囔囔地骂着些难听的话，三个儿子手持钢叉和木棍站在身后，看来是要誓死保卫家园。推土机可没长眼睛，冒着青烟轰轰隆隆地长驱直入，将他们连同房屋的钢筋水泥一起铲进了拉土车里。剩下那些还没有签合同也没有搬走的家庭一下子安静下来，连屋里的东西也来不及收拾，就扶老携幼地逃命去了。他们以为是在同国家讲理，没料到面对的竟是黑社会。动手的当然不是我们同业党的军队或警察，我们现在是个正儿八经的执政党，早就跨过动刀子使棒子的阶段了。

那几个挑头的已经用实际行动认了错，老二收起平板，毕恭毕敬地回复大老板，人心不足蛇吞象，那些贱民吃我们的喝我们的，还不知好歹，以后我们还是要加大思想教育，让国民从小就养成国家利益大于个人得失、国家富强家庭才会幸福的正确人生观。老大点了点头，又问：那么党果宜家的那些员工呢？他们消失了，公司的问题也就同样解决了？昨天我收到了丽国总统的热线电话，他明着暗着向我施加压力，说我们党果宜家公司的债务问题如果处理不好，金融危机的核弹就会在全球爆发，还威胁我，说丽国的那几家大银行债主一直在运用影响力，阻止媒体和网络传播我们几位领导的子女在国外的丑闻，如果违约欠账，他们就不会有足够的资金继续对媒体和网络施加这样的影响了。我们六个小弟互相看了一眼，心中暗自吃惊。我们只是把拆迁户被打死的内参批转给了老大的书记处和主席办，而上街抗议失业的党果员工被打死一事，我们并没有向他透露丝毫。难道老大还有一条向我们隐瞒的隐秘情报渠道？

党果宜家是我们国家三大国有企业之一，垄断了国内百分之九十以上的能源供应，雇有几百万员工，但上个月却现金流枯竭，资金链断裂，既发不出员工的薪水，也还不了银行的欠款，更要命的是，向外国投资者发行的债券马上就要到期了，公司面临着巨大的违约风险。我们之所以没有把该公司闹事职员消失一事告诉老大，是因为老五的大公子是党果宜家公司的董事长，他在丽国购买了一套天价豪宅，然后又花费巨资进行了华丽装修，将豪宅前面的古树砍掉，以便可以看见山下城市的全景，结果被当地政府开出一份违章通知书，勒令他将环境恢复原状，并缴纳环境损失费和天价罚款，否则就会有牢狱之灾。老五的大公子本来就四处胡乱投资，在买房和装修后，现金更加捉襟见肘，当下政府的罚款期限已近，他来不及变卖资产，便将党果宜家的日常账户现金拿去充当罚款。他本以为自己可以像往常一样辗转腾挪填上窟窿，最坏的结果无非是再向央行要一笔钱；没想到市场风向突变，他的所有个人投资都成了贬值的烫手山芋，由老大的宝贝女儿把持的央行也是满身破洞，四处漏风，早先借给党果的天量贷款如今成了呆账，早已自身难保，哪有富余的钞票来救同是国企的党果？

嗯，那些被消失的下岗员工也是罪有应得，一点也不顾全大局，这是国有企业，是国家的资产，管理层为了扭亏为盈进行一些精简整编都是为了国家的利益，在这种时候，他们怎么还在为个人的小利斤斤计较呢？还跑到街上去示威游行讨要工资呢？那不更是大逆不道吗？老五见我们都没有吭声，知道自己必须向老大表态，毕竟这是自己的儿子捅出来的篓子。他进一步解释说，党果公司内忧外患，既要偿还央行的贷款，又要付清到期的外债本息，管理层大刀阔斧地裁减员工是必要的，这也是替国家减轻负担。老大，我觉得丽国总统的话有些道理，我们在座几位的子女在那儿都有资产，有的甚至全家都生活在那里，国外的闲话传到国内来，恐怕影响不好。我觉得还是要先把国外那些投资银行的债券付清，不然我们的公司再去国外融资就很难了。老大点了点头，歪着脑袋似是自言自语，又像是在问我们：党果已经现金枯竭，央行和其他大银行也无力出手，它们各有各的难处；而且这些银行的一把手都是我们自己的孩子，牵一发而动全身，很容易受到牵连。主管书记处的老六平时对经济话题并不插嘴，但这时他提醒我们，老大在上次的会议上很是担心某些私企做大后对国企乃至对政权的威胁，我们是不是可以趁此机会一石二鸟？没收他们的资金来帮国企还债，同时削弱他们的市场地位。我们都感到心头一震，之前的抑郁心情顿时有了一丝畅快的感觉，接下来就是讨论具体的操作细节，我们一致同意，采用建国后就已经施行过并被证明有效的公私合营策略最为稳妥。

由于债务违约的日期即将临近，而且党代会也将于六个月后召开，老大决定，国企老大党果入股私营龙头阿外的比例直接升到 50%，因为阿外集团在扩张过程中负有脱离监管的原罪，其创始人驴雾更是犯下了种种罪行，作为交换，只要他不阻挠国家快速入股，我们可以免其牢狱之灾。早先被吓得流亡在外的驴雾听说能被赦免，当然求之不得，欣然表态可以把自己的所有股份都无偿捐给国家。我觉得他是个聪明人，可能联想到了新央国成立后的第一次公私合营运动，那次运动的结果就是私有企业最终完全被收归国有，企业主们不是惨死就是命归监牢。除去了一块心病，又暂时挽救了国企和央行，我们都无比高兴，但老大还是忧心忡忡。他最担心的就是有人要推翻我们，每天他在呈上去的内参上批示最多的就是国内的潜在敌人。有些人正在物质上侵蚀我们的根基，然后要我们党的命；还有些人正从思想上腐蚀我们的队伍，然后要我们领导人的命。老大忽然开始自言自语，在宽阔的房间里像年轻时挑担子一样大步地走动起来，然后又猛地站在我们六个小矮人面前，看着我们说，你们应当清楚，我们几位被谋杀的几率要比黑社会的人都要多，所以一定不能掉以轻心。我的心再次一沉，我现在确定，老大肯定另有一套秘密人马时刻监视着我们六个小弟，因为我们昨晚私下闲聊时曾调侃说，我们这个组织虽然已经将斧头帮改名为同业党，但我们其实还是个黑社会，理由是，我们组织严密，纪律严明，全党上下都忠于老大一个人；我们习惯用暴力解决一切，对于脱党者、不忠者和侵害我们利益的人，我们一定会让他们消失甚至灭门；我们强取豪夺，把国家和人民当作私产，而且绝不允许任何其他组织或政党染指我们的权力和利益；我们充当着无数社会混混们的保护伞，把法律当作狗屁一样无法无天地罩着他们，也让他们像狗一样替我们干着肮脏的黑活；我们装神弄鬼，从小就把大而空的某种主义和精神灌输给孩子们，让他们长大后甘愿俯首听命。老七笑着说，其实我们如此极权，怎么可能跟无权无势者有产同分有福同享呢？屁民们一心想着为集体和国家奋斗终身，他们也不用屁股想想，谁控制着集体和国家呢？谁掌握着国家和集体的利益呢？谁享受着国家和集体的福利呢？国家和集体不就是我们敛财和操控的幌子吗？

作为情报头子，我对任何微弱的信号都会异常敏感，何况老大已经暗示了两次？我赶忙站直了身子，像个训练有素的战士向首长汇报一样，高声地喊道：老大，您是我们聪慧睿智和蔼可亲的领路人，是人民可以信赖爱戴托付终身的好仆人，我们一定会保护您、捍卫您，因为您的安全就是国家的安全，您的福祉就是人民的福祉。您是人类文明的灯塔，是整个地球的救星，我们不管东西黑白，都会拥护您、捍卫您！接着，我忽然降低了声调，两边各看了一眼，小声地报告：老大，我有重要情报向您汇报。窄西省省委书记来开党代会，但在进城时没有说对切口。我们总共也就六句切口：央国梦，命运共同体，五位一体，两个一百年，三严三实和两个切实维护，他对上了五句，却没有说对两个切实维护，这是一个危险的信号。更可疑的是，他并没有在胸口戴上我们同业党的暗号标记。老大像是被点了穴一样，保持着转过一半的身子不动，问我，去年发表发动言论的那个逆贼就是窄西省的吧？

那个叫彭明的逆贼有一句名言，说我们同业党行动上是黑帮，理念上是邪教。他在网络上匿名发布了很多煽动性的言论，甚至秘密组建了一个什么发展联合会，其实就是一个图谋推翻我们的反动组织。要知道在新央国，每一个人，甚至是黑户口，都在我们的严密掌控之中，平时你以为岁月静好，一切都是歌舞升平，小日子还算不错，但只要我们想搞你，那是分分钟钟的事情，我们可以用任何一个借口夺走你的一切，包括生命。抓住彭明并没有花费什么精力，但让他改邪归正却颇费了一些周章。我们先是用电棍和电子脚镣试图刺激他大脑的神经元，看看能不能从物理上改变他不正确的思维方式，尝试了各种方法，效果并不理想；我们又用铁丝一端穿住他的舌头，另一端系在双脚上，逼迫他二十四小时佝偻着腰绕着审讯室行走，这样他就会明白在新央国一切都要凭行动脚踏实地，不能用舌头好高骛远，但他还是发出呜呜囔囔的声响，从表情和姿势上继续表达着不服和不满；我们只好找来一根铁链子勒住他的嘴，然后让警犬咬着铁链子奔跑，没两圈，这小子的牙齿就掉得差不多了，两边的嘴角也被撕到了耳垂那儿，鲜血连同断牙和皮肉流了一地。我们让他在忏悔书上签字，他却写下更加反动的标语，说我们是真实的魔鬼。那我们就只好成全他了，用碎辣椒堵死他上下两个洞，把他扔进一个不透风不透光的禁闭室里，让他像腊肠一样在年复一日的岁月里去风干自己的梦想吧。

这么看，窄西省确实存在一些问题，老大说，当时他是什么态度？我知道老大指的是省委书记，便回答，他表示了对您和中央的拥护，但根据我们掌握的内线情报，他好像很不以为然，并没有采取任何措施防止类似的言行再次发生。老大没再说话，只是抖了抖右肩。他在当年下乡做知青时由于长途跋涉地挑麦子，落下了左肩高右肩低的毛病，但只有我们明白他每次抖右肩的含义，那是我们约定俗成或心领神会的暗号。果然，还没有进行深入的调查，这位书记在经济、政治和生活作风方面的种种问题就暴露了出来。他行贿受贿，不严格遵守党纪国法，长期与为数众多的女下属发生不正当两性关系，等等等等。在把书记双规后，我们才意识到犯了一个大错误。我们在没有完全查清他的所有党羽之前就贸然行动，造成打草惊蛇，让他的一个副手成功潜逃到了国外。逃出去一个人并没有什么大不了，但这位副书记竟在海外大肆宣传，说要披露我们同业党统治新央国的一个最大的秘密，说我们用党的恩情和国家利益来宣传洗脑国民，让他们保持凝聚力，拥护党的统治，实际上，国家和民族的利益成了党的私产，国民为国家献身，其实是为黑手党卖命。

他还断言，这个党来源于黑社会，壮大于黑社会，也将覆灭于黑社会，所谓成也萧何，败也萧何。

我们知道副书记躲在什么地方，只是不确定他的确切地址。我们先让潜伏在当地的特工在网上给他留言，假装成与他一样流落在海外的同业党受害者，与他持有相同的观点，也非常赞同他向全世界揭露真相，为了表达自己的支持，很愿意同他见面，提供一些金钱上的帮助，或者告知地址，向他邮寄一些物资和支票。这小子很精，并没有上当，这也在我们预料之内，他在国内已经爬到了省委副书记的高位，自然经历过各种勾心斗角和明枪暗箭，早就炼成了谨小慎微的习惯。过了两天，见他还是没有回应，我们又向所在国的警察报警，说有这么一个来自新央国的人贩卖毒品，但我们只知道他的名字和所在城市，不知道他具体住在哪儿，希望警察重视这个毒贩，一定要调查清楚。过了几天，警察回电话，说他们调查之后，并没有发现该人有贩毒行为或嫌疑，关于他的住址，他们也无法奉告。我们不死心，又让大使馆报警，称副书记给大使馆打电话威胁放置了炸弹，这下子警察们如临大敌，把整个街区都封锁了，一边疏散人员并进入使馆排查，一边控制了副书记，在他的房间仔细地搜索。电视台的直升机实况转播着案情的进展，我们也立刻知道了这小子住在哪里。我们预计，警察最终将一无所获，并再次释放嫌疑人，那时候我们就可以登门拜访了。但我们没有想到警察会把他带到警局并以继续调查为由将他保护了起来，我们猜测，他肯定知道了是我们在暗地里搞鬼，并告诉警察有人在试图谋杀他。看来在国外还是不像在国内可以施展手脚，那我们索性就在国内采取手段。这个叛逃者早已让几个孩子移民到了海外，但他的父母还住在老家。我们将他们秘密抓捕起来，告诉他们，他那骄傲的儿子犯了叛国罪，我们会对他进行全球追杀，但念在他毕竟曾是党的高级干部的份上，对党和国家都做出过贡献的份上，我们希望他能回来自首，这样才可以免除死刑。作为父母，你们可以跟他聊聊天或者打个电话，劝劝他。这两个老东西不为所动。我们索性把话说明白了，在科技如此发达的时代，我们完全不需要他俩发信息或打电话，利用人工智能技术，我们可以轻易地模仿他俩的口吻和声音，甚至重塑他俩的形象进行视频通话，对方即使是亲生儿子，也难辨真伪。我们让他们亲自打，只是给他们最后一次机会。老两口想了半天，还是不开口，我猜那个叛贼逃跑之前，肯定开过家庭会议，讨论了面对最坏结果时该怎么做。既然如此，我们便不再多费口舌，没收了所有财产之后，将他俩直接处死。然后以父母的口吻，给儿子发信息和留言，告诉他，国安的人多次上门拜访，说只要你从此以后停止散布不利于党和国家的言论，国家会既往不咎，而且可以允许两个孙子回来看望爷爷奶奶。叛贼副书记一直不回应，但每过一段时间，我们就发几次短信，告诉他家里的状况和如何思恋儿子和孙子，人老了，不图别的，就想最后再见见自己的骨肉和后代。大约一年后，鱼儿终于上钩了，他给使馆打电话，答应从此销声匿迹，条件是允许两个孩子回去探望爷爷奶奶。我们假模假样地等了一两天才回应，说当然可以，但他需要发表一个声明，承认以前的所有言论都是为了谋取身份而凭空捏造的谣言。

　　叛贼的两个孩子是在一个月后的暑假登上回国航班的，他们刚过出发站的安检，我们的人就开始了暗中护卫，并在飞机落地后，马上将他俩塞进等候的汽车，抓进了监狱，并将他们惊恐哭泣的录像发给了自以为聪明的父亲。叛贼副书记恼羞成怒，在电话里歇斯底里地咒骂我们没有诚信，我们都觉得好笑，等他精疲力竭时，告诉他，你以前的言论已经在国内造成了极其恶劣的严重后果，重创了党和国家的形象，你的自我否认声明没有丝毫诚意，不但没有根本扭转国外对我们的看法，更是一点也没有消除国内的负面影响。现在，唯一的解决之道，是你回国自首，在国内向全体党员和全体国民忏悔，作为宽大的条件，我们会准许你的两个孩子出国继续读书，并在你刑满释放后，带着父母一起出国。如果不回来自首，那你将失去一切，你转移到国外的那些钱财也将如同废纸，失去它们应有的意义。两个礼拜后，这个孬种一大早就去了使馆，由我们的人陪护着当天就登上了回国的班机。

老四监督完行刑回来时，我们正给老大看一段可笑的视频，一个衣衫褴褛、骨瘦如柴的流浪汉对着络绎不绝的路人显摆他嘹亮的歌喉，唱着我们耳熟能详的红歌，在唱到没有同业党，就没有新央国，跟着羽主席，就是跟着红太阳时，老四推门走了进来，他笑着说，你们猜怎么着，那个贱人临死之前才明白过来，说我们真的就是黑手党，我跟他说，你在国外才会遇到黑手党，才会整日惶惶不安，在我们这里，一切都是为了国家的利益。老四刚说完，我们便随着那个乞丐自我鼓励的掌声一起哈哈大笑起来。

十二、一个社会达尔文主义者之死

　　甄悟语知道自己惹上了麻烦，但在地铁里看见还有人在阅读自己的著作，不禁有些百感交集。这篇名叫《我们都是科技原始人》的小说讲的是两个不同部落发生冲突的故事，那个名叫"垬"的部落思想一致、行动划一，在英明领袖的带领下，取得一个又一个伟大胜利，并最终打败了敌人，却没有意识到中了诡计，在领回一只智能猩猩并选其为领袖后，他们最终退化为只能活在树上的原始动物。故事发表后本来波澜不惊，在这个信息如炮竹爆炸后碎片纷飞的时代，谁还有时间和心思去阅读这种怪异小说呢？但一篇被推上热搜的评论迅速掀起了轩然大波，它认为作者是在含沙射影，讥讽我们都是双手使用着现代科技、大脑却依然保留着动物思维的原始人。甄悟语刚要走上前去，认识一下这位敢在公众场合阅读禁书的勇敢姑娘，十几个吵吵嚷嚷的年轻人走了进来。原本稀疏的车厢顿时有些拥挤，女孩赶紧收起了手机。那伙人高声谈论着好像是去教训什么人，从他们咬牙切齿的恶毒用词来看，非要把那个仇人撕成碎片不可。渔民东站到了，摩拳擦掌、亢奋异常的人群你推我搡着下了车。在那篇评论登上热搜之前，甄悟语每天也会在这一站下车，步行十几分钟便可以到家，但现在需要坐到终点，再骑车将近半个小时，才能回到租借的陋室。他没有开灯，把剩菜热了吃完后，就像一个在黑暗中等死的老人枯坐在躺椅上。此时离那十二个爱国者走出地铁已经过去了差不多半个小时，他站起来，打开电脑，用加密的拨号程序，拨通了报警电话。

　　在搬家之前，甄悟语也用手机，电脑里更没有什么虚拟加密，但现在，他只能利用偷听地铁里乘客们的窃窃私语或瞟一眼他人的手机画面来获取各种热门信息。第二天早晨，走进地铁时，他就知道今天的气氛将比昨日更加紧张，人们的好奇心和担忧都将被提拔到一个新的高度。他知道，在昨晚拨打了报警电话后，《原始人》作者家的恐怖案件将会立即成为隔日的热点，这一天的地铁之旅，他无需再去偷窥别人的手机，他对那十二门徒的遭遇比谁都知道更多的细节。

　　那伙人一路斗志昂扬地抵达作者家的小区后，没有理会门卫的阻拦，径直做电梯上到十四层，然后可劲地砸门："快开门！我们原始人要进来接受你的开化，快让我们进去！""为什么躲在里面不敢说话？你是个虚伪的假文明人吗？"捶了半天，里面依然没有任何回应，他们早有准备，拿出工具，不用吹灰之力就撬掉了门锁。客厅收拾得井井有条，穿过玄关是三个卧室，领头大哥吩咐，四人一组分别搜索各个房间，首要任务是找到嫌犯，找不到人，就搜集物证，所有的证据都要集中存放到客厅餐桌上，由他做最后的鉴定和登记。第一组进了靠近厨房的小卧室，里面没有床，只有一排书架和一张书桌，四人把所有的书籍都扔到地上，推开书架，既没有发现人的影子，也没有找到什么暗藏的机关，忙活了半天，一无所获。唯一没有检查的是书桌上的饼干盒，拿开压在上面的字典，打开曲奇盒的盖子，他们惊呼一声，争先恐后地夺门而逃，与此同时，他们听见隔壁房间也传出同样吓破了胆的惊叫，那四个人同他们一样推搡着跑了出来，与他们撞在了一起。隔壁房间是次卧，只有床单，并没有被褥，好像从来没有用过，把床单掀开，透过简易的床板，床肚下地面上的灰尘一览无余。有个人忽然做了一个嘘的手势，示意大家安静。果然，床头的衣柜里传出一丝唧唧的声响，四个人靠近壁橱，把耳朵贴上去仔细倾听，里面的声响更加清晰了。他们后退两步，互相看了一眼，然后一起用手握住了门把手，小声地喊到三时，合伙打开了衣柜。成群结队的老鼠如同洪水一般，顿时喷涌而出，吓得他们不是尿湿了裤子，就是被踩掉了球鞋，刚跑出房间，就看到书房里的四个人正被无数的蟑螂追逐着与他们撞了个满怀。八个人倒退到主卧里，同领头小队会合，同时把房门反锁起来。

　　搜索主卧的几个人已经把房间弄得凌乱不堪，却并未发现任何蛛丝马迹，也没有遇到什么危险，但看见其他队友惊慌失措的模样，不禁有些胆怯，停止了咋呼叫喊，或依或靠，不再发出一点声响。从书房里逃出来的两个人裤裆里发出难闻的恶臭，头儿没好气地吩咐他们赶紧去洗手间清理干净。二人关上浴室的门，打开龙头，却没有一丝水的影子。他们只好移开马桶水箱的盖子，看看里面是否有些存水可以清洗下身。他俩正想着为何盖子背后有一根绳子时，一条黑狗已经乘机窜了出来，一个猛扑咬住了其中一位的鼻子，他大叫一声，拽住另一位的衣襟，闭着眼睛同他一起跑了出来。恶犬拖着马桶盖，试图冲进房间，所有人都被吓了一跳，纷纷跑向公寓的大门，跑在最前面的头儿刚把手碰上大门的把手，却像癫痫发作一般抖动起来，跟在后面的十一个人此时已经贴了上来，也跟着抖成一团，原来，在本来虚掩着的三个房门被关上之后，大门的把手便接通了电流，所有人都成了羊肉串上被烧烤的蚂蚱。好在电击并未持续多久，但那些蟑螂和老鼠已经从门缝里钻了出来，爬满了他们全身，狗狗此时也挣脱了束缚，开始撕咬他们的屁股。

　　报道这起怪异事件的标题五花八门，但有一条获得了最高的点击，它写道："《原始人》作者设计谋害，警察适时赶到解救读者"，文章绘声绘色地描写了昨晚的恶性袭击，并介绍了事件的起因。作者彭载舟在小说《我们都是科技原始人》里假借坟族人讥讽我们虽然生活在现代社会，使用着各种炫目的科技，但我们的大脑从未进化，我们依然像原始人一样用荷尔蒙代替理性，宁愿听着当权者瞎说，也不遵从逻辑推理，我们不知道什么是批判性思维，只会人云亦云，把大话套话和空话当作世界的真理，其结果是我们喜欢以拳头代替讨论，用仇恨定义关系。但这个社会达尔文主义者自己却不能理性对待上门探讨的读者，把恶心的蟑螂、携带病菌的老鼠和能咬死人的烈犬埋伏在家里，想要证明来与其探讨小说的人都是低级动物，试图谋害任何纠正其不端思想的好心人士；而警察判案准确，出击迅速，不正说明，替我们维持秩序的警察思维高度敏捷，简直可以说是料事如神吗；不正说明，我们其实并不是如作者所描绘的如原始人般不能思考吗。

　　从地铁车厢的一端走到另一端，甄悟语已经感受到了网上的怒火，室外的树枝刚刚冒出嫩芽，而所有人却好像已经进入了大暑，他知道自己再也不能出门打工了，也许还得第三次更换姓名，从彭载舟到乔鑫鑫，再到甄悟语，每一次更名换姓都会被他们挖掘出真实身份和藏身之所，每一次都会置自己于更加危险的境地。他下车，压低帽子，将墨镜往上推紧，坐上了相反方向的车次。回到家里，简单收拾之后，他骑车驶往乡下，大学毕业后尚未找到工作时，他曾在那里当过一段农民，碍于面子，当时用的是另一个假名，或许那里可以暂时容身。住进房间收拾妥当，他打开电视，所有的新闻都是歌舞升平，他又打开电脑，用加密通道进入网络，里面对昨晚事件的讨论可谓热火朝天，大多数网民支持一个叫吸金壶的博主主张的阴谋论，他认为作者彭载舟肯定是敌对国家派来的间谍，任务就是摧毁我们的思想，让我们自乱阵脚，以达到他们不战而屈人之兵的目的；昨天晚上的谋杀就是他阴谋败露后消灭证据的第一步，以后，他还会使出更多的特务们才会用的阴招来打击我们。另外一个论坛主要是对自己的人肉搜索，甄悟语仔细地浏览之后，第一次对自己的身世和宗族渊源有了详细的了解。其他的新闻大多是各种治安事件，不是有人因情感失意或财务破产而开车冲撞人群，就是贩夫走卒、引车卖浆的民众为了不起眼的蝇头小利而互相捅刀子伤害。在排名前十位的热搜里，除了自己旧宅的陷阱圈套，便是各种活学活用伟大思想致富的虚假新闻，每日都在发生的这些流血案件不会在上面留下一丝痕迹。忽然，好友信息提示栏开始闪动起来，他点击进去，是小香的状态更新，她说这是自己最后一次更新博客，然后将与所有的朋友再见，与这个城市永别，她将寻找一个幽静的所在，与自然融合。小香曾是他几年前在一家火锅店打工的同事，也是自己当时暗恋的对象。她美丽大方，豪爽耿直，这都是自己喜欢的品格，唯一不足的，是在她的眼中，这个世界只有黑白，世界里的人也只分为两种：与自己同类的和异类的。在大多数人的眼中，这些根本算不了缺点，但在甄悟语的心里，恰恰成了让自己表达爱意的障碍，他觉得，学识的差距并不会阻挡爱意的流动，但思维的鸿沟却能磨灭情感的滋长，她的言行更像是个没有长大的孩子，固然可爱，却难以携手同行。今天读到她的博文，甄悟语却有一种不好的预感，在那家火锅店一起打工时，小香就曾自残过，现在她肯定又遇到了她自觉难以跨越的障碍。他决定第二天一早骑车进城，在她还没有离开之前找到她。

做好伪装后，他选择胡同和小路，借着程曦往城里进发，他估计到傍晚时应当可以抵达城北的餐厅。实际上，在骑到离火锅店还有三四个街区时，太阳还没有落山，他停下来，喝了几口水，刚要起步，一辆轿车从侧面的巷子里窜了出来，挡住了他的去路，接着，里面有人摇下车窗，用手机对着他拍了几张照片，然后喊道：错不了，就是他！甄悟语撒下车，撒腿往巷子深处跑，根本没有意识到那是一条死胡同。"给贾针理那小子打电话，说文明人已经被一群原始人捕获！"见到甄悟语的双手双脚被捆了个结实，拿着车钥匙的那个家伙对四五个同伙说。在把猎物塞到后备箱时，他又阴阳怪气地说道："你小子不是怼我们是脑瓜不开窍的原始人吗？我们今儿个就带你去实验室，把你小子的脑子给取出来，跟猴子的脑汁比对比对，看看你这个文明人的脑子到底先进在哪儿。他娘的，你以为带着墨镜口罩，我们这些原始人就认不出来了吗？我们也是文明人，也会用手机。嘿，你别说，这人脸识别软件真他妈好用！"

甄悟语觉得车开了很久，才被人从后备箱里拖了出来，然后被两个人架着胳膊，带到了一个阴冷的房间，接着有人摘了他的头套，仔细审视了一番："来，把这页纸给我们大声读出来，看看你他妈的写的都是什么狗屁玩意儿！读完后，我们会把它烧了，就当作给你祭奠用的纸钱。"甄悟语接过来，原来这是《我们都是科技原始人》的最后一个章节：占领了敌人的第三个城池后，珙族部落里的士兵感到愈加迷惘，一路长驱直入，他们至今还没有见到一个敌人，更没有抢到一个女人或孩子，除了土地，没有一个战士捞到一丝油水。所有士兵都开始表现出不满和懈怠的情绪。将领们当然也暗自嘀咕，但带队亲征的皇上却兴奋无比，他在开拔之前，照常发表了激动人心的动员令：战士们！同志们！我们万众一心、想一人之所想、行一人之所行的举国体制已经结出了硕果！我们之所以百战百胜所向披靡，正是因为我们只有一种思想，每个人的脑子都与统帅保持一致，如此我们才能势如破竹，战无不胜！而那些平时思想混乱、自由散漫的蛮子如今只能闻风丧胆、逃之夭夭。为了取得更大的胜利，我们要更加紧密地团结在领袖也就是我的周围，我说一就是一，我向东就决不能往西！为了我们珙族的伟大复兴，战士们！同志们！向着敌人的老巢进发！

将近傍晚时，部队抵达了敌对部落的首府，它并没有珙族京城那么多的高楼大厦，更没有护城河或城墙，简直是城门大开。以前，敌人丢下的城池都是空无一物，而这一次显然有些不同：在进城的大道中央，居然站立着一只挥动着手臂的大猩猩。士兵们起初以为那是敌人留下的圈套木马，便停止了前进。十二名特种兵被选了出来，组成扇形分队，向着可疑目标慢慢靠近。到了跟前，就听大猩猩说：我在这里已经等候你们多时了，请带我去见你们的皇上。士兵搬来好几把梯子，将大猩猩上上下下前后左右仔仔细细地搜查了一番，确认它是个活物，也并没有什么暗藏的机关或隐蔽的凶器，便将它带到了皇上的面前。"你是敌人留下来祸害我们的吗？"皇上问。"恰恰相反，是我主动脱离他们，特意留下来等候你们的。我是一只人工智能大猩猩，您可以把我当作�族的战利品或一个贵重的礼物。"皇上打量着这个毛发猩红、对答如流的怪物，沉吟半晌，说道："你主动投靠我为我效劳，朕很是高兴。然而我们�族讲求思想统一、步调一致；你们大猩猩本性散漫，不但适应不了我们的纪律，还会带坏我们的风气。所以，你还是从哪里来，回到哪里去吧！"大猩猩对皇上的拒绝好像早有准备，它拍打着胸脯，镇静地回答："我主动脱离自己的部落，来为皇上效力，正是因为我厌倦了自己部落的杂乱无章，只有加入�族，我才能发挥自己的最大潜能。把我制造出来的鹰族工程师自己都不清楚我的能力到底有多大，更不知道如何才能让我发挥最大的作用。只有皇上您才能赋予我真正的生命，因为您是�族的太阳，而只有太阳的光和热才能激发我的潜能，让我这个机器成为您手中威力最大的武器。同您说的恰恰相反，作为智能猩猩，我服从单一号令，追求绝对服从。"皇上龙心大悦，当即传下号令，任命大猩猩内卒为总后勤部主管，负责一切生活物资的收集、储运和分发的任务。

　　这个职务对于内卒来说真是再合适不过了，但对于皇上却难说是英明之举。战胜鹰族之后不到一年，�族便遭遇了千年一遇的饥荒，无数的妇老幼弱在瘦成了皮包骨之后浮肿而死。大猩猩内卒说一不二，命令所有还活着的人必须在三日内学会快速地爬树，带领他们去往深山老林，爬上树枝摘取各种可以食用的果实，剥下无毒且能充饥的树皮，总算保住了剩下人的小命。这场历史性的饥荒也是�族历史的转折点，自此之后，埙族的男女老幼对大猩猩内卒的尊重和敬爱已经超过了对皇上的服从。他们觉得，这个机器人动物总是能发出正确的号令，跟着它不会有饥饿的风险，不会有被莫名杀头的恐惧。内卒好像看穿了部落民众的心思，两年后，它干脆废除了皇上，宣布自己为新的主人。在称帝的登基大典上，大猩猩内卒颁发了第一号主席令：所有埙族人，无论男女老幼，即日起只能在树上生活，凡违背命令擅自下地者杀无赦。把王国建立在树上，既可以保障我们的安全，还能获取充足的食物，更重要的是，它彻底解决了手机信号微弱的难题！

　　"彻底解决了手机信号微弱的难题，你丫的还真能想的出来。我们现在就砍下你的狗头，验证你的脑浆其实与泼猴无异，验证完毕后，我们会把你的狗头挂到最高的树上，让你有充足的信号跟阎王爷随时联系！"说话的人吩咐道："来，把这小子的破书烧了，给他送行，把盛脑汁的烧杯给我拿过来，准备验证。"就在此时，房间里传出了一个不同的声音："现在还不行。蔡奇那小子去市场买猴子，在回来的路上跟他老相好炫耀，任凭她拉着拍照，结果让猴子给跑了。现在农贸市场已经关门，这小子从一个大学的实验室里又借了一只，正在往这儿赶呢。只有等猴子到了，我们才能同时取样新鲜的脑浆作对比验证。老贾，你不是说想亲自审问这小子吗？反正闲着也是闲着，你就过来问吧！"甄悟语抬起头，看见一个弱不禁风的矮小男人从另一个房间走了过来："您过奖了。我这不算审问，就是想跟他探讨一下那篇小说。"他一边说，一边走到了跟前，用手扶了一下眼镜："你好，我叫贾针理，是国家思想考古所的所长，我们考古所主要是研究同业主义史和各代领导人对同业主义的阐释与贡献。你本来也是搞思想研究的，主要研究自然进化史，怎么会突然想起来要写小说呢？而且是这样一篇充满了争议的著作？"

甄悟语看着他，决定满足他的好奇心："这没有什么好奇怪的。我以前写了几本书探讨自然进化与社会进化之间的关系，但就像丢进死水里的沙子，既没有发出一丝声响，也没有溅起一点水花。这本小书虽然不是理论著作，却一下子让我名满全国，何乐而不为呢？况且，这个故事的隐喻与自然进化的秘密暗通款曲，我并没有脱离本行。"

贾针理点了点头，"我在读到小说的最后一章时，很疑惑埢族人怎么会遇到一只机器人大猩猩，他是逃跑的鹰族特意留给敌人的吗？所以，最后是埢族人中了奸计？"

"埢族人即使没有得到内卒，他们自己也会发展出一只大猩猩来。他们的精神线索决定了他们逃不开被文明漩涡裹挟的命运。"

"什么？你说什么？文明漩涡？那是什么意思？"

甄悟语看着对方的眼睛，发现浑浊的瞳孔里尚有一丝清澈，便缓缓地回答："我们人类之所以能脱颖而出，正是因为我们在某种程度上摆脱了对大自然的依赖和适应，或者说，我们人类文明的演化已经从其他生命对大自然的适应性进化升级为逐步摆脱大自然的非适应性演化，而一个制度僵化、思想一元的社会只能把所有人都置于一种新的人为的禁锢，迫使所有人陷入一种对教条的适应，这样的社会就如同一个漩涡，无论个人多么努力，都难以逃脱被裹挟进水底的命运。没有一个制度闭合和思想奴役的社会能够创造出现代文明，因为里面的每一个人都在漩涡里身不由己，都是在摆脱了对大自然的适应性进化后，又陷入了对制度的适应性进化。"

贾针理的眼睛开始变得迷离，他小心地问："为什么？我不明白。"

"自然演化的因子是基因的漂变，而文明进步的动力是思想的批判。没有批判性思维的社会，或者不准许质疑和批判的制度，绝对不会有文明的进步。"甄悟语的声音越说越小，到了最后，成了自言自语："在这样的社会里，即使有个别的思想家忍受着痛苦发现了端倪，但因为他不能把真知灼见与他人分享，不能让大众摆脱教条和成见，这些思想也就失去了应有的意义，这就像是自然进化里的基因，一个代表着适应新环境的变异如果不能大量复制自己，那这个变异也就失去了传承的意义。"

贾针理似乎懂了，他微微点了点头，也用同样细弱的声音喃喃自语："所以，我们一直在这个漩涡里挣扎求生，我们的大脑从未真正地进化，在思维的层面，我们仍然是野蛮愚昧的原始人？果然是大逆不道，你的这个想法太危险了。"

这时，楼下传来一阵急促的脚步声，很快，门被推开了，进来的不是猴子，而是一群警察。"这是《原始人》作者，名字叫彭载舟，是吗？"说话的人并没有穿警服，但好像是那群警察的头儿，"我们是国家专案组的，这个犯人涉嫌利用小说讥讽民族精神，试图推翻国家制度，我们现在依法将他捉拿归案。"听到这，甄悟语本来闭着的眼睛睁开了，看来这个政府还是可以做些善事的，至少它现在同时解救了自己和猴子的脑袋。

　　秘密审判是在一个礼拜后下达的，判决书写道：罪犯彭载舟出于对国家和人民的仇恨，以无稽之谈的故事为隐喻，极其恶毒地损害了所有国民的感情，中伤了整个民族的精神，本庭特此剥夺该犯十年的文明权利，罪犯在十年内不得穿戴衣服，不得享受人类食物，不得像人类一样直立行走，不得看书或说话，只能以牲畜的方式活着。本判决从即日起生效，并交由所有文明的国民监督执行，因为他们都是该罪犯所犯罪行的受害人。审判长尚未完成宣读，旁听的观众已经冲了上来，给甄悟语的脖子套上了一条铁链，用力牵扯着把他拖到了大街上。外面早已水泄不通，人声鼎沸，但他们还是自动让出了一条小道，容许罪犯勉强可以爬行而过。十里长街只走了很小的一段，甄悟语的脸上已经像被蜂群围攻了一般肿胀得难以辨认了，但他还是可以凭借诅咒的声音和攻击的方式分析出，男人热衷于使用拳头，妇女更偏爱出口痛骂，学生沉迷于呼喊口号，而小孩子们更喜欢丢石子。他听到的咒骂和口号五花八门，有"畜生"、"失败的社会达尔文主义者"、"伪知识分子"，等等。忽然，一个极其熟悉的声音传进了耳朵，甄悟语忍着剧痛，努力想让不听话的眼皮挤开一条细缝，不错，那正是小香，她随着人群不断举起右臂，呼喊着"杀死走狗"、"打倒卖国贼"！甄悟语的眼睛有些湿润，泪水刺激着眼球一阵剧痛，他低下头，继续艰难地爬行，极力不去理会膝盖的疼痛。就在此时，他感到一阵温热，好像有什么温暖的东西淋到了身上，就听有人说："不要尿他的膝盖，那里的伤口已经发炎了。"甄悟语有些吃惊，这个声音充满了机器般的质感和生硬，他再次挤开眼缝，向那个声音看去，果然，那是一只大猩猩机器人。

十三、脑内障患者都会发出动物的叫声

你姥爷快不行了，赶紧抽空回来看看。父亲在电话里说。医院都不让住了，说他脑子有问题；整天学骡叫，人家医生和病人当然要赶你走。

以前每次打电话，姥爷都会问我什么时候回去让他看看。他一把屎一把尿地把我从小养大，自然有着非比寻常的亲情。从出生就失去了母爱，父亲又常年在外，我在内心里一直把他当作父母。他可以把仅有的腊肉都留给我，自己只吃咸菜；也曾为了我顺利升学而给派出所老大下跪。放下电话，我立即定了最近的航班，踏上了回国的旅程。

"不要动，你被捕了！"飞了十三个小时，又坐了五小时的火车，然后转乘大巴终于在家乡小镇的街头下车时，有人一把抓住我的手腕，厉声喝道。我晕晕乎乎的脑子一下子清醒了许多，定睛一看，原来是远房老表红哥。我早就听父亲说，村里的年轻人都跑到外面打工去了，只有红哥没走，因为他是书记。我不知道他是开玩笑还是来真的，便任由他捏着我的手没动。来！先把手印按上！说完，他不由分说将我的右手食指按进了一个印泥盒子，然后又使劲地将它按在了一张表格上。这是外国人来华到当地派出所登记的表格，我已经帮你都填好了。怎么样，我这个书记称职吧？作为老表也够意思吧？听了红哥的话，我放下心来，开始与他寒暄。来，转个身子，让我看看，新闻里说，你们国外枪林弹雨的，每天要死好多人，我们的大秀才可别没报效祖国就被洋人害了。嗯，看来并没有缺胳膊少腿什么的。还是我们老林家的人命大啊！怎么样？在那边吃的饱吧？吃不好饿着都没事，只要安全就行，俗话说，留得青山在，不怕没柴烧嘛！不过，你肯定饿不着，当医生给洋人看病，每天收红包手不收麻了才怪！

晚上，等所有过来看望的人都走后，我再次回到里屋，开始仔细地为姥爷做检查。他躺在床上，微张着嘴，眼睛直视前方，空洞无神。看我测量完了血压和心跳，父亲便端了一晚稀粥，开始一勺一勺地喂他。勺子刚靠近嘴唇，姥爷便发出哼哧哼哧的细弱声响，吃了两勺后，声音更大了，像极了骡子的叫声。虽然早有心理准备，但此时亲自听到，我还是震惊不已，不明白他怎么会发出这样的声音。把姥爷的嘴巴擦拭干净后，我拿出便携式脑电仪测试他的大脑波普。一般来说，不同的脑区有不同的神经信号，会在脑电仪上显示不同的色彩，比如语言信号的色彩是蓝色，视觉信号是绿色，手指运动呈现为黄色，等等。姥爷的脑电图里这些色彩都有，唯一奇怪的是，在所有这些色彩之上，蒙着一层淡淡的灰色。难道是医学界争论已久的脑内障？几年前，两名医生在《柳叶刀》上报道说，他们诊治的一名患者的脑子里有一种如同白内障一样的脑神经混浊，他们称之为脑内障，文章里的几张脑电波图片就同自己现在看到的差不多，犹如雾蒙蒙的江面，或是裂隙灯下白内障患者的混浊晶体。

第二天中午，父亲张罗了一桌子饭菜，把村里在家的男女老幼都请了过来，算是替我向每家每户登门问候。"中子这次走的急，没有给各位叔叔婶婶带礼物，他一早去镇上买了些菜回来，做了两大碗炖牛肉，给各位长辈尝尝。我早上让他姥爷吃了一块，入口即化，比豆腐还爽口。"父亲的话让两碗牛肉在满桌子深碗浅碟中一扫而空，连汤也被喝得一干二净。众人交口称赞，从来没有吃过这么好吃的东西，这是天上的龙肉吧？一个长辈问。我礼貌性地应付着，心思却一直围绕在食客们发出的各种声响里，他们有的发出轻微的猪叫声，有的是羊叫或驴叫，红哥发出的是更响一点的狗吠。到了下午，所有的客人都走了，红哥却坐着不动，要跟我打听国外的生活，我乘机问他，乡亲们吃饭时为什么会发出各种怪声。这都是报应，他说，大饥荒你知道吧？我们的父母那时候没有吃的，把村子里的树皮都扒光了，到最后甚至吃死人，就不要说山上的畜生和家养的牲口了，吃了它们的肉不说，还煮了它们的皮，熬了它们的骨。它们感到冤，内心有怨气啊！到现在可能都阴魂不散，跑回来报复我们，谁吃了哪种动物的肉，哪种动物便附身让你像它一样地叫。我觉得有些好笑，便问：你是书记又是党员，也信妖魔鬼怪？红哥用奇怪的眼神看了我一眼，好像很鄙视我少见多怪：这东西呀，你不能因为没见过，就否认它。白天我们都在活学活用党的理论，它不敢怎么样；但到了晚上，它就会乘我们没学的时候上身。你不要不信。至于我呢，时不时地发出几声狗叫是有原因的。有一段时间我老是做噩梦，天天晚上都梦到有一只大狼狗在后面追，每次都是它追上快要咬我的大腿时，我就满身大汗地醒了，后来我发现，只要不跑，转过身，跟它一样对着叫，那只狼狗就会停下来，不追了。就这么着，我养成了狗叫的习惯。关于狗，我再跟你说件亲身经历的真事。

　　这件事有不少年头了，那一年我刚当上书记。有天晚上，我正要上床睡觉，门口的狗忽然叫了起来，叫声既急促又惊恐，我赶紧出门去看是不是来了小偷，一开门，我吃了一惊。就见门口飘着一个人形的东西，没有腿，衣服不是现代的，像是古装戏里的那种深袍大褂，头上还带着一顶乌纱帽，脸看不清楚，模模糊糊的。那个东西就在门口的空地上飘着不动，我们家的狗一直大声地叫，却不敢上前，平时来了外人，它都是直接扑上去撕咬，现在却好像害怕得很。我也害怕，心跳得咚咚响，正想着回屋拿挂炮竹，就看见狗子停止了嚎叫，一下子卧倒在地，头也低下去，不停摇着尾巴，对着那个人嘤嘤嘤地小声哼唧起来，过了一会儿，黑影慢慢变淡，不见了。这以后又发生了几次，每次都是在狗子伏地之后，那个东西才走。第二年，偷狗贼把我们家的狗毒死了，只要在晚上看到那种脏东西，我都会学着狗的样子，让它们离开。就在昨天晚上，我去山后的老吴家扶贫被他强留着吃晚饭，吃完了，天就不早了，也没得月亮，我高一脚低一脚地往家赶，刚走到山嘴子那儿，汗毛就竖起来了，我稍稍偏过头，就见身后跟上来一个无腿无脸的脏东西，我停下来，转过身，趴到地上，像狗一样对着它嘤嘤嘤地哼唧，那个东西也停了下来，然后慢慢消失了。

　　我觉得这些所谓的人形鬼魂或脏东西只是红哥内心恐惧时产生的幻觉，但他强烈地否认，还卷起裤腿让我看他的膝盖，果然有些红肿，中间已经生了一层老茧子。我问红哥愿不愿意做一次智商和认知力测试。如果智商没有问题而认知力低下，那么很大可能在内心压力过大时，会产生某种幻觉。"上面出台了一项政策，所有人都必须严格执行，这个政策说，任何夫妇都只能生育一个孩子。假设你已经有了一个孩子，你如何做到既不违背上面政策又能再生两个？"红哥想了一会儿，小心回答："找两个情妇，让她们一人生一个？""很好。现在政策又变了，每对夫妇必须至少生三个，而你和老婆不想再要。你如何才能既不违背多胎政策，又不用再生孩子？"这一次，红哥没有多作思考，肯定答道："那我就让老婆做上面的情人，他们可不想让自己因为婚外情有了孩子而受到要挟或惹出麻烦。"看来这小子非常机灵，智商超过一般人。"对了，你说的上面是谁？老板？"我问。"就是广播里整天说话的那个人，我也没见过，我们这儿没人见过，但你说一会儿一个政策，那只有他才有这个本事。"我还是有些不明白，追问他："那这个上面总有个名字吧？他叫什么？""咦哟，这可不能说，他的名字可不是我们能随便叫的！"好吧，那下面进行认知测试。

有一个山村，某天来了一只老虎，它窜进地主家的屋子，咬破了地主老财的脑壳，然后对着所有躲在门后既想看热闹又怕被吃掉的长工们说：从今以后，我就是这个村子的主人，你们可以继续耕种地主的田地，并保留各种收成，但你们必须每隔三天给我上贡一只比狗大的牲口，如果比狗小的话，比如鸡或鸭子，必须是两只。贡品必须准时放到山脚下那颗最大的楠木树下，而且你们谁也不准进入林子一步，你们也不能走出村子，因为林子里是我的宫殿，村子外是豹子的地盘。还有一条特别的规定，任何人任何时候都不能谈论老虎，不管在什么话题里都不能提它。即使是村里的狗也不准吠叫，每天必须对着林子摇头摆尾，而且从此不准再啃骨头，更不能吃肉，这都是老虎才有的特权，所有的狗子都只能吃屎。就这样上贡了一段时间，老虎又出台了新的政策，规定上贡频率从三天改为每日，因为老虎现在有了孩子。村民们很快便发现，村子已经没有牲口可以上贡了，就连屋檐下的燕子和麻雀都被捕进麻袋里，交给了新主人。但政策必须执行，于是，村民开始把年老体弱的人当作贡品，最后发展到上贡婴儿。在这种情况下，你觉得村民们是应当团结起来杀死老虎还是继续上贡婴儿？

红哥哼哧了半天，回答："一开始村民们如果有觉悟，还有杀死老虎的可能；到后来老虎家族已经成了气候，从现实情况来看，他们只能继续供养主人了，不然就是自寻死路。""可是继续上贡的结果是所有的村民最终都要被老虎吃掉啊。""那没办法，谁让它是老虎呢，反抗是早死，先供着还能多活几天。"

临近傍晚，村子里的男女老幼又回到了姥爷家闲聊。父亲把中午的剩菜剩饭热了，招呼大家将就着吃点当作晚饭。聊到姥爷的病情，所有人都同意，他老人家后半生有吃有喝，没有渴着饿着，这一辈子也算功德圆满了。红哥说，我要是能活到他那么大岁数，每天不饿肚子，老了哪怕脑子里都是屎，我也不后悔，死也不害怕。有人乘机怂恿：你看中子把国外那么先进的仪器都带回来了，你还不让他检查一下，看里面是不是真干净？这么贵重的仪器在我们这医院用一次不花掉你大半年的收入？红哥看着我，问：那看在老表的份子上，你给我查查？你不会收钱吧？我笑了，说，我想收，我姥爷和父亲也不会答应啊。在座的都是亲戚乡亲，我可以给大家都检查一下。红哥高兴地撸起了袖子：那就好。我第一个来。现在医院看病贵得离谱，我们头疼屁股热一般都不去找医生。你是跑过大码头、喝过洋墨水的大医生，能让你检查检查那真是求之不得。

　　测试的结果令我吃惊，每一位村民的脑电波都覆盖着一层淡淡的灰膜。我把所有的图谱导入分析软件，生成一张曲线图，惊讶地发现，图谱的灰色浓度与各自发出的不同动物叫声竟然有着某种正相关联系，猪的灰色最淡，而狗的浓度最深，中间逐渐递增的是骡子、驴和马等等。如果这层灰色覆盖就是脑内障，而动物的叫声是由内心恐惧引起的，那么，脑内障会不会是常年恐惧导致脑神经紧绷而衍生出的神经茶垢？发出猪叫的人恐惧最小，因而脑内障程度最轻；像狗一样叫的红哥应当恐惧最大，所以灰色浓度最深。他是镇里的书记，他怎么会比所有人都更加恐惧呢？还有，他们都在恐惧什么？我记得前苏联有一个流亡作家在一本书上说，他们每个人每一天都生活在恐惧之中，害怕有人随时敲门把自己带走，他们知道这个政权反人性反人民必将垮台，但又害怕政府垮台后日子更加动荡、更加衣食无着。他写道："对自由的惊恐无异于对死亡的畏惧，因为死亡就是彻底的自由"。红哥见我盯着仪器不说话，把头凑了过来，问：怎么样，我脑子没问题吧？我没有抬头，但用肯定的语气回答：都很好，没有什么大问题。你平时工作压力怎么样？上面有没有每天都给你布置任务或找你麻烦？红哥欲言又止，可能作为书记当着这些老百姓的面他必须想好了才能说话，沉吟了一下，他回答：嗨，不都是讨口饭吃嘛，你只要紧跟着上面的步伐，严格执行上面的政策，积极维护上面的权威，其他什么也别想别做，就不会有什么麻烦。看见我正要把脑电仪收起来，他岔开话题问：你说我脑子没什么问题，那刚才的认知测试结果出来了吗？我的认知能力也像我的智力一样比一般人高吧？

　　我把脑电仪放进手提箱里，对着他也对着所有或坐或站的乡亲们说，我来把刚才那个故事讲完吧。在婴儿即将成为贡品的时候，村民们将最后一只牲口绑到了那颗楠木树上，他们一再交待那头猪，老虎来吃它时，一定要向它求情，让它降低村民们上贡的次数，或者要求别的村庄也同时上贡，这样他们这个村子就不会马上死绝了。当天夜里，很多村民都梦到了那头猪，它说，吃它的根本不是什么老虎，而是一只肥胖的猫。村民们当然不信，第二天，只有婴儿可以上贡了，他们又交待那个呀呀学语的婴儿，向老虎求情，让它去别的村子讨要贡品。当天夜里，婴儿也托梦说，吃它的老虎就是一只大猫。村民们依然不信，因为他们看见过那只老虎，走起路来威风凛凛，那四只爪子犹如铁钳，它怎么会是猫呢？猫又怎么会吃人呢？终于，只剩下最后一个男人了。看见天色渐黑，他走到楠木树下，将自己绑在了上面，心想，村子已经没人了，我再向它求情又有什么意义呢，干脆什么也别想，心一横，就让它吃掉算了。将近午夜时，他正在昏昏欲睡，忽然感到有什么东西在舔舐自己的左腿，他吓得一激灵，低头一看，一只老虎正抬起头看着自己，它的眼睛在月光下射出阴冷的寒光。男人一下子明白过来，这确实是一只猫，因为它的瞳孔犹如两柄利剑支撑着上下眼皮，老虎的眼睛如同人类，瞳孔是圆的，而猫的眼珠子是竖的。原来，那些牲口乃至婴儿并没有在梦里撒谎。就在这时，那只猫双肩一抖，丢掉了身上的虎皮，开始啃咬男人的裆部，男人紧闭着眼睛，忍受着巨痛，暗自许愿，来世绝不做人，要投胎为狗，这样就再也不怕这只扮虎的猫了。

你这越讲越邪乎了。红哥的语气在官威里明显透露着不快：走了，我还要到老牛家去扶贫呐。

父亲赶忙上前，拉住他的手，说：老牛家睡得早，你现在去还得让他起来开门，你好不容易到我们家来，再坐坐，让中子陪着再聊聊。

我问红哥中午的牛肉好不好吃，红哥咽了一下口水，说，那还用说，你这拿手术刀的手炒的菜就是不一样，那牛肉爽嫩滑口，让我天天吃都不会感到腻味。

我说，你看，尝了美食后，才知道以前吃的都只是填饱肚子的糟糠，原来世上还有这样既爽口又有营养的食物；如果我告诉你一些从未听过的观念和认知，它们同牛肉一样鲜美，你也会接受它们，像每天都想吃一样从此对这个世界、对权利和义务还有政府与国家产生不一样的看法吗？

刚刚坐下的红哥又站了起来，用手指着我：我说老表诶，你可不要让我搞上什么麻烦！你们这些从国外回来的人本来就是危险人物，再讲一些不三不四的东西，我以后跳到黄河都洗不清。我就知道你这次回来肯定是不安好心。现在老百姓都安居乐业，日子过得好的很，好不容易能吃饱肚子了，也不搞运动了，你就不要不安好心来祸害我们了。你问问你爸爸，还有你姥爷，哪一个不举双手拥护上面，哪一个不心存感激，觉得上面就是我们的再生父母！

乡亲们齐声附和：是呢是呢，现在逢年过节哪家不是大鱼大肉的，以前见都没见过，想都不敢想。上面的政策好着呢，好着呢。父亲也换了一幅严厉的口气，告诫我，回来了就回来了，不要讲些反动的东西让老表和叔叔婶婶们惹上麻烦！你姥爷就快不行了，我也活不了几年，你不要惹是生非让我们都不得安生！或坐或站的村民们跟着七嘴八舌地劝我，说就是这么个道理。红哥拍了拍手里的帽子，说：那就这样讲，天不早了，我还是要去老牛家扶贫。我说中子啊，这两天我就不过来了，你走的时候我再来看看，给你送行。不要搞什么菜，就烧一碗中午吃的那种炖牛肉，就着了。他一边说，一边踢了一脚桌腿边的猫，骂道：骨头是你能啃的吗？到旁边嗦鱼刺去，把骨头让给狗来啃！

　　接下来的几天，父亲对我的态度变得有些生分，他很少说话，显然与我有了隔阂；我也不想开口，因为内心充满了悲伤。直到要走的前一天，他才来到我的房间，问我到镇上要买多少牛肉。我说："算了，不做牛肉了，有猫肉狗肉的话，各买一些。猫肉给红哥吃，狗肉给叔叔婶婶们吃，一定多买些酒。"我希望所有来送行的乡亲们在吃好喝好的同时都能一醉方休，可以乘着醉意，大声说出上面的名字，或者至少可以放声痛哭。我再也不想听到他们在桌上发出各种动物的叫声。

十四、戳破汽泡的正确方法

程实与一生里唯一的挚友是在人民监狱里相识的，当时要不是他出手解救，自己恐怕就成了汽泡国里又一个轻如汽泡的冤魂。

刚被押进监狱大门，程实发现，大部分犯人都像自己一样并没有被汽泡包裹，不禁暗自欣慰，看见他们还向自己微笑，便将之前的沮丧和恐惧一扫而空。在监狱之外，每个人都被气泡包裹得严严实实，相遇时的偶尔微笑总是被气泡扭曲得怪异和虚幻。到了吃晚饭的时间，程实怀着已经放松的心情来到餐厅，找了一个空位坐下。这时，几个人走了过来，问他："你是嘴唇部新来的？"程实赶忙站起来，想跟他们握手说是。"你知道这里有一个迎客的规矩，我们所有无辜的犯人都要向新来的狱友赠送一根能量棒，作为欢迎和鼓励。这是我们今天刚做的，还非常新鲜。你把它吃完后，就会像我们一样被证实为无辜了。"程实没有犹豫，接过来便咬了一口，顿时感到口腔里如同着火了一般，呛得他剧烈地咳嗽起来。"每个人的第一口都是这样，只有辛辣才能获得洗礼重生。你必须用三大口把它吃完。"程实深深地吸了几口气，然后又咬了一口，这一次，他感到嗓子一紧，仿佛一双大手猛地捏住了脖子，让自己无法呼吸。在轰笑声中，他赶忙丢掉手里的能量棒，向墙边的洗手池跑去，但有人伸出腿，把他绊倒在地，那几个人赶到跟前，将他按在地上，把剩下的半截使劲塞进他的嘴里。程实一阵眩晕，感到自己正在窒息，大厅里的喊叫和掌声好像在向天边飘去；但有一个洪亮的声音却自远而近，叫道：够了！再闹要出人命了！

　　"每一个新来的都要接受这样的考验吗？"在被喂了大量的柠檬汁并被带回囚室后，程实感到又活了过来，他看着面前叫梁知的狱友问。

　　"这并不是考验，也不是所有新来的都必须经受。"发现程实一直用疑惑的眼光看着自己，梁知补充道："整你的人大多是手指部和腿脚部的，有些来自视力部，他们都是些手脚不干净或者眼神不纯洁的犯人，一直对嘴唇部的人怀有敌意，觉得你们这些人都是只会撒谎或吹牛的汽泡骗子。喂了变态辣椒，你们就会喘不过气来，再也吹不出泡泡了。"

　　程实点了点头，"我也痛恨汽泡，实际上我就是因为汽泡被抓到这里的。"

　　今天本来是我工作的第一天。出门前，妈妈知道我是个爱较真的人，不会用谎言吹出一个汽泡把自己包装起来，她便把自己的泡泡罩在了我的身上。第一天的任务主要是熟悉环境和系统，并没有与同事们有多少交流，所以一直平安无事。到了下午，所有员工忽然被召集到一起，列队欢迎上面的视察和验收。通过领导的讲话，我才明白我们这个月报了二十头生猪的出栏量，比计划高出了一倍，上面特此下来奖励并验收货物，以便作为重大业绩汇报给德昂。讲话结束后，二十头肥猪被赶了出来，由工作组成员一个个亲自戴上大红花，在闪光灯中扭动着屁股走向运送它们的卡车。我在欢送队伍的尾部，躲在汽泡里有节奏地拍着巴掌，当肥猪队伍经过面前时，我忽然发现它们至少有一半其实是人假装的，特别是较为矮小的最后一头，那明明是今天接收自己的组长。我停止了拍掌，睁大眼睛辨认着，同时大脑飞快地思考，如果这真是组长，她会不会在送到屠宰场后被宰杀呢？这时，那头猪偏过脑袋，看了我一眼。我终于看清了她的眼睛，那就是组长，名叫吴瑙粉。就在确认了那头猪的身份的刹那，我"啊"地一声叫了出来，与此同时，包裹着我的汽泡"啪"地一声破裂了，一下子消失得无影无踪，整个队伍里只有我人模人样地站在那里，在一排或大或小的汽泡里显得突兀而又滑稽。我当时感到自己就像是被剥光了衣服的小丑，赤裸裸地站在众人面前，心底陡然升起了无限的恐惧。在正式工作之前，在幼儿园里，在学校里，我们早就听说，长大后只要出门在外就必须把自己包裹起来，没有汽泡不但危险，还会面临严厉的惩罚，这不仅是因为所有人都被自己独有的汽泡紧紧地包裹着，还因为所有人都生活在一个更大的汽泡里。德昂的母泡包裹着所有人的小汽泡，谁也别想逃离它的手掌，任何生活在母泡里却不把自己也用汽泡包裹起来的人，都会受到周围人和工作单位的批评教育，更会被德昂的人民自律队抓捕，关进人民监狱接受严厉处罚。

"你这是被抓了现行，关到这里并不冤枉。"梁知说，"不过，你们这些被抓了现行的犯人，包括手脚部的那些人，在这里不会呆很久，只要学会吹出合格的泡泡，就可以回家了。不像我们表情部和眼神部的犯人，要完成更多的课程，并接受更加严苛的考核，到最后能离开时已经非老即残了。"

"表情部？你不是因为忘了包裹自己或汽泡破了被抓的？"

　　梁知没有回答，盯着程实的眼睛看了好一会儿，反问他："所有的德昂臣民都活在泡泡里，你为什么不喜欢它呢？"

　　程实有些不好意思："我不知道怎么自然地撒谎，每次想要吹一个完整的泡泡，总是弄巧成拙。我也不喜欢撒谎，看见那么多人活在黑色面纱里，我感到非常难受。相对于白天，我更喜欢黑夜，因为只有在夜晚爸爸妈妈才去掉气泡，我们一家人才露出真实面貌，我们的谈话才真实和自然。"

　　"嗯，很多人在进入社会时都经历过这种心理痛苦，但他们很快就适应了，最后变得得心应手，成了汽泡大师。也不是所有人夜里都会脱去汽泡，很多人宁愿模仿德昂，一生里无时不刻都活在谎言里，所以他们的汽泡颜色越来越深，最后成了黑色的面纱，这些人即使在独处时乃至在梦里都必须被气泡包裹着。"梁知从口袋里掏出一只水晶一样的小球，在手里把玩着："撒谎本来是维持心理健康的一个必要的恶，可以说，它是人类文明进化的一部分，但在这个社会，却成了生存的前提和进步的标志，这是我同你一样感到格格不入的原因之一。"

　　三年前，我在国外发明了一种叫做"实时交流显像仪"的技术，它是一种唇膏，每天出门前，我们只要将它在嘴唇上涂抹一下，吐出的汽泡就将表面的内外压力差与主人说话时的内心波动维持在同一个频率，把汽泡变成一个全时显示器，真实地显示主体的情绪。很多时候，我们撒谎都是出于无奈，只是想同其他人一样把自己隐藏起来，并不想接着谎话连篇，让自己的汽泡成为黑幕。我发明的这个技术可以让其他人知道我此时是否想要交流，可以有效保护自己每天只是最低限度地虚伪，不必为了应酬而无休止地不诚实。考虑到自己的祖国是汽泡大国，几乎所有人都活在泡泡里，这个技术可以得到最为广泛的应用，我便回来成立了公司，准备将它产业化。公司成立后，研发和生产都很顺利，但良品率一直很低，问题的关键是无法以较为经济的方法过滤出达标的清洁水，如果另出重资建立净水设施，我们的产品价格就会维持在非常高的价位，很难让它作为大众的日常消费品进行有利润的销售。后来，我们花了不少钱买到一条情报，说我们城里有一个达到我们标准的净水厂，但它生产的极纯水只供市委领导班子和他们的家属享用，一滴也不会卖给外人。我知道这个国家有特供制度，也并不想去打破它或去分一杯羹，但我可以想办法打探一下他们是用什么技术来生产纳米级极纯水，这种技术是否具有商业效益。根据内线情报，我找到了特供水净化厂，并在当天对别人撒了十几个大谎，好在晚上能把自己隐藏在深黑色的汽泡里。由于没有特别通行证不能进入厂房，我躲在屋后的围墙下，放出早先准备好的可以像镜子一样反光的汽泡，让它飘进机房，通过不断地改变角度，把里面的情况总算如实地反射到包裹着我的汽泡幕镜上，当第一个镜头清晰地呈现出来时，我大吃一惊，地面的浅漕里整齐地躺着成千上万个老人，有的尚有一丝气息，他们的头上倒悬着一种特制的汽泡收集器；更多的是刚刚断气的尸体，收集器里的水泡被流水线的管道送到地下的过滤器内，过滤器其实就是更多的洁白如镜的汽泡，共有七层，每一层都标记着不同的年龄，以前我听说过也遇到过收集童子泡的人，没想到这些童子泡都被送到了这里。童子泡就是一生中第一次撒谎形成的汽泡，一般非常光洁透明，像活性炭一样富有透气的孔洞。用它们当作分层过滤器我可以理解，但为什么要收集垂死老人的汽泡进行过滤呢？难道人之将死，其言也善，垂死老人汽泡里的湿气或水滴更加纯净清洁？我站在那儿不断地调试角度，想要找出答案，忽然警报大作，上空腾地升起了十几架无人机，我顾不得收回反光汽泡，赶忙躲到一块石头下，直到很久之后风平浪静，才逃回家里。第二天，市委一个副书记带队下来考察，他听完介绍后，忽然盯着我，问："我刚才说话时，你为什么做出鄙夷的神情？"我知道自己昨晚的行动已经露了马脚，但还是假装镇静地否认，说自己一直在诚恳而又专注地听取指示。副书记看起来更加地气愤，加重了语气，大声说："难道你认为我在撒谎？你的谎言通过你自己的和我的双重汽泡的放大，任何人都看得一清二楚。而你还在一直耍赖。"说完，他一挥手，十几个警察推开大门，抓住我的双臂，拖进警车，直接把我送到了这里。"

两个人都不再说话，过了一会儿，程实说："所以他们也并没有冤枉你。你说你是在国外发明这种全时显示技术的，外国人也像我们一样每天都带着汽泡吗？"

"外国也有汽泡，但吹不吹、吹了裹不裹都是个人的自由，有的地方带的人多，有的地方吹的人少。最大的区别是他们没有母泡，不用像我们一样每个人都必须生活在德昂的泡泡里。"

接下来的几天，程实同其他嘴唇部犯人一起，白天劳动，晚上学习，主要是背诵德昂语录或者抄写德昂著作，到了第七天，每个人都必须参加一场考试，如果能够对德昂的某部著作倒背如流，就可以立即生成一个完美的泡泡，并马上出狱，这是所有犯人都奢望的结果，他们称之为"口吐莲花"。当然，绝大多数犯人都失败了，他们只能接受额外的教育，比如，口头复述一百个社会准则和道德规章，前三个是："我们是德昂的儿子"，"为德昂劳动是我们的荣耀和自由"，"汽泡内温暖和睦，汽泡外混乱冰冷"。一个礼拜过去了，程实仍然不能吹出一个足够大的汽泡把自己包裹严实，每次测试时，他不是心虚产生内在波动，就是气短说出的谎话声太小难以让他人听见，而汽泡的生成既在于你如何说，更在于被别人听，只有二者同时满足，生成的汽泡才算完美；有时候，程实根本不是在说谎，而是在吹牛，从鼻子孔里冒出的泡泡不但小的可怜，而且转瞬即破，比如"明天我将一口气把二百斤谷子不换肩地从劳动部挑到十里外的思想部"，或者"我已经一个不落地读遍了世界各国的名著"等等。程实觉得自己可能再也走不出人民监狱了，晚上聊天时，他问梁知："你是这里的老人，这么多年出不去也是因为吹不出泡泡吗？"梁知笑了："我要是想出去，可以随时吹出一个完美的汽泡。我不走是因为我在等待一个时机和一个人。你要是真想出去的话，可以从简单的谎话开始训练，比如'今天红色的天空真美'、'这根冰淇淋的辣味真足'、'德昂的肉色一体衣非常合身，在电视里看起来就像是没有穿衣服一样'，等等，熟练后，再练习一些更深刻更政治性的口号和标语，总有一天，你会成功的。"

　　程实想了一下，回答："我不介意在这里呆一辈子，甚至有些喜欢，虽然劳作很辛苦，思想改造很难受，但在这里我至少每天可以用真实的面目面对自己和他人。我之所以还想出去，是因为我觉得这个社会肯定还有同我一样真诚的人。"

"你见过？"梁知问。

"我喜欢的一个女孩就是，她叫德粉。我们两小无猜，从小一起长大，一起上幼儿园，又一起上德昂思想培育所，毕业后，我去生猪养殖场上班，她去市委的一个单位做公务员。她上班第一天生成的汽泡晶莹剔透，如果不提醒或仔细看，你根本不会知道她美丽的身材外有一圈泡泡。她发了一张自拍给我，而我当时正在手忙脚乱地试图把自己塞进妈妈为我吹出的不完美泡泡里，感到异常惭愧。每次聊天时，我都觉得她极其纯粹和天真，所以，她能生成那么洁白无瑕的汽泡是理所当然的。"

"很高兴你有这样的朋友。"梁知说，"但一个汽泡洁白无瑕，可能是因为主人正直纯真，也可能是因为主人幼稚无脑，她真心诚意地把恶魔的谎言当作圣人的真理，把邪恶的掩盖当作美好的真相。当你说出一个谎言，并真心相信自己说的是事实时，你也会吹出一个完美且透明的汽泡。但只要有一个人当着它的面说出真相的哪怕一个单词，它就会马上破裂；或者，不用说出真相，做一个小小的无知度测试，也可以让它消失。"

两个礼拜过去了，程实还是没有通过考试，他对德粉的思恋却与日俱增，梁知的话让他更想见到她，去证明她是纯真且正直的人，是自己在这个世界上可以信任的诚实的人。他决定从汽泡贩子那儿购买一个泡泡，走出监狱去见日思夜想的心上人。那些贩子可以生成任何形状和颜色的汽泡，只要付钱就行，而且它们在人民监狱里就是特别通行证。

程实和德粉相约在德昂思想培育所的后山上见面，那里没有多少树木，坐在山坡上可以看清整个夜空，在培育所里学习时，同学们经常在晚自习回宿舍的路上来到这里躺上一会儿，仰望星空，畅谈未来。他俩选了一个偏僻的角落坐下，因为与夜色里的学生们不同，德粉仍然带着汽泡，显得有些格格不入，虽然她的汽泡洁白透明，在夜色下更是难以察觉，但她在泡泡里的走路姿势还是让她显得与众不同。"我爸爸妈妈下班后回到家里就会脱掉汽泡，我听说其他人也是这样，到了晚上同亲人在一起时都是不戴泡泡的，你干嘛不把它脱了呢？你喜欢一直都戴着？"对于程实的问题，德粉回答地非常坦诚："我也不知道，我听说到了晚上同家人在一起时，泡泡会自动破裂或脱落，但我的一直就这样好好的，我也懒得去脱它。"这么说，你已经在这个泡泡里生活了十几天了，程实想，他忽然很好奇，在工作的第一天早晨，心上人在家里说出了什么样的话会生成这样一个经久耐用的泡泡。"我没有说任何言不由衷的假话啊。"德粉说，"你知道我是不爱说谎的。那天早上出门前，我只是说了'德昂是我们的大救星'而已，你知道，这是我们在培育所里每天晨课前都要大声朗读的第一句话。"

　　当然，程实想，但我总是不理解"救星"这个词的确切含义，德昂用他的母泡包裹着我们就是在拯救我们？"你看天上这么多的星星，每一颗都像是晶莹剔透的汽泡，但如果其中一颗真的落下来，它会砸到我们吗？轻则刺破我们的泡泡，重则砸破我们的房屋甚至要了我们的小命。如果不落下来，如此遥不可及的星星会怎么拯救我们呢？就凭它们对我们眨眼睛或者让我们看着感到美好？"

　　"我不知道。"德粉回答，"这我倒是没有想过。也许只是一个比喻吧。"

　　“但它是一个谎言式比喻，因为这个世界根本没有什么救星，只有灾星。任何星星落到我们这个星球上都只能带来破坏。”程实还没有说完，就听啪的一声，德粉的汽泡爆裂了，两人都被吓了一跳，远处的同学们纷纷扭头看了过来，德粉又气又急，猛地站了起来向山下跑去，同时回头喊道，“我再也不会理你了！”

　　当天夜里，程实再次被抓进了人民监狱，这一次的罪名有两条：破坏公物私产和发表反动言论。

　　“没有一个汽泡不会最终破灭，也从未有一个谎言成为永久真理。”再次见到程实后，梁知像个禅师一样对他说，“还有，自从人类发明了监狱以来，还没有哪一个牢底未被坐穿。我们人类对谎言的喜爱如同荷尔蒙溢出时的冲动，好看总是带来天然的好感；又如音乐，优美的旋律总是先于感人的歌词。哪一场演讲比赛的胜者不是依赖虚构和夸张？但一个好的社会不会剥夺人们与生俱来的自由，他们可以选择用汽泡把自己包裹起来与人交往，也可以素面朝天或赤身裸体走出家门。我在海外求学时就从来没有吹过一次汽泡，那里更没有把所有人都包裹得严严实实的母泡。你上次问我这个世界有没有一个人人都诚实的地方，我觉得没有，但有些地方至少不是人人欺骗、个个撒谎，有些地方至少诚实善良的好人要远多于谎话连篇的骗子。可惜你我现在所生活的地方依然处于包办婚姻时代，而母泡之外的其他地方却已经恋爱自由了。只要人类还生活在大气层的包裹之下，我们这类生命就依然是蜷缩在胎衣里尚未出生的婴儿；同样，只要我们这个国家还被母泡包裹着，我们所有平民就仍然是尚未自由的奴隶。”

"既然这样，你为什么不回到你求学的那个地方呢？"程实问。

"我当然梦想着能重获自由，但那不是走出这所监狱这么简单。我一直在等一个人，逃离母泡的束缚需要至少两个人分工协作。"

程实想起了同其他犯人聊天时听到的毒刺。一个谎言被接受的越多，被相信得越真诚，它所生成的汽泡就越圆润厚实，在这方面，谁也无法与德昂相比，所以它控制的母泡不但巨大无比，而且结实坚固；由于密不透风，母泡里的国民吸入的都是有毒气体，呼出的废气也如垃圾般臭不可闻，这些浊气被母泡吸收，日积月累，它的内壁变得不但光滑无比，而且生出无数大大小小的肿瘤突起，它们破碎，结痂，再破碎，再结痂，最终变形为或长或短、或锋利或炙热的荆刺，任何想突破母泡内膜的屏障逃出去的国民都逃不过被刺死或毒死的命运。

"想要找一个同你一样真诚而又睿智的人，并能够同心合力，恐怕这一辈子都不要指望了。"程实说，"我现在已经变成了一个悲观主义者。"

梁知看着程实的眼睛，认真地说，"我觉得你就是我要找的人。你愿意同我一起舍命一搏吗？"

程实摇了摇头，"我不知道你说的那个地方是不是真的有不吹汽泡的自由，而且我也不觉得自己有能力可以帮你。"

"就凭你的诚实和善良。"梁知把手按在了程实的肩膀上，"你绝望，是因为你还没有见识过一个自由的社会，更因为我们这块土地已经异化为令人窒息的密室。这个社会确实还有一些像你这样诚实、真诚的人，但你无法改变整体的愚昧和无知，我们的历史就是一部野蛮的人类异化史，我们用原始部落的战斗思维来治理内政，也用它来处理外交，不知道还可以从文明的视角来制定政策并与他国交往。作为个人，我们用市侩、私心和狭隘与人交往，而不是用哪怕稍微高一点的宽容姿态和博爱心怀来看待短暂的人生或周围的一切。"

　　程实沉默不语，他想起了父母，想起了自己在德昂思想培育所里曾经说错了一句话被关禁闭时，父母被召到学校同自己一起接受训诫，当时自己曾暗下决心，以后再也不会做出让父母难堪的事，他们含辛茹苦地把自己抚养成人，还要继续操心费力、提心吊胆。母亲说，只要自己做个规矩的好孩子，听德昂的话，跟德昂走，他们就会平安无事地度过这一生；他记得当时在内心许下诺言，以后无论遇到什么不公和挑战，自己都要独自承受，宁愿自己吞下苦果甚至丧命，也不能让父母受到牵连。正在这时，两个狱警打开了牢门，叫出了他的名字。"到！"程实喊道，然后跟着他们穿过长廊，走向审问室。

　　"嫌犯，你是否知道汽泡是我们与德昂保持一致的姿态、更是向他表达的忠心？"

　　"知道。"

　　"根据我们的初步调查，你自小到大从未培养出自己的正确姿态和真诚忠心。今天的审问就是要调查清楚，是你每天在盗用他人的汽泡，还是你的父母一直在欺骗国家，用他们的忠心把你包装起来。我们已经有了你父母的证词，所以你必须如实回答，以免我们再把你的父母从牢房里提出来跟你当面对质。你不想让你父母难堪，对吧？"

"你们把我爸爸妈妈也抓起来了？"

"嫌犯，你没有提问的权力，只有回答的义务！"

"我每天都是自己生成汽泡。"话刚出口，程实就感到嘴里有一股酸气喷薄而出，就在他下意识地张口想要吐出时，一个小汽泡把上下嘴唇连在了一起，很快，小汽泡越变越大并向后扩张，最后把主人完全包裹了起来。他终于吹出了人生第一个完整的气泡。

两个审问官互相看了一眼，其中一个说道："很好。根据你母亲和朋友们的证词，你一直藏有反动的思想，虽然他们现在积极揭发可以减轻他们犯下的包庇罪，但是只有你如实交代来证实他们的揭发为真，才能作为他们减刑的证据。如果你不如实交代，那他们就在撒谎，罪行将会更加严重。现在，从你能记事的年纪开始，务必详细地、客观地把所有不忠不义的想法都交代清楚。"

程实不知道审问持续了多久，结束后，他浑浑噩噩地被带进了一间窄小黑暗的单独囚室。那里，他每天只有一次见到光线的机会，那就是狱卒送餐打开门上小洞的时候，程实也是用送餐的次数来计算日子。第四天时，他正在咀嚼难以下咽的食物，却感到馒头里似乎有个很小的纸条，他小心地从嘴里扣出来，摊开，藏在洞口附近，等到下一次送餐时，借着微弱的光线，他辨认出是梁知的字迹：后天看你。程实难以抑制脆弱的情感，不知道是委屈还是激动，他的眼泪一下子流了出来。接下来的两餐他都狼吞虎咽地吃得干干净净，满心期待着梁知的到来。当囚室窄门上的小洞再次打开时，他激动地迈着沉重的脚镣走过去，却震惊地发现外面出现的是一个狱卒的脑袋，那个脑袋扔进来两张薄纸，没好气地喊道："赶紧趁现在有光读一遍，不然我就收回去了。"程实又走进一些，认出第一张是父亲畏罪自杀通知书，他又看向第二张，是母亲签字的断绝母子关系声明。程实感到万念俱灰，一屁股跌坐在角落里，他的脑子里满是儿时父母对自己的宠爱，他又想起了工作的第一天母亲如何吹出一个勉强合身的汽泡，小心翼翼地把它套在自己身上，嘱咐自己如何行走才能保证它不会破灭。也不知过了好久，当梁知走进来在黑暗中坐到他身边时，他竟然没有发觉。梁知没有说话，只是静静地陪着他坐在那里。

　　第二天，狱卒打开洞口放下食物，梁知把它端到程实面前，说："今天的牢饭好丰富，连我都从未吃过。看来，你今天必须做出一个选择了，要么在明天凌晨为自己的固执献身，要么同我一起拼死一搏，走向自由。我在这里已经呆了足够长的时间，屁股上已经长满了青苔，在狱卒们的眼里已经成了空气，但我从未放弃过希望！自暴自弃是德昂最乐意看见的，只有抗争才能为我们的后代创造出更美好的未来。你已经明白，在德昂的汽泡里，我们永远没有张嘴的自由：在饥荒动乱年代，我们缺少张嘴吃饭的自由；在物质丰富时代，我们失去了张嘴说话的自由。我前几天说，我们的统治者已经异化为野蛮的非人类，现在你应当相信了。德昂是人类迄今为止所有邪恶的化身，它对真理的终极解释和异见的思想审判胜过中世纪的宗教裁判所，对思想犯亲人和朋友的连坐迫害胜过中国的封建皇帝，对权力的绝对控制和人民的宣传愚弄超过了希特勒的法西斯。在强大的专政机器面前，所有的被统治者，不论种族，不问贫富，都成了弱势的少数民族。我们现在无法摧毁这个机器，但我们可以像候鸟一样飞往温暖如春的地方，等时机成熟，我们一定会回来解救所有的兄弟姊妹。"

"德昂的母泡不但坚固，而且毒刺密布，我们是逃不出去的。"程实终于开了口。

"千万不要低估诚实和真诚的魔力！"梁知使劲捏了捏程实的手，"我已经向熟悉的贩子预订了两个特制的汽泡，今晚我们先用这两个汽泡逃离这里。三天后就是一年一度的忠心节，德昂会接受全体臣民的膜拜并在母泡上呈现出彩虹，让所有臣服者都能得到他的保佑和祝福。这是它最为脆弱的时刻。在显示彩虹时，母泡的薄膜会撑得极其稀薄，而且里层涂满了油膏，外层覆盖了油脂，二者相互吸引又互相排斥的张力压力差形成了绚烂多彩的颜色。我们可以利用你的真诚意念来改变这个力差，虽然现在你的意念力还比较弱小，但它足以强化某个位点的张力，让德昂情不自禁地去触摸这个位点，这就像身体的某个部位发痒，我们会控制不住地想要抓挠一样。在德昂不断地用自己母泡上的荆刺去触碰那个位点时，本就稀薄的薄膜会被戳破，这个小洞是我们逃生的唯一通道，而且逃离窗口只有短暂的几秒，因为德昂在感受到疼痛后就会立刻本能地痉挛，收紧洞口。"

程实又恢复了沉默，过了好久，才幽幽地嘀咕道："梁知，恕我直言，你的这个计划听起来像是天方夜谭。"

"我知道它听起来确实有些难以置信，但在自然界已经是再平常不过的生存之计了。比如，在大洋的海底生活着一种叫鼓虾的生物，它们的虾螯一大一小，猎食时会将巨螯快速合上，喷射出一道时速高达 100 公里的水流，将猎物如小鱼小蟹击昏或杀死。这道高速水流会触发空穴现象，形成一个极微小的低压汽泡，当水压回复正常时，汽泡会崩裂并产生高达 200 分贝的巨响，声响如此巨大，乃至一两米内的小鱼都会被震死，鼓虾就是这么得名的。鼓虾的巨螯合上时产生的汽泡因为被迅速地压缩，热力无处消散，导致汽泡内的温度可激增至接近太阳表面的温度，同时产生一种所谓的'虾光现象'。他们的天敌是一种以泥土为食的忍虫，这些小虫子整日翻沙刨土，喜欢把一种叫忍矿的小石子过滤下来并堆积在一起。鼓虾用巨螯射出喷射水流并产生低压汽泡时，它的虾光照射到这些忍矿上会发生衍射，将虾光的绚丽色彩强化并反射到鼓虾身上，鼓虾或许是受到发射光的刺激，又或许是被反射光迷惑，会下意识地把巨螯对准自己，结果，射出的汽泡把自己的脑袋轰个稀烂，里面的屎尿喷射得到处都是。可惜，那些忍虫消受不起鼓虾充满了油水的躯体，它们还是喜欢以泥土为食。"

"我明白了，你觉得我这颗纯洁的灵魂就是一种忍矿，可以像镜子一般反射彩虹。"

逃离监狱后，三天转瞬即逝，梁知和程实各自裹在定制的汽泡里，仿佛成了隐形人，即使没有隐形效果，也没有人会在意他们，因为所有人都在各自的小泡泡里疯狂地尖叫，他们高举双手，对着犹如天穹般覆盖着他们的母泡蹦跳，母泡薄膜上的斑斓色彩映照在无以计数的小汽泡上，交叉，摇曳，又反弹到母泡的内膜上，令人头晕目眩。看来梁知说的对，具有黑暗性格特质的人对我们确实有特别的吸引力，我们宁愿相信一个精神变态的领袖的胡扯，也不愿听取一个思维正常的清醒者的良言。程实正在这样想时，梁知一边随着众人蹦跳，一边猛地对着他往下摆动双肘。这是他们约好的暗号。程实赶紧凝神屏气，感受着身边所有的光线，让意念跟随着它们跳动，然后缓缓地引导着它们汇聚于母泡内膜上的一点。也不知过了多久，程实感到自己身心俱疲，觉得快要瘫软在地，就在他无法支撑下去时，啪地一声爆响，他感到身子猛地一轻，像羽毛一般随风向上飘去，原来两人的气泡已经破裂不见，梁知正一手举着水晶球，另一只手抓着自己往母泡上的一个红点飘去。转眼间，两人就来到了洞口，确实如之前所料，裂口窄小，只有奋力地钻挤，才能勉强而过。梁知比较瘦弱，第一个钻了出去，然后他拉住程实的双手，努力要把他拽出洞口，然而，母泡已经开始了收缩，同时，无数的护卫架着梯子开始往上攀爬，个个手中都提着长刀，而程实却卡在那里，动弹不得，他已经感受到了母泡的尖刺开始缓慢地刺入自己的皮肤，他喊着梁知的名字，让他赶紧松手，但梁知就像在监狱里握着自己双手时那样猛地用力，差不多要把他的双臂拽断。就在此时，他们听到底下的喧哗声更大了，不断地有啪啪啪似乎是什么东西落地的声音，然后，程实真真切切地听到了一声母亲的绝望叫喊，在呼号喊出的刹那，母泡的伤口稍许扩大了一些，梁知利用这个机会，一下子把他拽了出去。刚刚逃出洞口，梁知赶紧回头看向里面，只见母亲挂在洞口的另一边，她耷拉着脑袋，身上千疮百孔，而双手仍然死死地揪着母泡内膜上的荆刺。

　　脱身之后，两人又奔跑了一天一夜，才瘫倒在地上，大口地喘着粗气，尽情享受着新鲜的空气。休息了很久，程实站起来，面对着德昂的方向，跪倒在地，他在心中默念着母亲的名字，感谢她给了自己第二次生命。梁知坐到他的身边，抓住他的手："我们还会回来的，并将带回更为先进的衍射和麻醉技术，让母泡全身的色彩发生反射，让它出于虚荣和自恋抚摸全身，把自己刺得体无完肤却陶醉其中，直至它爆炸消失，只有在那时，所有的国民才能获得与生俱来的自由！"

十五、动物革命和外星人的降临

　　一连四个晚上，央国退休总统高智晟都做了同样一个怪梦，梦里没有人物，也没有情节，只有一种声音像留声机一样在遥远的地方反复播放：收此信息者，将遭毁灭！"我本已行将就木，毁灭就毁灭吧。"第五天早晨，高智晟一边回忆着昨夜的梦境，一边对自己说，同时吩咐床边的机器人管家播报今日要闻。"国内方面，这个季度的国内生产总值数据刚刚出炉，正如经济学家们普遍预测的那样，央国已经超过了丽国。国际方面，科瑞尔国流亡斗士丁加喜对采访他的记者说，他准备回国，无论暴力政权如何加害自己，他都会坚定地走非暴力抵抗道路，像当年您推翻德昂的纳粹统治那样，带领科瑞尔国人民重返文明世界。在国联方面，深空探测器近几日发回的图像有些扭曲，可能是某个镜片需要调整精度，对于由此产生的巨额维修费用，丽国说，我们央国应当承担更大的份额。"高智晟心里猛然一惊，他让管家搜索更多的有关深空探测器图像失真的信息。"报道并不多，仅有的两篇都来自太空探索月刊，主要是学术性地解读最近传回的半人马座星系行星图像问题。图像变形一说来自深空探索国际小组向国联发出的一份内部汇报。"高智晟重新躺到了床上，他在思考是否存在另外一种可能，也许探测器的镜头完美无缺，因为毕竟此前传回的图像并没有任何问题，现在却出现了失真，会不会是由于某种力场扭曲了探测器所在的时空，形成哈哈镜效应，导致了图像模糊，而且这个力场可能来自外星文明，每晚梦中的警告就是他们发出的。

　　当天夜里，高智晟刚刚进入深度睡眠，那个声音就像闹钟一样准时响了起来，机器人管家按照之前的吩咐赶忙叫醒了他。这一次，在惊悚之余，他愈加深信，这绝对不是某种巧合，更不是看了几本科幻小说后的心理投射，它一定是真实的信息，是确切的警告。他来不及洗漱，赶忙登录国联内部网络，向当值主席发了一封邮件，标题是"极其紧急：世界末日来临了吗？"把自己这几日的经历和担忧详细作了汇报，并抄送给所有在职和离职的国联高管。邮件发出后不到两个小时，就有三位作了回应，证实他们也在最近几日的梦里收到了同样的信息。接下来的讨论热烈起来，如果深空探测器的图像失真确实是由某种力场的改变引起，那么两天前太阳耀斑忽然变得活跃便有了一个很好的解释；这两天科学家们一直在为这个现象争论不休，不理解太阳风暴的周期为什么会毫无来由地发生了改变。从深空探测器发回的图像第一次失真到太阳耀斑忽然活跃，相隔了大约两天，图像失真程度和耀斑活跃烈度存在着正相关关系，而且在过去两天都有日趋严重的倾向，这说明，这个强大无比的神秘力场正在逐日加强，而且是由外向内逐渐侵蚀太阳系的。接下来的问题是，不管这个外星文明使用了什么技术，他们的目的何在？是为了消灭我们人类吗？但如此强大的力场扭曲将会摧毁整个太阳系，他们将会得到什么呢？或者，他们是另有所图？我们人类文明只是受到意外波及，他们发布这个警告就是为了确保我们人类明白自己的处境并赶紧逃亡？

　　接下来的两天，九大常任理事国的科学顾问们同权威科学家们一起连续开了几次闭门会议，试图论证时空扭曲的可能，理解如此大规模的改变是出于自然还是人为，时空改变的动力是我们人类已知的物理规律还是我们不能理解的技术；最后，我们如何能够在最短的时间内验证初步的结论？专家们的意见严重分歧，但一致同意，较为明确的验证方法是将十几颗深空探测器发射到太阳系与半人马座星系的中间地带，在不同的距离和用不同的方法测绘力场，从而算出它的来源和性质。半人马座是离太阳系最近的恒星星系，也是人类探测器目前能够在较短时间内到达的地方。但这种验证方法将耗资巨大，而且从准备到发射再到姿态调整乃至后期的数据分析都将需要至少数月的时间，鉴于形势的发展，恐怕是远水解不了近渴。最经济又最快速的方法是利用现有的太空和地面望远镜探测半人马座三大恒星的耀斑活跃情况，与我们太阳的耀斑爆发进行比对，如果同步，则证实确实出现了某种未知的力场，它扭曲了时空，并加剧了恒星的磁能爆发。虽然这种间接论证不能解释这种力场的来源和性质，但我们可以尝试改变深空探测器的探测方法或者发明一种新的算法来排除它不是什么。

到了第九天，太阳风暴对地球的影响已经明显严重了，电视和电台经常中断，而医院里更是人满为患，大多数病人抱怨头疼胸闷、喘不过气来。高智晟吩咐智能管家准备好汽车和露营设备，他要去郊外的岷炷山上过夜，当年推翻专制政权时，他就曾与兹由一起在这座山上度过了惊心动魄的一周。山顶上有一块可以露营的空地，管家把帐篷支好后开始准备晚餐，高智晟则踱步到眺望台上，他看着山下开始逐渐亮起的万家灯火，不禁悲从心起。前几天的专家论证会他皆受邀全程参与，这既是因为他是危机的发现者，更是因为他一直受到世界各国领袖乃至学者们的普遍敬仰和尊重，当年他完成了几乎是不可能完成的任务，推翻了与人民为敌、与文明相悖的邪恶统治，带领着近十亿人重新回到自由世界，与其他各国一起将人类文明推向了新的高度。在会议上，他并没有插嘴，只是静静地听着专家们的争论，心理明白，这些争论已经无关宏旨，结论是明确的，那就是我们太阳系的命运已经就此注定，不管扭曲时空的力量是未知的"虫洞波"，还是已知的暗重力。可惜我们尚未进入另外一个星系，远未认知另外一种生命，就要同尘埃一起消失在宇宙的广袤虚空里，而且至死都不知道是谁消灭了我们。能够掌握如此强大能量的生命简直就是神祇，我们在他们的眼中可能只是一些蚂蚁。这时，正在归巢的各类鸟儿逐渐飞了回来，他们围成一圈，绕着眺望台翩翩起舞。高智晟吹了一声口哨，有些鸟儿他依然认识，毕竟现在离"动物革命"才只有七年，当年就是他们帮助自己推翻暴政的。一想到这些可爱的鸟儿也将灭绝，他的悲伤一下子弥漫了全身。或许，这些聪明的小生灵早已明白了自己的处境和命运？他们轻盈地飞舞，欢快地鸣唱，是想鼓励我、让我振作？高智晟伸出双手，让一些鸟儿飞过来站在上面，他与手中的鸟儿对视，发现他们的眼中没有丝毫的恐惧或哀伤。

　　吃晚饭时，天已经黑定了，张展打来电话，问高智晟现在说话是否方便，身边有没有别人。"是这样，我的侄子刚刚满月，出生时非常健康，昨天开始整天哭叫不止，带到医院，排了一天的长队好不容易找到医生，他说是耳膜穿孔，而且伴随小儿气喘。现在医院都是人满为患，官方的解释说是因为太阳风暴的影响，但我觉得太阳风暴可能并不是根本的诱因。你那儿有什么内幕消息吗？"高智晟的手臂悬在半空，他想挂断电话，但又觉得对不起曾经一起出生入死的战友，便把嘴唇凑近腕上的智能手环，小声地说："我在岷炷山顶，这里没有别人，你现在过来吧。"张展是当年追随高智晟发起动物革命的先驱之一，也是他在革命过程中的得力助手，她的外号是鹦鹉，因为不同于高智晟整天携带着一只名叫兹由的猫头鹰，她的肩膀上总是站着一只名叫福瑞鼍的鹦鹉。"让你的车自己回去吧，今天晚上你就在这里跟我一起度过这难忘的一夜。"张展到了后，高智晟说，"以后我们想彻夜长谈的机会可能不多了。"张展没有说话，抬头看着天空，它正被极光映照得色彩斑斓，自从人类有记录以来，在这个维度能够看见如此美丽的极光，还是第一次。所有的鸟儿此时都停止了飞翔，它们立在山顶四周的树上，对着二人唧喳鸣叫。"这些可爱的小生灵与我们心灵的内在联接依然未断。今天晚上，你试着恢复当年与你的鹦鹉心灵相通时的冥想状态，入睡之后看看能有什么收获。"高智晟对张展说。

第二天，山顶出奇地宁静，太阳已经爬上了三尺竿头，所有的鸟儿却依然站在树上，既不飞走觅食，也不叽喳鸣叫。两个人扶着栏杆，看着阳光逐渐照亮每一个角落。"我期待着昨夜会收到不同的信息，看来他们除了警告，并不想透露什么。"

张展点了点头，"我醒来的时候，那句简短却震撼人心的警告仍然在耳畔回响。你第一次梦见它是什么时候？还有其他人吗？"

"已经十天了。官方的摸底有二十多位，民间肯定会更多。"

"这么说，国联已经讨论过了？"

"会议已经开了几天。多数科学顾问倾向于认同这是一种我们尚不了解的虫洞波，制造如此强大的宇宙级能量波的外星人很可能并无恶意，他们只是想要穿越我们这片太空，去往别的星系。也许他们的家园即将毁灭，也许他们发现了另一块宜居的乐土，正在移民。这些科学家的依据有两点：第一，如果他们是来毁灭我们，就不会发出警告；第二，这次时空改变的路径正好穿越我们太阳系与半人马座星系的中间，明显存在着人为设计的痕迹，而且具有方向性，通过量子计算机的两天检索，科学家们发现，最早的时空扭曲是在遥远的人马座，再到较近一些的宝瓶座，然后是更近一些的几大仙女座，现在延伸到了我们这里。可惜的是，由于技术限制，我们无法探测到它的起源，也就无法找出这个文明的具体位置。"

张展叹了口气："如此广袤的时空扭曲，即使从太阳系边缘穿过，恐怕也会将我们彻底摧毁。"

"是啊，专家们估计，当北极光出现在赤道附近时，我们的末日就降临了。"话刚说完，高智晟的手环轻微震动起来，他看了一眼，说："走吧，你搭我的车下山。既然现在了解了真相，我相信你会为最后的日子作出最好的安排。我也相信，作为曾经最亲密的战友，你会把我们俩的谈话保守在心里，直到那一日来临。"

"我会的。"张展与老战友肩并肩坐到后排，"你好像被那个警告打垮了，也许我们会想出一个应对之策。"

智能车在环山路上无声地绕着弯，管家坐在副驾上，忙着订购食材，想要询问什么，转头看见主人的神色，又把话吞了回去。"每天你走在路上可能会踩死无数的蚂蚁，但却毫无察觉。"高智晟说，"现在他们来了，我们成了那个被踩中的蚂蚁。他们甚至没有留意到我们这个蓝色星球还有一个高度发达的文明，就将我们整个星系从宇宙里抹去了。"

"所有政府都打算认命，连垂死挣扎也不试一下吗？"

"当然，国联协调成立了一个行动小组，叫'诺亚水手'，有十个成员，都是最早一批梦到警告的政治家和科学家，我是其中之一，现在就是回去参加第一次会议，但我觉得大局已定，任何垂死挣扎都将徒劳无益。"

"形势固然极其危急，但如果我们人类还有一个人有资格和能力保持乐观的话，我觉得他就是你！"张展偏过头，盯着昔日战友的眼睛，"当年独裁政权把魔爪伸进了国家的每一个角落，几乎所有敢于发声或试图反抗的人都在政权的暴力中消失了。在那样的恐怖黑幕里，没有哪一个有良知有见地的人不感到绝望，有人甚至怀疑我们这个种族是否有资格享受文明，说我们就是一个劣等民族。当时，你是唯一一个保持乐观的人，你几次被关入大牢，但每次放出来，都依然坚信曙光就在前方，依然故我地继续与纳粹政权战斗。难道因为我们最后胜利了，你就松懈了，就改变了吗？那时是为了我们这个国家，而现在是为了整个人类，你应当更加奋进、更加乐观才对！那才是你的真正精神，是我们认识的伟大领导者！"

高智晟当然不会忘记，动物革命才过去不到十年，他怎么会忘记一生中最为性命攸关又最为激动人心的经历呢？

那时，整个国家一直处在政治运动之中，无数的仁人志士和民族精英被迫害致死，所有人无时不刻不活在纳粹高压之下。高智晟认识和不认识的知识精英和维权律师大多消失不见，无人知道他们是被关押在某处，还是已经被肉身消灭，也有的早已逃亡异地他乡。所以当大门被捶得摇摇欲坠、发出震山轰响时，他明白自己的时刻来到了。他从床上起来，披好衣服，对着门外喊道："马上就好，给我两分钟跟兹由告别。"兹由是平时与他形影不离的宠物猫头鹰，他必须将它放归山林，否则，它会在这间小公寓里孤独地饿死。但大门很快就被砸开，一队特警蜂拥而入，兹由挣脱主人的抚摸，踏着入侵者的头盔飞了出去。

"这一次你他妈的把钩咬实了，看你这个狗杂种还怎么跑！"他们一拥而上，用膝盖和警棍将目标死死地压在地上。高智晟认得带队的头儿，也明白他这番话的含义。过去几年，自己曾被他传唤过数次，但每次都是在关押十几天或几个月后因为没有实质的证据而被警告释放。他们就是一些穿着制服的地痞流氓，平时隐约能嗅出自己的文章都是在痛骂法西斯及其走狗，想用文字狱的法宝加诸罪名，但就是难以解锁其中的隐喻奥秘。"在今天这个日子跑到海边去撒花，还念念有词，你这个人渣就是在作死！"今天是七月十三日，他们比谁都知道这个日子的意义。刚被押进派出所大门，高智晟就预感到这一次将凶多吉少，以前都是先关押再审问，现在却直接被送进了审讯室；更重要的，在被剥光了衣服之后，以前并没有其他动作，现在他们命令自己岔开双腿，不断地蹲下站起、再蹲下再站起，直到自己实在无法支撑，蹲在地上难以站立时，他们才像拖着一条死狗一样把他拽了进去。对于审讯室他并不陌生，一样的窄小房间，一样的束缚式老虎凳，它把嫌犯的双腿和双手牢牢地锁住，让被审问者站也不是，坐也不行，完全身不由己。但这一次，连同老虎凳一起，他被另外塞进了一个铁笼子里。

　　"看好了，这是'在押人权利义务告知书'，来，在这签字，证明我们已经告知了你的各种权利义务。"好几页的告知书只是在眼前晃了一下，就算读过了，这都是他们的老套路，第一次被审讯时，自己还同他们争辩，想要一字一句地看个仔细，而且在没有律师的情况下，自己不会签字确认任何东西，结果只是多挨了一顿暴揍和电击。高智晟轻车熟路地签了名，准备以沉默来应对他们的羞辱、咒骂、引诱和施压，没想到他们一进门，二话不说，打开铁笼子，对着他的脑袋就是一通组合拳，然后是电棍，专捅柔弱的部位，比如胳肢窝、生殖器和肛门。"狗杂种，把头抬起来给我好好听着，你现在就是路上的一只臭蚂蚁，我们想踩死你，就是抬抬脚的事，明白了吗？所以给我老实点，问你什么，就一五一十地好好回答，不准隐瞒，不准装傻，不准撒谎！不然，你要是能活着走出这间屋子，算你他妈有本事！"审讯台前坐着三个人，高智晟只认得一位，其他两个身着便衣，看起来像是让人闻之色变的盖世太保。

　　"说，你今天去海边朝大海撒花是什么意思？""去悼念一位朋友。""你这个朋友叫什么名字？""他的名字你知道，不然你们不会把我抓到这里。"

　　两个人冲过来，又是一顿殴打和电击，"操你妈的！还敢嘴硬！在这个国家，你放个屁要是臭的，我们都能马上找到你让你认罪。不要以为发点破文章，含沙射影、指桑骂槐我们就不管了，还敢在今天这个日子跑去惹事！还敢跟我们绕弯子！你进了看守所这道铁门，就已经不是人了，还不明白吗？你连敌人都不是，连畜生都不是，就是一块垃圾，我们可以随时把你丢了，明白了吗？"

　　一直没有说话的瘦子太保拦住了他们的拳头，让他俩重新坐回到审问台后，他自己则蹲在铁笼子边上，语气温柔而又亲切："我跟你一样也是学法律的，但对政治更感兴趣。我们国家现在还不完美，确实存在一些问题，我纯粹就是想跟你探讨，依你看，我们国家怎么才能变得更好呢？""人类文明的趋势是把权力还给人民，由他们来决定谁可以代表他们行使权力；把自由还给人民，让他们去过自己想过的生活。这个趋势也是人类进化的方向，自由和多元不但是大自然的进化动力，也是人类进化的必要元素。""很好！说的真好！"太保说，"给我记下来，嫌犯顽固不化，鼓吹自由民主，试图推翻政权、实现资产阶级自由化和多党选举。"

　　审讯不间断地持续了三天，高智晟已经失去了对双腿和双手的知觉，感到自己成了一个幽灵，只有大脑还是自己的，而这个大脑一片混沌，想要闭上眼睛就此长眠，审问者却不断地虐待它、刺激它，让它必须作出回应，而它对轮番上阵的审问者早已失去了知觉。

　　被拖到牢房后，高智晟躺在木板上昏沉睡去。也不知睡了多久，朦胧之中，他感到有人压在自己的身上，过了一会儿又变成了很多人，他感到了疼痛，但实在难以睁开眼睛，只是庆幸居然对身体恢复了知觉，但很快绝望就从大脑里流了出来，弥漫了全身。自从得知了真相和认清了方向，他一直在揭穿谎言，在启迪民智，但从未得到大众的理解。被走狗们抓捕和毒打不算什么，同胞们的冷漠、讥讽乃至助纣为虐却让自己有时怀疑，这个民族是不是值得拯救。也许有一天，地球将被某个外星人毁灭，但在那之前，我们这个民族早已被人类文明抛弃。这是一个受到双重诅咒的民族：几千年纲常伦理对大脑的禁锢与驯化和近百年来异邦邪教对精神的愚弄和奴役，已经把我们整个国家带上了反文明的邪路。我们背离现代文明走得越来越远，我们陷入了反人性的泥沼。高智晟躺在木板上，不吃不喝，他想也许就这样死去是最好的归宿，然而，一声熟悉的鸣叫惊醒了他，他拖着虚弱的身子勉强抬起头，仔细聆听，是的，那正是兹由！它肯定是循着气味找到了这里，站在墙外的树上对着自己鸣叫。高智晟忽然涕泪纵横，他把床边冰冷的稀粥一饮而尽，然后抓起发霉的馒头，大口咀嚼起来。他要活着出去，给予兹由活下去的希望，也从它那儿得到与生俱来的自由。

审判并没有拖延很久。看着他们一件件呈上证据，高智晟在内心里感到好笑，那些签名歪歪扭扭，简直是对自己飘逸书法的羞辱，他们乘着自己神志不清捉着自己的手签字，理应写得更加漂亮一些。十年的刑期虽然有些出乎意外，但考虑到他们对自己的恐惧和仇恨以及过去几年自己对他们的戏耍，加重判决应是被戳中痛处的恶魔们的正常反应。高智晟不在乎刑期有多长，他知道兹由会在高墙外对着自己歌唱，他期盼着大众在这十年里慢慢地觉醒，只要自己能活着走出去，就一定会在更好的环境下推动民族走上正确的道路。

十年的时光幻化为半残的躯体，带着高智晟走出了监狱的大门。兹由轻轻地落在他的肩上，用它那原本细嫩如今粗糙的坚喙触碰着他的脸颊。他们一起来到了被捕前租住的棚屋，房门已经换了锁，里面的摆设显然不是自己当初留下的。高智晟来到房东家，敲响了门。"哎哟喂，高先生，您回来了。"房东一向和气、礼貌，微笑中满是谦卑，"您的那间屋子已经租给了别人，里面的东西当初都被他们收走了，只剩下床褥和桌子椅子，我把它们都收起来放在家里，这就给您拿去。""那你还有别的屋子可以出租吗？便宜一点的。"房东收起了微笑，向四周看了一眼，又探出头，朝街道的拐角望去，然后靠近一些，压低声音说："高先生，不是我不想租给您，他们早就打过招呼了。我现在只靠着这些租金过日子，不敢招惹他们。"抬头向外面又看了两眼，他把声音压得更低，耳语道："高先生，您最好离开这里。以前也有像您这样的，前脚刚住进去，后脚太保就来了，被到处驱赶。这里是京城，情况特殊，外地可能会宽松一些。"

　　他能想起的外地朋友有两位，他们曾与自己一道针砭时弊，奔走呼号，也许可以在他们那儿暂时找个容身之所。找到第一位朋友的居所颇费了一番周折，敲开他的门时已经是第三天了。"他把房子卖给我后就带着一家老小出国了。"开门的人说。"什么时候走的？""哎呀，走了有五六年了，好像挺匆忙的，房子低价转给我后没两天就走了，我这还有一些他的东西没有拿走，也不知道他还要不要。""他没说为什么要走吗？或者会不会再回来？""不知道。后来倒是有人上门来找他，跟我打听他的情况，说有他的消息就打一个电话，这电话我还留着呢。""是公安还是太保？""他们没穿制服，我也看不出来。不过，他们倒是把他留下没带走的好多书和资料收走了，我还跟他们争了一下，说不能就这么不明不白地把他的东西拿走，他们让我少管闲事，不要给自己惹麻烦。"

　　高智晟用仅有的钱买了一张车票，带着兹由去往南方，那里有第二位相识的好友。车厢里人满为患，但不算过于拥挤。因为是站票，高智晟肩膀上的猫头鹰显得非常醒目，车厢里的所有人都盯着它，生怕它会飞到自己身上带来霉运。忽然，它对着车厢的另一边叫了起来，那里有位农民挑了两笼土鸡去邻市贩卖，有几只做出了紧张的回应。几个回合过后，兹由飞到了其中一只筐上，继续低声地鸣叫，公鸡本来松开的翅膀渐渐收了回去，母鸡们也从笼子的角落里走了出来，开始放松地低语，一时间，车厢里莺歌燕舞，充满了和谐的乐趣。人们也活跃起来，因为遇见了这件稀罕事而互相放松了戒备。"还好它是在唱不是在笑哟，猫头鹰笑起来特别瘆人。""你为什么要带个丧门星到处逛悠？""猫头鹰肯定在问老母鸡：你的小鸡呢？我要吃小鸡。""真是开了眼了，这些鸡竟听猫头鹰的话，它唱一句，它们就跟着唱一句。"哈哈哈哈。

　　辗转找到好友的住处，正是华灯初上的晚餐时间。他打开门显得非常吃惊，"高智晟？听说你几年前就死在里面了，那是谣传？"

　　"看起来好像是，我把真人带到这儿了，你应当相信那确实是谣言。"

　　好友看了看门口的四周，把门从身后关上，小声问道："你是怎么出来的？他们觉得你没有威胁了？"

　　"刑期到了。现在没有去处，想找个地方先住几天。"

　　"哦，只是刑期到了。老高，我可以跟你说句心里话吗？我知道你的性格，出来后，还会继续为不平发声，为正义呼号，但是老实说，这些现在都没有任何意义了。一方面，他们牢牢地控制着一切；另一方面，大众被愚弄太久，自古以来，他们已经习惯了生活在谎言和仇恨中，从来不知道世界的真相，更不知道文明的含义。我们以前的所有努力都只是给自己惹火烧身，并没有改变什么，反而让他们变本加厉。你要想听我现在的真实想法，那就是，这是个毫无救药的民族，他们之所以敢为所欲为，是因为我们的民众愚昧无知、奴性十足。我们既丧失了想象力，又从未学过逻辑，结果我们既因循守旧没有创新，又不独立思考质疑权威。他们能够独裁专制并把我们当作蚂蚁是有缘由的。"

"我们的人民之所以如此，正是受了当权者的蒙蔽和毒害，我不会把手指点向受害者，更不会与他们为敌。即使有些是帮凶，但他们无权无势，只是受着当权者的指使。大众的启蒙固然缓慢，但如果不铲除蒙蔽和专制，启蒙就不会开始。我理解你的绝望，我已经听过无数次这种为独裁和专制辩护的论调了。我们如果都不去尝试，又有什么理由感到绝望呢？我们以前曾一起对这种论调进行过驳斥，你也曾说，我们的人民有着朴实的善恶观和追求自由幸福的渴望，他们吃苦耐劳，聪明勤奋，有什么理由继续让他们受苦，不能同文明世界一起享受幸福和自由呢？"

"对不起，老高，我很想让你在我家住几天，但我已经跟他们写了保证，从此不再发声，只管埋头赚钱，让自己和家人过上安稳富足的日子。"好友一边说，一边将大门打开一条缝，准备退回去。

"没关系。保证书里，你还答应他们不再与任何发声者联系，如果有人找你，就必须马上汇报，我说的对吧？"

"他们都告诉你了？"好友停住脚步，尴尬地问。

"他们也曾让我写下这样的保证，我只用四个指甲就做了交易，拿过来把它撕了。"看见好友进了屋，高智晟把嘴贴在紧闭的大门上，把真诚的忠告吹了进去："祝你财源亨通，但是赚到了钱，一定要藏好，不知道哪一天，他们会用一万种理由中的一种把你的财产随时拿走。"

高智晟带着兹由走出城区，来到郊外，他敲响了一户农民的家门，询问能否借住一晚。"你是干嘛的？"开门的男人上下打量了一番，洪亮的嗓门里充满了警惕和怀疑。

"我刚从监狱出来，想暂时凑合一晚，明天继续赶路，回老家。"

"一个犯人，还带着个报丧鬼，这谁敢让你进门啊。"男人关上了门，又对着里屋的人说："可能是越狱逃犯，城里不敢住，跑到我们这儿来了。"

高智晟看着紧闭的大门，愣在那儿，不知如何是好，好久才转过头，对兹由说："看来我们只能去你家过夜了。"兹由扇了扇翅膀，高兴地叫了一声。他们顺着高低不平的小道走向远处的山林，将近午夜时，在山顶的一颗古槐树下安顿下来。"我们回不到人群里去了，兹由。他们会四处驱赶我们，让我们没有容身之所，要是我们想去往国外，他们又会在边境把我们赶回来。你看，我们成了一个被踢来踢去的皮球，唯一的去处，就是入土为安，回归自然。晚安，我的朋友。"

清晨，高智晟在百鸟朝凤般的鸣叫声中醒来，他惊喜地发现，槐树上挤满了鸟儿，每一颗树枝上都站着数不清的飞禽，他们颜色各异，对着兹由叽叽喳喳地叫个不停。高智晟闭上眼睛，享受着这悠扬婉转的旋律，仿佛整个世界已经消失不见，只有音乐包裹着、托举着自己。当一抹晨曦点亮眼帘时，他的脑海里忽然升起了无数的细小嗡嗡声，渐渐地有一个声音仿佛由远及近，慢慢清晰起来："他也不想呆在这里，但他已经一无所有。他不只是失去了自由，还被剥夺了人之为人的基本权利：住所、饮食、言说、社交、尊严，所有的一切。要想让他回到他的应居之所，我们必须帮他。"高智晟心想：看来连你们也想把我赶走。"鸟儿们当然喜欢你呆在这里，"脑子里那个声音又说，"我们只是不想看到你在这儿闷闷不乐，你值得去一个更好的地方，能够体现你的价值的地方。我们在想办法帮你。"高智晟苦笑了一声，你们怎么帮我呢？你们只需尽情享受自己的自由就好了。

　　每天早晨，高智晟都在悦耳的鸟鸣中醒来，吃完野菜和水果后，他开始了一天的写作，把肆意的想象写成故事，将缜密的推理书为檄文，然后把它们放进树洞。几天之后，他会把这些文章取出来，将那些被虫子吃掉的文字在另一张纸上一字不改地重新默写下来，而那些未被虫子啃咬的文字则推倒重来。这样的游戏，他乐此不疲。第七天早晨，他刚想在晨曦中睁开眼睛，忽然觉得今天的鸟鸣有些异样，婉转的旋律里夹杂着家禽的聒噪。"山下的鸡鸭鹅猪都成了你们的朋友了？"他在脑子里询问兹由。"对的。我们在农舍附近采摘果实，鸭子看见了，就嘶哑着嗓子吼我们，公鸡和大鹅跑过来啄我们，母猪也在圈里耸着鼻子朝我们哼哼。我们从一棵树飞到另一颗树，给他们唱歌，跟他们讲森林的故事和山野的传说，和我们每天自由自在、无忧无虑的幸福生活；到了第三天，他们就与我们成了朋友，有的还想跟我们一起上山，但被主人发现抓了回去。"高智晟睁开眼睛，看着兹由和鸟儿们一起飞向山脚下的村庄，他忽然有了一个主意。接下来的几天，他停止了写作，整日在山顶绕着圈子踱步，紧缩的眉头下露出忧郁的眼神。到了第三天傍晚，兹由回巢时发现他依在一棵树上，看着前方，满脸的泪痕。他不知道发生了什么，便落到他的肩上，小心地用喙啄着他后颈的绒毛。"我知道怎么办了。但这也意味着我俩将从此浪迹天涯，我们要走遍每一个山林，认识所有的家禽。你愿意吗？"猫头鹰没有说话，只是用头使劲地蹭着他的脸颊。

第二天傍晚，高智晟把所有的手稿撕成碎片，一张一张地塞进树洞里，然后对着树洞深深地鞠了一躬，乘着暮色，同兹由下了山。此后的每一天，他和兹由辗转于不同的山林，去往不同的村庄。白天，兹由带着刚结识的山鸟们去同家畜们玩耍说话，晚上，高智晟会拿着传单挨家挨户地散发，它们被塞进门缝、窗户甚至茅厕里。在每一个山林，他们最多只呆三日，所以，不能有任何地懈怠。"你的寿命比我长，我在想，以这样的进度，还没有完成目标，我可能就要先你而去了。"有一天在去往新山林的路上，猫头鹰忧伤地说，"我在想要不要找一个继任者。"高智晟用手抚摸了一下兹由的脑袋，"我也会死的，而且可能走在你的前面，那时也许我们只走了广袤国土的一小部分，但我坚信，一定会有人悟出同样的道理，走上这条道路。他们会继续我们的使命，直到任务完成。"

这一天，他们来到了邻省的一条山脉，天快要黑定了，兹由还没有回来，其他的各色鸟儿已经停止了鸣叫，在各自的窝巢里开始打盹休息。高智晟有些焦虑，他决定下山寻找。快到山下的村庄时，他发现一盏微弱的亮光在远处慢慢地向这边移动。他赶紧躲到树后，屏住呼吸，等着来人过去。然而，灯光在树边停住了，接着他听见兹由叫了一声，他稍稍探出头，发现兹由正站在一个人的左肩上，右边站着一只鹦鹉，来人用手中的电筒照着兹由，不明白它为什么鸣叫。兹由又叫了一声，来人把电筒照向树后，"你是高先生吗？"她小声地问，"我叫张展，我家鹦鹉是兹由的好朋友。"高智晟走了出来，让兹由站到自己的肩上。他听说过张展的大名，虽然以前并无交往，但知道她曾是一名公民记者，因为争取合法权益而被关押数次。"听说你出狱了，我到处找你，要不是见到兹由，我怎么会知道你住在这片深山老林里呢？"原来，在高智晟入狱期间，她曾去探望却被狱警拒绝，在高墙外徘徊时，看见了兹由，知道这正是往日与高智晟形影不离的猫头鹰，他的朋友们还曾为它写过一些文章和诗歌。没想到在寻找的路上，竟然看见了它。

　　两人在山上彻夜长谈，聊到了独立思想生存的艰难，说起了同道们的绝望，欣慰的是，他们都觉得以大众的愚昧无知作为放弃抵抗和冷眼旁观的理由，只会助纣为虐。"我想加入你的计划。兹由现在做的，我的鹦鹉福瑞匡都能做到。李翘楚还在狱中，她的苍鹰卢梭暂时寄养在我的老家，我也可以带着它一起参加。还有耿潇楠、高瑜、许志永、滕彪，等等，我都可以联系他们，把这个计划分享给他们，让他们带着自己的宠物鸟一起走进山河，踏遍城镇，亲近每一只飞翔的鸟儿，认识每一个家养的牲畜。我们三年后相见。"

　　三年的时光在高智晟的眼中转瞬即逝。每一个夜晚，他都在不同的村庄里奔跑，每一次阴晴圆缺，他都在相似的山峦间周转。兹由说，我们已经联络了千万只家畜，福瑞匡和其他鸟儿也已经飞遍了剩余的省份。是时候发出信号了。这几天，高智晟也在想这个问题。在发传单时，虽然是夜间，他已经感觉到了民生的艰难，人们在煎熬里度日如年。喜鹊那边怎么样？他问。兹由摇了摇头：他们都聚集在老大门口的树上，个个被喂养得已经飞不起来了，每天只能趴在那儿唱同样的赞歌。老大现在足不出户，借口是大门、台阶和出行的地面密布着厚厚的鸟粪，简直难以下足，实际上他沉迷于喜鹊的报喜声和吹捧，整日醉醺醺的，根本无法行走。高智晟点了点头：看来变革的时机到了。

隔日清晨，城镇和乡村的居民们被震天的鸟鸣声惊醒。他们打开门，发现天空已经被各色飞禽遮蔽得暗无天日，他们在空中盘旋，大声地鸣叫，而每家每户的鸡鸭、猪鹅和宠物乃至蹒跚学步的孩子都显得极其烦躁，主人刚刚打开一条门缝，他们就冲了出去，争先恐后地向大路跑去。所有人都大呼小叫地跟着奔跑，想要把他们赶回去，但根本跟不上那些家畜和宠物的脚步。很快，每一个城市都塞满了从农村里跑来的各种动物，还有它们自己曾经疼爱的宠物，他们聚集到一起，又跟着空中的飞鸟沿着高速公路向皇宫进发。

老大的案头堆满了告急电报，所有的电文都出奇地一致："贱民们正追着他们的家畜和宠物往京城聚集，交通、生产和商业均已瘫痪。遮天蔽日的飞鸟导致空中力量无法启用，维稳武装无法加以阻止或镇压。"刚刚踏着鸟粪匆匆赶来的大臣们个个露出惊恐之色，因为他们在来的路上已经听到了空中的刺耳鸣叫，并感受到了地面的剧烈颤抖。"这些家伙又玩着花样索要维稳经费来了。"老大说，"他们说所有的鸟儿都在造反，可是喜鹊明明还在窗外歌唱嘛。把经费拨给这些欺骗圣上、贪得无厌的家伙，还不如拿去多买些虫子赏给这些喜鹊吃呢。"忽然，外面的喜鹊停止了歌唱，像发了神经一般前仆后继地扑向窗户，顿时，玻璃上血流成河。"快把窗帘拉上！快把窗帘拉上！"老大瘫坐在椅子上，用颤抖的左手指着窗子叫道。但没有人上前，因为他们都听见了如雷的叫声自远而近，很快一支由猫头鹰、鹦鹉和苍鹰带领着的先遣鸟队出现在窗前，将外面的天空遮盖得严严实实；紧接着，地板开始抖动起来，会议桌和高背椅像是魔术师手中的皮球一般跳起舞来。"我的权杖！"老大的叫声里充满了恐惧和贪婪，他在抖动的地板上奋力地爬着，努力想要平衡好身子站立起来。终于，他抓到了悬挂在龙椅上方的权杖，将它紧紧地抱在怀中，好像这根金光闪闪的棍子可以保他不死。六个小矮人，也就是他的顾命大臣见状，也猛扑过来，想要把它抓到自己的怀里。他们随着地板的抖动滚来滚去，你抢我夺。老大一边护着权杖，一边痛哭流涕地咒骂："你们这些走狗！平时对我低三下四、阿谀奉承，到了共患难的紧要关头，却倒打一耙，想要我的命！你们不得好死！"当家畜、宠物和飞鸟的大部队终于赶到皇宫、把会议室围得水泄不通时，老大和六个小矮人仍然在互相撕扯，他们谁也不肯松手，就听"咔嚓"两声，权杖断为三截。伴随着这两声脆响的，是动物们更大的聒噪声。他们从大门、从窗户、甚至从通风口涌了进来。七个人吓得丢掉断裂的权杖，双手抱头，躲到桌子下，打开暗道的机关，钻了进去。猫头鹰兹由捡起权杖的碎片，也跟着进了地下通道，鹦鹉福瑞翟和苍鹰卢梭则用尖喙啄开保险柜，将里面的珠宝和机密文件一起扒拉了出来。

　　暗道一直通到皇宫外的山上，七个亡命徒忍受着后脑被啄的疼痛，跌跌撞撞地跑出了洞口，却发现外面人山人海，喊声震天，同皇宫里的情形并无二致。那些原本只想把家畜或宠物抓回家的百姓进了皇宫，才明白自己为什么辛苦一生，却难得温饱，看着里面富丽堂皇、穷奢极欲的陈设和珠宝，读着散落一地的密件，他们才明白，此前所有的教育和宣传都是谎言，原来皇家才是真正的卖国贼，是为了权力和金钱而不惜杀人越货的强盗。民众个个怒不可遏，开始了大肆地破坏。而那些挤在宫外、正懊恼于不能进入红墙的百姓，早已听清了宫内百姓的呼喊，明白了世世代代都受到了愚弄和压榨，此时看见往日只能在电视里见到的弄权者从地宫里爬了出来，便一拥而上，将这几个曾经骑在国民头上作威作福的所谓公仆打了个半死。同时，福瑞茪和卢梭不时从洞口的天空俯冲下来，用锐利的爪子和尖喙将这几个祸国的害虫抓得面目全非、啄得嗷嗷尖叫。其他鸟儿和家畜也如法炮制，一眨眼的功夫，便将几个人踩成了肉泥，又从空中丢下粪便，将这摊烂肉埋了起来。

　　"我还记得暴君和他的帮凶在动物革命中丧生之后，你在皇宫外对着聚集的民众和赶来的卫队慷慨激昂的演说。"张展看见高智晟一直看着窗外沉默不语，知道他一定想起了当年的斗争，"那时候，你理智而又自信，冷静却富有激情，很快赢得了民众的信任，劝说军队放下了武器，避免了同是被压迫和被利用者之间的内斗。"

　　是啊，那时候自己从未失去过信心，虽然有时候也很沮丧，但始终坚信正义必将战胜邪恶，我们这个民族总会跟上时代的脚步，融入人类文明的大家庭。他想起自己一边演说一边高举着断裂的权杖，告诉民众，这三截棍子预示着权力的分立与制衡，将在选举后被分别授予这些权力的代表。

"你在演说中告诉民众，在专制独裁的地方，政府与国家无异，它们必将灭亡；而在自由民主的社会，国家与祖国相等，它们趋于永恒。"张展继续说，"现在，又到了生存与死亡的关头，地球与家园能否共存，就取决于你了。"

高智晟回过头来，松开抱紧的双臂，"我当年说，谎言和暴力是极权统治的两大支柱，只有真诚和协商才能护卫自由和民主，对于现在威胁到我们生存的未知文明，我觉得这或许依然适用。"

"我相信。你既然有此信念，就一定能够做到。"张展说。

"我们马上就要到了。有一点是肯定的，我们地球上说着不同语言的人都收到了同样的信息，这说明他们的交流并不是语言或声音，而是心灵的意会，或许是一种意念，这为我们与他们沟通提供了线索，因为真诚就是一种心态或意念，而不是作秀的姿势，更不是挂在嘴边的谎言。"

"我们凡人的观念往往不是来自屁股，就是来自大脑，前者是利益，后者是认知。假如外星人也是如此，我们肯定没有他们想要的利益，你将如何用意念改变他们的认知呢？"

车在一所警卫森严的房子前停了下来，管家下车打开后门。"没有一只鸟儿有双眼皮，但我们都觉得他们很美。我们在外星人的眼中或许就是一些鸟儿。他们发出毁灭警告并将虫洞设计在星系之间，就说明了他们具有真诚的良善，这与我们人类是相通的。"高智晟握了握张展的手，作最后的道别，"我们现在的挑战是如何与他们真人接触并沟通，发出警告的肯定是他们的无人飞船先遣部队，或者是紧随其后的机器人船队，发展出这个文明的外星人真身应当是在虫洞波扫清了道路之后，才会到来，那时我们的星系已经面目全非了。我们几个诺亚水手将会乘坐量子飞船逆向飞行，尽量接近虫洞波的源头，这样才能与他们发生意念的沟通。祝我们好运！"

张展没有说话，用力地握着高智晟的双手，她从昔日战友的眼神里看出了他当年的坚定和自信。在动物革命中，我们找到了与鸟儿们的交流之道，此次使命，作为外星文明眼中的鸟儿，你一定也会找到同样的沟通之途，她想。

十六、一只大雁飞过去了

庆丰十一年，我顶着蒙蒙细雨，拖着疲惫的身子，于子夜时分终于走到了煤山大钟寺，叩响了高瑜法师的木门。她手持昏暗的油灯，引我到堂屋后的寮房，尚未落座，便轻声问到：施主夜半来访，不知有何赐教？我恭敬施礼，不敢直视，低头回答：弟子每日如浊水之鱼，压抑苦闷，难以呼吸。此番上山，恳请法师收留弟子，传授吐纳之法。

法师虽已入座，却依然手持油灯，将亮光照在我的身上："鱼池何以浑浊？"

"树摇鸟散，鱼惊水混。众鱼或忙于金钱，或慌于觅巢，或劳于子嗣，池水难得清静。"

"若众鱼皆上山清修，鱼池可得清静？"

"假以时日，自当清澈见底。"

"若众鱼不慌不惊，慢步缓行，池水可得浑浊？"

"弟子觉得，当不至浑浊若此。"

"若是，众鱼缘何惊慌忙乱？"

"弟子不知。"

"可有一鱼跃起呼号、惊醒同类？"

"弟子未曾得见，亦未曾耳闻。"

"如是，施主请回。心不亮，眼不明，纵然修炼得道，于此清静之地，吐纳自在，吹气如兰，夫复何益？回归鱼池，当依然气闷难支。"

"弟子归后，当如何洁身自好，不同流合污？还请大师开示！"

高瑜法师用长长的指甲掐去烧黑的灯芯，狭小的斋房顿时明亮许多。她没有说话，用手势指引我走出斋门。即将跨过门槛时，她又开了口："自古有言，浑水好摸鱼。查拉图斯特拉告诫弟子：他们把水搅浑，就是为了让我们看不清底细。又言，在世人中间要保持清洁的人，必须懂得用脏水也可以洗身。下山去吧，如若慧根肤浅，难悟鱼群惊慌之由，当跋山涉水，上下求索，寻见跃起呼号之鱼，彼时再来见我。"

细雨未曾稍歇，我顺着石阶，摸索着来时的山路。清脆的溪涧，呼应着夜枭的哭嚎和野狼的呜嗷，让我一时有些胆怯。我停下脚步，拭去双眼的雨水，弓着腰，用脚趾感受着湿滑的石板，继续前行。我回味着刚才的对话，把湿透的衣襟想象成一场洗礼，琢磨着回去之后，将怎样寻找跃出水面的飞鱼。我想象着山下的溪涧如何清澈见底，鱼儿可以在高低的水流间自在地冲浪。忽然，脚下一滑，我身不由己地滚向山谷，停下的地方好像是另一条小径，我爬起来，顺着这条小路，在夜色中心惊胆战地赶路。在远处隐约传来几声鸡鸣时，我发现小径把我引到了一所屋前，而这所屋子正是我原先拜访过的斋房。我一屁股坐到石阶上，觉得这也许是命中注定的事。

"施主何故去而复返？"高瑜法师天亮时开门，见到我并未吃惊，只是轻声询问。

"弟子听说，若慧根肤浅，然佛性未尽，因缘际会。。。"

"施主下山寻找飞鱼，将以目见亦或将以耳闻？"

"弟子当耳目并用。"我吞下想好的说辞，勉强回答。

"若耳不闻，眼不见，奈何？"

"弟子不明，还望大师启示。"

"雁过无痕，叶落无声。飞鱼跃起，可曾留下踪迹？入水之后，可曾为众鱼所识？"

"既无踪迹，亦未得识。"

"如是，寻得此迹之际，正是开悟之时。如能觅得三件，当可归来。"

脱下湿透的长衫，换上小沙弥的僧缦，我重新下山，经过昨夜跌落之处，发现了数条分叉的小径，它们在各类灌木的掩映下蜿蜒而去，伸向未知的远方。我选择了一条消失于脚下草木间的土路，走向隐约可闻的鸡鸣和似浓却淡的烟火。

隔日午时，遥遥可见高耸的城墙。进入城门，来到京城的一家茶馆，上了二楼，我坐在窗边凭高远眺，三条街道从远处逶迤而至，汇聚于茶楼的脚下，又一起向另一个方向延伸。小二方将热茶端上台面，就听左面街道的远处传来嘈杂的叫喊。我扭头观瞧，原来是一队布衣百姓正被捕快们驱赶，及至窜及窗前，方才听清他们呼叫之声乃为县官恶霸强占房舍之事。我刚要重新落座，右手街道又传来震天的聒噪，更大的一群布衣百姓正发出相同的呼号被捕快们追至楼下；紧接着，当中街道的队伍和叫声也紧随而至。呼叫不绝的三群人马被驱赶至一处，顿时壮大成一支可观的队伍，他们掉头转身，开始与捕快们近身肉搏。紧身束帽的衙役们很快败下阵来，四散奔逃。愤怒的人群聚集一处，振臂高呼，沿着合三为一的大道，向紫禁城进发。

百姓本无起事之心，官府的粗暴却成就了造反之意。我一边品茶，一边心下咒骂，而今时事混乱，为官者肆意妄为，贪赃枉法已成日常之事，百姓无处伸冤，但今日之聚众抗争，倒是稀有。刚要端起茶盏，眼角的余光瞥到角落里有人正向这边观瞧。我扭头一看，与那人刚好四目相对。原以为这楼上别无他人，这位客官何时上得楼来，又何时与那边落座，我竟毫无察觉。"高僧所来何寺？余闻修佛之人清心寡欲，不闻时事；方才高僧俯瞰窗外，似存凡尘之心，该不是僧衣有假，谋反为真吧？"来人开口即出言不善，我低头看了看有些不合身材的布缦，挪开眼神，品了一口茶："大人好眼力！在下并非僧人，对窗外之事亦甚为好奇，然则在下所寻非街衢小道之聒噪，乃无痕无迹之大音。"那人忽然坐到了我的对面，挤出一副笑容，双手抱拳，恭敬施礼："小人不敬，敢情在座的可是东厂私访的公公？小人锦衣卫从三品厉鹏，方才出言不逊，实在罪该万死！"我有些吃惊，不明白他为何会把我当作神通广大、权势惊天的东厂公公，但事已至此，只好借坡下驴，便说："无妨。厉大人奔走江湖，四处查访，必定掌握了不少秘踪，可愿与同行分享一二？"厉鹏从对面挪到了旁边，看四下无人，便凑近我的耳朵，小声嘀咕到："小人正在查访一桩大案，前日皇上调动戍边军队巩卫京畿，有人肆意挡道，阻挠战车，皇上震怒，命令锦衣卫务必查办清楚，斩草除根。"我用迷惑的神情看着这个太监，问道："贱民以身阻道，犹如螳臂挡车，径可碾压而过，无非踩死一臭虫尔，皇上何以如此大动干戈？"厉鹏又看了看四周，用更加细弱的声音耳语道："公公难道忘了三十年前的战车人了吗？"我更加迷惑了，摇了摇头，也小声地嘀咕说："彼时赟家年幼，尚未入宫，此中有何典故？"

厉鹏拉我坐至他原先躲藏的角落，用手遮住他的嘴巴和我的耳朵："晓平八十九年五月，国子监的监生们连同书院的学生聚众闹事，诟病皇党违逆天命，吁求朝廷师从洋国，遵从民贵君轻。三十五日皇上调军平乱，三十六日，因愤恨学生惨遭屠戮，一胆大包天之徒竟只身挡车，令大军一时难以返回军营。原本小事一桩，战车直接驶过碾死就是，却被好事之徒画下图像，传之海外，其回响遍及寰宇，随成皇家暴力和平民抗争之象征，其性质之恶劣、影响之深远，及至今日，亦未消除。而今要是再出同样事端，皇上岂不会砍下我们的脑袋？"

"事体如此之大，吾等怎会不知？"我暗自吃惊，不解问道。

"此乃历代皇上一大心病，谁敢言说？若有人著一字，便满门抄斩；即便提及问起，亦是死罪。"

"此等胆识，非流氓草民之能为，不知此人姓甚名谁？何方人士？"

厉鹏忽然一声冷笑，"彼时宫外学子丧命者三千有余，伤者无数，晓平皇上深怕受责，凡知情者、有染者皆拘押在案，达数万之众，一时人心惶惶，众皆哑口。史书虽记有片言只语，亦非常人得以窥览。"

我狐疑神色未变，又问："既如此机密，厉大人如何得知？"

厉鹏忽显自傲起来，稍许提高了一些嗓门："小的虽资历平庸，碌碌无为，然则此事却是小的成为皇上心腹的机缘，其中机关奥秘非片言只语可以释之。公公还是不听也罢，免得惹上是非。往昔数载，因私下谈论此事而获罪者，众矣！"

"如此说来，本公公已经戴罪在身了？"

厉鹏像个鸭子一样笑出声来，但他的声音马上就被嘈杂的呼号叫骂声掩盖了。我们同时起身，跑至窗台，只见原先涌向皇宫的人群蜂拥着又跑了回来，向三条散开的小道哭爹叫娘地逃命，头顶上箭矢破空而过，有些射及窗棱，我俩赶紧匍卧在地。很快，茶馆里挤满了惊慌失措的人群，连二楼也是人满为患，有商贩，也有市民，更多的是头戴六合巾的文人或学士。他们小声地交流着谁中箭身亡，谁被官兵捆绑抓走。厉鹏一会儿碰碰我的脚跟，一会儿向我使眼色，我没有理会。过了一会儿，我咳了咳嗓子，小声问道："厉大人，你可认出人群中哪位是闹事首领？"周围的人一下子安静下来，然后你推我搡地开始往楼下奔跑，茶馆顿时一片混乱。我以为他们会一拥而上，将厉鹏殴打一番或至少抓为人质，没想到他们会惊慌逃窜，我也赶紧跟着他们推搡，在人群里挤来钻去，没大一会儿总算逃到了街上，随着人流往小巷里躲藏。

京城的胡同鲜有砖条，至多每隔几步随意摆放着一块石头，每逢雨季，地面颇为泥泞，污水和屎尿混合成泥浆，让人难以下脚，若踩着石块一步步挪动，则往往会滑倒在地，更加得不偿失。我光着脚从一个胡同走向另一个，倒是觉得这比晴天更加舒适，至少雨水冲走了雾霾，每个人都能畅快呼吸。秋冬之日的大部分时光，京城百姓都是到了跟前才能灰头土脸地相互辨认，然后问安，闲聊也只是片言只语，每个人都被浑浊的空气呛得咳嗽不止。来到一座桥前，正是这样一个雾蒙蒙的无雨之日，我准备上桥去往另一边的无名客栈。一个穿着打扮同厉鹏一样的家伙拦住了我，厉声喝道："上桥何为？"我有些惊讶，不明其所以，所有的街桥无非摆渡，难道上去还可别有用心？或者此人乃是街霸，占桥为王，收取买路钱？见我愣着不作回答，那人就要捉我的手腕，我赶紧答道："小人想去对面客栈，还望大人开恩放行。"那人仔细打量了一番，又严词断喝："路引文牒拿来！"我当然没有过桥证，甚至不知于何处办理，便把身份牙牌从怀里掏出来，双手高举过头。锦衣卫密探接过牙牌，忽然高声叫嚷："此人姓彭，来人，把他拿下！"

京城的诏狱建于地下，整日暗淡无光，但黑暗里的阴冷潮湿胜过日光下的乌烟瘴气，我感觉呼吸倒是顺畅了一些。适应了微弱的光线，方才发现号子一角尚有二人。我挪动脚镣，费了半天功夫，才挨到他们面前。"在下彭某，今日欲过街桥，被抓至此。还请二位多加照顾。"因为带着木枷，无法合掌作揖，我勉强弯腰作为施礼。

"是那座无名无姓却四通八达的街桥么？靠近国子监和三义庙的那座？"声音稍显稚嫩的那位坐了起来，问道。我刚要回答，另一位似乎年长的囚犯插嘴道："它原先并非无名，只是不知何故名牌匾额被官家铲了去。"

我再次弯腰施礼，回道："正是那座。他们一见我的牙牌，便把我抓将起来。敢问二位何故至此？"

"前日我外出写生，路见此桥颇有联合四方之势、聚集万众之美，便立在桥前，欲将之画在纸上，谁知方拿出纸墨，尚未下笔，便被锦衣卫捆了个结实，关到这里。"

年长者等他说完，捋了捋胡子，话语里颇有气愤之意："我乃国子监太学生，刺骨悬梁，苦读十载有余，却屡试不中，心中颇为懊恼。昨日科举再次失意，路过此桥时，悲从心起，不禁放声大哭，痛骂博士，责其愚蠢无知，治学无能，骂到痛快处，我放声高歌：罢免小学博士！废除独裁师贼！刚喊了两声，便被按倒在地，塞住了嘴巴。"

如此说来，此桥甚为蹊跷，其中必有玄机。他处街桥亦有暗探看守者，但至多禁止穿行，未有一座如此戒备森严、草木皆兵。后生狱友似乎心怀同问，自言自语道：此处既无深宅大院，亦非军事要塞，何故暗探密布，见人即抓？既然摘除了桥名匾额，又阻人通行，何不一拆了之？或许，它是锦衣卫诱捕良民之所？

"押解送监途中，不才曾贿赂一锦衣卫乡党几文银子，暗中探问所犯何罪。"老者再次捋了捋胡须，似乎要卖个关子，见我们并未搭腔，接着说道："此乡党亦不知详情，只说，一众锦衣卫皆携有一纸禁令，其上列有诸种言词及举止，凡符合者，无需多言，一律抓捕入监。"

由于诏狱人满为患，我在满腹狐疑中与黑暗陪伴了将近一年，才被狱卒押到通判的大堂里，就听他把惊堂木一拍，喝道："大胆狂徒，还不赶紧磕头认罪！"我跪倒在地，用木痂里的双手艰难求饶："大人，小的实在不知所犯何法！小的容请大人，不要让小民自证其罪，要让小民道出心中疑惑，不要视百姓为仇寇，要待……"通判再次一拍惊堂木，叫道："大胆！放肆！大堂之上，还敢复颂逆贼反词。来人，把他绑了，重责十三大板，押回囚牢！"

　　狱卒架着我进了一个伸手不见五指的窄小囚房，内里别无他人，然则逼仄狭小，乃至难以转身。从外面锁上铁门时，狱卒嘿嘿发笑，小声说道："法师看起来也像是个聪明人，何故白白受苦呢，你知道那些话是说不得的！"这愈加令我困惑，如同这囚牢的黑暗，让我辩不清东西。呆坐在冰冷的地上无所事事，我经常想起与高瑜大师的对话，或者回忆下山以来的所见所闻。时至今日，我目睹了众多的抗争，有的是为了房舍，有的是因为官吏克扣了养老钱，还有的是大灾之后向官老爷们祈食，甚至某些书吏衙役也会为了亏欠的薪俸而在衙门外击鼓鸣冤。但他们都像是污水里的鱼儿，所做的无非是把嘴巴张出水面，苟延残喘之后又回到浑浊的池塘里继续他们的生活，我没有见到一条鱼跃出水面，看清沼泽的全貌，然后振臂高呼，带领鱼儿齐心协力挖开堤坝，让清洁的河水流淌进来，将发臭的污泥彻底冲走。我自己想要登高望远，查出沧浪之水，此时却已力不从心。更有甚者，或许某日，当我自黑暗走向光明、从阴冷潮湿被带到干燥的雾霾里时，就是我被砍头的末日。

　　这个时刻终于到来了。当囚室门上的小孔吱呀打开，露出一丝光亮，我看见牢头拎着一盏油灯把他自己肥胖的脸庞映照得忽明忽暗。"法师今日安好？"他把油灯高举过顶，想要看清一些。我伸了伸麻木的双腿，扶着墙站立起来，理了理破碎的袈裟，准备昂首走向法场。"法师勿需忐忑。在下敢问师傅在外可有些银两？"我暗自思忖，他索取钱财，是否想让我痛快上路，就听他又说："时下风波不断，官差衙役都被抽调去镇压贱民闹事去了，诏狱里差人稀少。如果法师有些银两，我可以帮你打点一二，放你出去。"我拖着一条残腿，挪到门前，借着亮光仔细盯瞧其双眸，想要确认这不是一个陷阱。"你去无名客栈，告诉掌柜我的名字，让他把我的包袱交授与你，里面有些细碎银两。你都拿去，给我留下几文当作盘缠即可。"

走出牢门前，我深吸一口气，到了外面，就再也没有大口呼吸的爽快了。临近午时，经过一处深宅大院，几个家丁正把一个官人扶上大轿，吆喝一声道："老爷您坐好咯，这就立马出发！"随着轿子的起伏，他们哼起了小曲儿："水能载舟，亦能覆舟……"我问墙根下的乞丐："轿夫们今日为何如此喜悦？"乞丐头也不抬，回道："皇太后大寿，天下梨园班子系数进京，唱演二十二日，师傅不去凑凑热闹？"我拱手道谢，说："岂敢。小生刚出大狱，因为欲过街桥，竟被关押数载有余，如今只想躲他们远远的。"乞丐拍掌大笑："我知道你说的是哪座。以前有个街桥人，号称要不要大侠，曾在那儿被官家抓捕，当时狼烟四起，呼号震天，自那以来，彼处便成了禁地。"原来如此，"敢问这位前辈，要不要大侠姓甚名谁？有何惊天动地之举令其受押？如今又在何处？"乞丐翻身背向于我，咕哝回答："师傅要是不想再回大牢，就赶紧打住，速速离开！"

我依言而行，离开皇城根，随着人流来到一处开阔之地，不远处是名闻天下的鸟巢大戏院，人流密集起来，他们三五成群，满脸喜悦，一点也看不出为了房子、私塾或养老钱而上街起事时的焦虑和悲愤。此时，我已能听见从戏院里传出的唱曲儿，正是"五月天"中的一个桥段，忽然所有人都奔跑起来，"出事了"，"出事了"。我亦跟在后面奔跑，到了戏院的入口，并未发现有何出奇之事，众人或围聚一处小声议论，或独自一人抬头观瞧。我向一个后生作了一揖，问道："敢问这位秀才，方才所出何事？何故忽而人心惶惶？"后生用手一指："你瞧那座玲珑塔，如此高大耸立，竟有一女子攀爬登顶，挥舞夷人旗帜，抛洒传单。"我抬头望去，此塔确实不低，攀登上去，颇费体力，想不到一个弱女子有此胆魄。"此女何在？""转瞬间即被锦衣卫扭住了脖子，令其无法发声，押送走了。"我知道锦衣卫四处密布，出手迅速，在转眼之间即平息事端并不出人意料，我感到奇怪的，是夷人旗帜或被收走，所发传单应当不止一张，地上竟然片纸不染，没有丝毫抗议的影子。"我眼见有人捡起，藏入袖囊，但不知上面所言何事。"后生说。我有些怅然，再次向他作揖道谢，逆着人流，往外茕行，忽然眼角的余光瞟见身旁另外一位后生从袖子里掏出了一张红纸，将它举至眼前，方才瞟了一眼，又如同被火烧了双手一般，迅速扔到了地上。我立即伸脚将它踩住，眼见四周无人注视，便假装弯腰整理鞋袜，乘机将之塞入袖中。

　　出得戏院广场，躲至僻静处，我掏出红纸，静心细阅："此世也，人先于国，亦先于法，国为人设，法为人立，非颠倒之。无我则无国，无我亦无法。人之所忠者，乃良道，非恶党，非伪国。吾辈当待己为尊，敬人为人，而人之诸权与生俱来，如今为恶党所夺，自今日始，吾辈当拍案而起，为重获天赋之权，鼓之呼之！争之战之！"我感到呼吸急促起来，若果真有跃出水面之鱼，此女侠是也，可惜不知其大名，亦未见其容貌。我寻思她会有着怎样的思路历程，赋予其如此的勇气，为了惊醒众人，冒着被消声灭迹的风险，爬上高塔，振臂高呼。忽然，有人在身后小声说道："施主躲藏于此，鬼祟作甚？"我吓了一跳，猛地回头，原来是高瑜大师，这才放下心来。我双手呈上传单，想让大师也一睹为快，她却没有接手，只是问道："时光荏苒，如白驹过隙、乌飞兔走，转眼五年已过，施主为何在此徘徊，犹未上山？"

"大师一向可好！"我深深作了一揖，自觉难以启齿："弟子未曾一日忘记教诲，但游历经年，仍未寻获雪泥鸿爪。几次瞥见其影，及至细查，又一无所获。譬如今日，除了一张纸片和行人的片言只语，不曾获得巾帼豪杰的丝毫信息，未知其所来由自，不明其被拘何往。每念及此，便顿觉溃败，心中无限怅然。"高瑜法师点了点头，说："此处不远有一寺庙，名曰北顶娘娘，内有一塔，高约二十余丈。吾等前往，一览京城风景。"

及至上了庙塔，已近黄昏，唱曲围绕着炊烟在空中飘荡。我们放眼眺望，一只孤雁正鸣叫着飞往南方，他的声音那么清脆而又孤寂。"天色已晚，我们不妨在此和衣而卧，待至天明，当有更美景色。"一夜无话。及至凌晨，我们披衣而起，昨夜的喧嚣已然沉寂，四周的炊烟却依然袅袅升腾，仿佛未曾断歇。远处的朝阳在小心试探，伸出头来谨慎地观瞧，确认之后猛地喷薄而出。

"施主可见昨日之燕乎？"高瑜大师轻声询问。

"弟子未见。"

"可知其所往？"

"亦不知。"

"如此，施主已无丝毫印象？"

"耳畔犹响其高鸣。"

“此响尚为彼响耶？”

“五年前鸟鸣尔，而今犹如佛祖断喝；彼时进出双耳，此时入脑入心。”

“如是。燕过长空，不留踪影，然其鸣叫之声已入众心耶，地面之上，无论生灵，其心皆有其回响。及至一日，此音如黄钟大吕，敲醒众生，则地面天空连为一体，燕雀之抱怨聒噪与鸿鹄之惊醒呼号同一唉。往昔千载，埋没无名者几何？然吾辈今日之所成，皆因其声也。”

“弟子心中已明，愿随恩师上山，再听教诲。”我深深作揖，感谢大师点拨。

“贫僧既已下山，施主又何必上去？”高瑜法师看向我，第一次露出了微笑，“当下呼吸可得畅快？”

我深吸了一口气，一股清流自上而下畅快流过，其在腹腔的回响犹如昨日鸿雁的鸣叫。我抬起头，看向天空，炊烟依然袅袅，在朝阳升起处，一只孤雁正往这边慢慢飞来，落在地面的身影在晨曦里随着地势不断变换着形状，有那么一刻，恍惚之中，我似乎看见了战车人，看见了街桥侠，看见了高塔女，还有无数不知姓氏的先行者。我想起了国子监内兀自独立、手持白纸不发一声的女学，还有大道之上面对捕快高举鲜花、鼓励看客勇敢的猛男。我一阵颤栗，猛地回过神来，发现鸿雁已不见了踪影。我保持着向上仰望的姿势，回味着他的鸣叫。我知道，他们并不会因为地面留不住身影，并不会因为天气日渐恶劣，就放弃飞翔，他们穿越所有的炊烟，将自己的踪迹隐匿其间；他们知道自己对寒冬的预警一定会被地上的所有生灵听见，对暖春的呼唤必将留在所有听者的心中。高瑜大师向我做了一个下楼的手势。我随着她一个脚步一个台阶地往地面走，我知道，她不是带着我去寻觅雪泥鸿爪，而是去聆听草木间聒噪声里的燕鸣，去收集屋顶上飘向太阳的炊烟。

维尼得了糖尿病

十七、刺杀黑老大

　　泽伟开着破旧的福特金牛，以八十九迈的高速在六十四号路上疾驰，他的双手机械地握着方向盘，大脑却跟着四只车轮飞快地运转。根据新闻报道，黑老大羽白已于昨日抵达三番，明天将与做东的主人会谈，在傍晚时分他们会一起在记者会上露面。这是唯一的刺杀机会。多少年来，流浪他乡的兄弟姊妹都只是隔空声讨，如今匡正时局、挽救家国的时刻终于到来了。但愿接下来的几个小时一路顺利，能在晚上赶到三番，明天就有充裕的时间精心准备。泽伟在心里默想着行动的步骤，记者证应当没有问题，李娟在年初时就帮自己办过，这一次应当不会有什么意外。然后是记者会内部的隐秘器材，摇城说他的内部关系牢靠，而且交易金额对方非常满意，到时候保证万无一失。就这样在脑子里把各种成功因素和可能意外过了几遍，泽伟感到上下眼皮开始闹起了别扭。也许早晨醒来太早，他想，也许是那个不详的怪梦？凌晨睡醒时，床头的闹钟指向四点，离约定的出发时间还有两个多小时，便想着再迷糊一会儿，朦胧之间自己似乎跟着盯梢的对象上了一列火车，行驶途中刚要从座位上起身准备动手，脚下却不知从哪儿冒出来一条蟒蛇，死死地缠住了自己的脚腕。也许那个梦境只是对几个月前看过的一部电影的影射，泽伟想，它叫"子弹头列车"，当时印象深刻的不是它的诸层反转或炫目格斗，而是出自意料之外的背叛。对了，自己刚才怎么没有想到这个最大的威胁和潜藏的风险？几年前，前辈炳章被秘密抓捕，很可能就是因为我们的队伍里有人走漏了风声，领导层里知道炳章的行程及其下榻地址的只有四位，如果这次行动也遭泄露的话，损失将无法挽回。不过刺杀之事除了自己只有李娟和摇城知晓，他们俩至少是值得信任的。

"我来开，你休息一下？"坐在副驾的草虾扭过头，问他。

泽伟揉了揉眼睛，又扭了扭身子，说："离休息区还有二十英里，我们在那儿可以换班，顺便进去上个厕所，买杯咖啡。"

"开车十几个小时还是挺累人的。下次坐火车会舒服些。"草虾又说。

"我知道，但是自己开车去更灵活方便。如果我们被跟踪的话，上了火车就等于进了一个封闭的口袋，而开车却可以甩掉他们。这一次抗议行动声势浩大，各派人马聚集，无论是客人还是主人，都会加倍小心，明面上已经海陆空三军戒备，暗地里更是暗探密布，四处打探。"

"声势再大，也无非是发射一些口炮。我们为什么不借这个机会把羽白解决了，一了百了，这样就能实现几十年来孜孜追求的目标？"草虾再次偏过头，看着泽伟。

"你为什么会这么问？"泽伟快速地盯了一下副手的眼睛，反问道。

"我觉得羽白及其黑社会的任何一个反对者都会在这个时候自然地想到这一点，何况作为运动的领导者，我们更应当把它当作选项之一。"

泽伟可以感觉到副手一直在看着自己，便又反问道："我们上个礼拜就这次抗议的组织和协调开了好几次会议，你当时为什么不提出来呢？"

　　"我当时确实想提出来，但考虑到最终还是我们几个领头的去实施，为了不让你陷入险境……"草虾欲言又止，但他终于把头转了回去。"毕竟这么重大而又机密的事，我们不可能在外人或者不信任的人面前宣扬，更不能让他们去实施，那样只会成事不足，败事有余。"

　　"如果除掉老大可以救出母亲，还她自由，让她恢复健康，那我粉身碎骨，也在所不辞。可惜她已被害，现在的母亲只是一个假冒的外人。"这样说时，泽伟已经把车开进了休息站。他随着人流往屋里走，发现草虾没有进去的意思，便问："你不去上厕所吗？我们还要开八九个小时呢。"

　　"你先去，我在外面抽支烟。"

　　重新上路后，草虾开车，泽伟坐到了副驾，他闭上眼睛，想要睡上一会儿，脑子里转的却总是炳章被抓的事。现在能知道的，只是他被羽白从邻家掳走、秘密押解回家并被关押于某个地下监狱，至于他怎么暴露、如何被抓和究竟被劫往何处，外界无人知晓。不过这也符合老大的一贯做派，以他为首的尚黑就是一个黑手党，表面上宣称的都是无私奉献，私下里干的却是吃人的勾当。炳章暴露行踪是因为网上账号还是所用的手机？更大的可能是组织里有内鬼告密，因为他去那个地方本来就很冒险，是大多数同事不赞成的。正在这时，泽伟听见车后有警笛声，他睁开眼，扭头看去，果然身后不知什么时候跟上了三两警车，晃眼的警灯把临近的黄昏映照得色彩斑斓，将归巢的鸟儿惊吓得慌不择路。

　　"你违章了吗？"泽伟把头转回来问草虾，他倒非常镇静，闪右灯，慢慢靠边，停下，熄火，打开双闪，然后说："靠！不会是我刚才丢的烟头把休息站屋子点着了吧？"

这不是泽伟第一次被警察拦下，因而对他们的程序并不陌生。他依照指令同草虾一起各自交上驾照，等待他们回到警车里去查询比照。与此同时，车的两边依然看守着四个警察。这与平时有些不同，让泽伟生起了更多的焦虑。过了好久，那两个警察从警车里走了出来，回到金牛左右两边，让司机和乘客下车。草虾被带到了车后，泽伟在被两个警察带到离车头较远的路边时，留意到另外有两个身着警服的家伙打开车门和后备箱，开始仔细地搜索。这与平时又有些不同。

"你们这是要去哪儿？"一个警察问。

"去三番。"

"去那里有什么事吗？"

"你知道尚黑的头目羽白正在那里访问，我们作为受害者要去那里游行抗议。"

"你身上带有武器吗？"

"没有。"

"车里有武器吗？"

"也没有。"

"我们可以搜身吗。"

"当然。"一个警察在一边警戒，另一位很专业地把泽伟的全身仔细地搜索了一遍。

"请问，你能告诉我到底发生了什么吗？"泽伟一边重新坐到马路牙子上，一边抬头询问一无所获的警员。

"我们收到线索，说有人要去三番进行暗杀活动。"

"那你们找错人了。而且，我们既没有发表言论表达暗杀意图，也没有购买武器构成实际行动，你们不能仅凭自己的猜测或别人的诬陷就随意拦截我们，还搜车搜身。这是不合法的。"

　　"我们收到的举报线索与你的姓名、身份和所驾车辆相符，所以我们并不是无的放矢。"

　　"我猜也是这样。"泽伟放缓了口气，耐心地告诉两位警员，这是尚黑为了阻止反对者行使自由民主权利而抹黑和构陷受害者的老勾当了，他们的专政机器一旦无法收买胁迫和威胁打压异己，便会借用当地的民间舆论和官方权力来压制反对者，其中的手法就有无中生有的造谣和毫无根据的举报。

　　"你稍等一会儿。"搜身的警察转身走向他的警车，泽伟猜测他可能是要去核实自己的说辞或者去请示上级下一步的行动。又过了很久，那个条子终于踱着不紧不慢的步伐走了回来，手里拿着自己的证件。"你们可以走了。"他说，盯着泽伟的眼睛，补充道："但在三番不要做傻事，记住了吗？"

　　泽伟想说你没有权利告诉我该做什么不该做什么，但话到了嘴边，他还是把它咽了回去。重新上路，两人都没有说话，还是草虾开车，也还是保持着七十迈在快车道行使。最后还是他先开了口："警察没对你怎么样吧？他都问了你哪些问题？""警察说，有人举报我们去三番搞暗杀。""那你承认了吗？""要是万事俱备，我会为了母亲为了兄弟姊妹杀死黑老大羽白、杀死所有他的尚黑同党，但我现在一把枪都没有。""我也是这么回答的。不过没有枪不算什么，在这个国家哪儿弄不到一把枪？"

　　天差不多要黑定了，二人不再说话，只有马路的噪音和发动机的轰鸣像个泼妇似的在车厢里纠缠争吵。泽伟忽然感到车身一晃，他赶紧睁开眼，发现轿车成了醉汉，歪歪扭扭地试图把路走稳，然后猛地一个点头想要站住，但惯性又让它踉跄着继续往前走，正要往一个石墩子上撞去，泽伟赶紧伸手把方向盘使劲往外拉，然后回正。这时右侧一辆车的司机摇下车窗，吼道：你他妈瞎了吗？看不见我们一直在用大灯晃你？你要是个跛脚鸭，就滚到一边路肩上去，这他妈是快车道！快车道！说完，他猛地大角度切入，加速追上前车跑了。草虾带着吓丢了魂的破车慢慢地挪到了最外侧，"他妈的，好险！差点被那孙子挤到马路对面去了。龟孙子们疯了，开九十多迈，简直就是去找死，还嫌我们慢。""我见过比他们还快的。路上的潜规则是，即使你再快，只要有车在后面靠近，就赶紧让道，老司机都是很讲规矩的，否则别人就以为你要自杀。你刚才不是想要我们俩的小命吧？""我知道刚才让道慢了，但那两辆车也太恶劣了，是他在要我俩的命。我要是有枪，当时就给他们一梭子。"

泽伟没再接腔，他的心里忽然升起一种不祥的预感，这种感觉他只有一年前在一家加油站体验过。当时他想给车加油，进屋付完钱往外走时推开玻璃门的刹那，内心生起一种时空颠倒的错觉，似乎有些恶心，又仿佛是在梦中。他的脚刚刚伸到门外，就被不知从哪儿伸出来的一根拐杖绊了个趔趄，也正在此时，停在加油站不远处的一辆汽车猛地提速，向自己冲了过来，那根拐杖也在此时猛地收回，把他拽到门边，汽车贴着身子窜向马路，轰鸣着跑了。泽伟好半天才缓过神来，发现一个盲人也像自己一样怔怔地立在那儿，不知所措，他手中的拐杖依然勾在泽伟的裤脚上。"好像有人要谋杀我们。"盲人说。此时，泽伟又感觉到了那种心绪不宁、坐卧不安的难受劲儿。路标显示还有八个小时才能到达，车速依然是七十迈，不过现在保持在慢车道。泽伟挪了挪屁股，又调节了一下座椅的高度，还是感到难受之极，他索性将椅背完全放倒，想要躺下来眯上一会儿。就在椅背放倒的刹那，他听见引擎猛地轰鸣起来，然后是一阵颠簸，接着轰的一声巨响，整个车子似乎要倒栽葱竖立起来，车厢内一片烟雾。等一切平静下来，泽伟才感到小腿疼痛无比，他试着活动一下，却疼得更加难以忍受。他解开安全带，稍微抬起头，发现双腿被内陷的储物箱紧紧地卡住，弹开的气囊正慢慢地放气试图落在自己的小腹上，副驾的车门已经扭曲，好在 B 柱还算完整，刚才要不是自己躺下来，肯定是凶多吉少。他又扭头看向左侧，草虾正把脑袋从气囊里抬起来，整个人好像刚从梦中惊醒一般不知所措，不过驾驶室看起来并没有变形，他也看不见草虾有明显的外伤。泽伟迅速对自己的计划担心起来，接下来报警，警察会把自己送往医院，然后回答警察的询问，还有联系保险公司，更主要的，车已经报废了，自己怎么才能按时赶到三番？而且，他怀疑这不是一起意外事故。他躺在那儿，闭上眼睛，盘算着最好的方案，推测着前因后果。"泽伟，你还活着吗？"他听到草虾喊了一声，接着听见他打开车门，绕到右侧，敲了敲车门，"泽伟！泽伟！你还活着吗？"泽伟决定先不理睬，在救援到来之前，把各种可能后果梳理一遍，并确定下一步的计划。他听到草虾在电话里同接线员说话，告诉她可能有一个乘客在车祸中死了。那我就先装死，在死亡的寂静里把一切都思考清楚。泽伟想，接着听到草虾开始拨打另一个电话，并离开车向公路的方向走去。

消防员们用液压钳剪切车门和储物箱时，泽伟向他们挥了挥手，"他还活着！"他们喊道，同时更加小心地移动剪开的铁皮。直到被抬上担架，泽伟才看清，车是撞在了路旁森林里的一颗大树上，右侧车头已经消失不见，他猜想也许是消防员们把它剪开移走了。在担架上，他试着抬起小腿，除了还有些疼痛，它好像并没有完全断掉。"请不要动，先生。我们将立即把你送到最近的医院进行检查。"泽伟没有理会，径直坐了起来，拉开右侧消防员正要系紧束缚带的手，说："谢谢你们，但我没事。我必须马上赶到三番，不能去医院。""先生！这是一起非常严重的事故，我们必须把你送到医院检查有没有内出血。""我很肯定我内脏完好，双腿也没有问题，因为车祸发生时，我是躺着的。"泽伟一边说，一边解开束缚带，小心地从担架上下来，在地上走了两步，又跳了一下，虽然还是有些麻木和疼痛，但他觉得忍着痛慢慢走路应当没有问题，"再次非常感谢，先生们！非常感谢，警官！当时开车的是我的朋友，他会留下来，回答你们的问询并处理事故的后续事宜，但我必须继续赶路，否则我的整个计划就要泡汤了。"他指了指正在同另外几个警官交谈的草虾，不等他们开口，就顾自走到车后，打开后备箱，拿出背包，准备回到公路。另外一个警官走了过来，试图拦住他，泽伟重复了一遍刚才的话，又补充道："我可以签字，证明不去医院是我自己的决定，一切后果由我自己承担。"然后又对草虾喊道："我去搭车，你跟警察要一份事故报告，然后联系保险公司。保险卡就在储物箱里。"他忽然意识到储物箱已被切割得支离破碎，便走到消防车边翻开一堆破铁皮，把保险卡和车辆注册年检文件找了出来，交给了草虾。

　　泽伟并没有等多久就搭上了车，他猜这或许要感谢路边一排灯光闪烁的警车和消防车，所有行驶的车辆都减慢了速度，司机们看见森林边面目全非的事故车，都多少生起恻隐之心，看见有人需要帮助，大多愿意伸出援手。若在平时，在这荒郊野外的高速路边，没有人愿意停下来带上一个陌生人。好心的司机见泽伟系好了安全带，问道："那是你的车吗？"

　　"对，是对我一直忠心耿耿的福特金牛。"

　　"那是辆好车，但刚才看起来很糟糕。"

　　"确实糟透了。"

　　"你还能走路真是太幸运了。"

　　"谢谢！我要感谢上帝，他当时一定在注视着我。"泽伟平时并不去教堂，更没有受洗，但有时觉得冥冥之中或许真有神灵在照顾着自己，每次遇到危险时都会提前让自己感到不安。他向司机道了歉，说需要打几个电话，然后拨通了李娟的号码，把路上的经过大致通报了一下，让她转告其他几位核心成员，从现在开始与草虾接触交流时，一定要提高警惕，不要与他讨论行动的任何细节。"你那边现在怎么样？"他最后问。"这边已经进入了战争状态，神云的手下有好几个都被救护车送到医院去了，一个被枪子儿打穿了耳朵，另一个肩膀中弹，还有不少布道派的弟子被棍棒打伤，也去了医院。那些带着棍棒和枪支的人不是羽白雇佣的当地黑道，就是他带来的打手，反正这一次的对峙不同寻常，以前我们抗议时，他们都只是躲在屋里录像监控，并不与我们接触，这一次我们人员还没有到齐，他们就已经占据了有利位置，摆好了队形。"泽伟听完，内心非常焦急，他赶忙追问："那我们的队伍有人受伤吗？其他派别有没有加入战斗？"李娟的手机噪音很大，有些听不清，又好像是信号较弱，泽伟把手机紧贴着耳朵，才听见她说："其他派别怎么愿意掺和呢？只有我们队伍里的李老师和猫女神看不过去，想要去开车冲撞那些打手，被我拉住了。但我们还是帮助布道派把受伤的人保护起来，并打电话报警。现在警察把我们隔离开了，就连我们这些不同的抗议队伍也被分割在街上不同的路段。"泽伟明白流亡在外的抗议者群体分为五大派别，各有各的理论和目标，平时也一直互相拆台和贬低，但如今共同的敌人就在眼前，他不明白这些抗议者为什么不能暂时团结起来，互帮互助，拧成一股绳，让抗议的合声被世界听见，让黑老大明白，他并不能暗中做着婊子，又可以在公众面前立个牌坊。他告诉李娟，自己搭的车不经过三番，他必须在科马下车，然后会打车过去，大约六七个小时后会到达抗议地点。

　　泽伟再次向司机道歉，说自己有差不多二十个小时没有合眼了，想小睡一会儿。他迷上眼，脑子里转的却是抗议场景。其他四支队伍的领导者都是自己的兄弟姊妹，自己对他们再了解不过了，三十年前，他们还一起服侍在母亲的床前，直到自称为大哥的羽白从北方莫名其妙地归来。

　　其实羽白的暴戾和专断在他出现之前早有征兆。西元四十九年，一只硕大无朋的白鹅乘着初冬的寒潮从北方飞来，它盘旋在华家的上空，遮蔽了天日；它抛下成堆的粪便，滋生了无数的蛆虫和蚊蝇。七天之后，母亲一病不起，她抱怨脑子里只有白鹅的鸣叫，身上好像有无数只蛆虫在啃咬，而耳朵里整日都是蚊蝇的嗡嗡声。作为家里的长子，泽伟召集了二弟森哲、三弟裤伦、大妹胜雪和小妹神云，商讨请医生看病的事。泽伟和二弟主张请西医，三弟不置可否，两个妹妹更相信中医。"母亲一生吃的都是米饭，喝的是豆浆，从未尝过面包牛奶，她的体质根本承受不了西药，必须用中药慢慢调养。要是一下子就用猛药，她肯定承受不了，不但会加重病情，搞不好命都保不住。"她俩说。"母亲以前每次生病，请的都是中医，吃的也是中药，可如今她却虚弱如此，继续用中药并不能让她康复强壮起来。相反，你看我们东面的两家邻居，他们几年前放弃了中药，只看西医，慢慢地就变得跟洋人一样脸放红光，腰板挺直。你看我们几个，个个矮小孱弱，同东面邻居和那些洋人无法相比，这不正说明我们祖祖辈辈服用的中药不但没有强身固体，反而可能掏空了我们的身子？"这不是泽伟第一次与两个妹妹在看病问题上观点分歧了，但这一次，他下定决心，再也不能出于亲情而被她俩左右，一定要用西医来根治母亲的疾病。但胜雪和神云拦在母亲门前，说除非把她俩打死，否则绝不让洋人进来玷污母亲的身体。在这样的争吵辩论中，大家的心态也慢慢地发生了改变，就连三弟裤伦也不再是保持中立，他说："我终于想通了，其实看不看病都无济于事，要怪就怪我们一家的基因。你看我们不但比洋人矮小，就连家里的干活工具和各种电器都是别人鼓捣出来的。我们身子比不过别人，脑子也没他们灵光，说到底，我们本来就是劣等人，我们的基因就该被淘汰。看中医无济于事，请西医也是治标不治本。"裤伦的话让兄妹五人都沉默不语，良久，大妹胜雪说："我本来就是与你们同父异母，干脆我们分家，我出去另立门户算了，母亲是死是活，我再也不需要跟你们掺和。这个想法其实我早就有了。"想了一会儿，小妹神云也开了口："你们都知道我信神，我这几天也一直在为母亲祷告，我觉得如果真像二弟说的那样我们都是劣等人，一出生就有罪，先天就低人一等，那么只有神才可以救我们，只有神才可以让我们获得重生！"

每天，兄妹五人就这样你一言、我一语，争执不下。到了第六十天，一个陌生人忽然顾自闯了进来，而他一开口，更是让屋内的人困惑不解、震惊不已。"我是你们的大哥！"他说："我来是为了救治母亲。"

"母亲从未跟我们提过还有一个叫羽白的大哥，她现在卧床不起，神志不清，你怎么可以让我们相信你说的都是真的？"

"你们爱信不信。早就听说你们几个一盘散沙，各怀鬼胎，难成大事，我要是再不回来主持大局，我们一家恐怕不等母亲有个三长两短，就家破人亡了。"羽白盯着五人的眼睛，打了一个响指，一群街混子涌了进来，他们赤膊，光头，脖子上刺着相同的纹身，似蛇似龙。"我带来的治疗方案是有中药精髓的西药配方，而且是更先进的北方西药配方。"羽白一边说，一边从中山装内衣口袋里掏出了一个似是西人随身携带的小酒瓶，"既然我回来了，从此以后，谁也不准再说三道四，质疑我是不是大哥，谁也不准为治疗方案争执，那样不但无济于事，还让别人笑话。谁要是不遵守这个规矩，那就家法处置！"

　　泽伟挪了挪屁股，又摸了摸依然隐隐作痛的右腿，继续回想着自称大哥的羽白在以后的几年里如何运用各种变态的家法惩罚兄妹五人，直到他们相继流亡海外，不再同居一屋。奇怪的是，自那以后，母亲好像真的痊愈了，每次陪着羽白在电视里亮相，都是红光满面，神清气爽。而这也成了泽伟与二弟分道扬镳的导火索。到了海外，虽然五兄妹都觉得羽白是冒牌的大哥，是霸占了他们家产的黑老大，电视上的母亲也是形似神不似的高仿，但三弟裤伦依然坚信他们一家的基因有着先天的缺陷，除了自我灭亡，不可能对人类文明作出任何有意义的贡献；小妹神云也更加虔诚地信奉她们的神，大妹胜雪活跃在各种抗议的前线，她的目的只是为了能分到家产好自立门户。二弟同泽伟一样痛恨羽白，也是欲除之而后快，不过，他觉得羽白的治疗方法是有效的，不然母亲不会康复得如此之快，如此之好，而泽伟觉得羽白是出头露面的代表，只有把他背后的整个黑社会铲除干净，才能夺回整个家业，确保长治久安，至于母亲，她其实并没有被治愈，很可能已经被害身亡，电视里光鲜夺目的那个女人虽然与母亲长的很像，但神情与谈吐暴露出她是与五兄妹无关的一个外人。

　　泽伟坚信羽白背后的黑手党才是祸根，是基于他自己的一次冒险经历。

　　就在那个自称为母亲的女人陪着羽白在电视上亮相之后，泽伟把自己装扮成一个进贡蜜糖的蜂农，拿着令牌来到了皇宫的门前。"干什么的？！"两个卫兵同时大声喝问。"我是来给老大进贡早晨刚采的特级蜂蜜的，大人！"泽伟恭恭敬敬地递上令牌，陪着笑脸回道。他听说羽白每天都要进食大量的新鲜蜂蜜，一度怀疑，这个冒牌大哥可能是北方白熊的化身。"口令！"卫兵又问。"坚决维护两个确立，坚决确立两个维护。"泽伟毫不犹豫地回答，这个口令每天都在变化，他是从给他令牌的内线那里得到今天的暗号密码的。卫兵没再说话，其中一个走了过来，开始搜身，然后示意另一位打开大门。进了皇宫，泽伟知道该去哪里找到母亲，他对这里再熟悉不过了。七弯八拐之后，他来到了另一个守卫森严的大门前。"干什么的！？"泽伟重复了一遍之前的借口，但心里有些慌张，他没想到内寝现在也是戒备森严，以前这里没有任何的守卫。"口令！""坚决维护两个确立，坚决确立两个维护。"泽伟犹豫了一下，小声地回答。"口令！"卫兵更加大声地命令。泽伟意识到，羽白和母亲的居住区可能拥有独立的安全系统，采用不同的通行密码。他琢磨着各种宣传口号，推测哪一个会是今天内寝的口令，想了一下，他回到："忠诚不绝对，绝对不忠诚。"一个卫兵这时走了过来，泽伟以为自己蒙对了，正要张开双臂让其搜身，却发现卫兵走到身后，抓住双手，想要把自己束缚起来。泽伟猛地一个转身，撞倒守卫，向不远处的侧门跑去，那里只有一个卫兵把守，他正从门内走出来，好奇平日宁静的院子为什么会忽然生起喧嚣，不想与奔跑而至的来人刚好撞了个满怀。泽伟爬起来，跌跌撞撞地准备冲进此时无人值守的边门，却听见警报大作，边门正在自动关闭。他赶紧往院外跑，凭着自己熟知每一条小径，很快来到了菜园前，不远处有几个菜农正在劳作，他脱下白色外套，把它揉成一团，塞进花丛里，然后弓着腰小步跑进菜地，蹲下来，假装给韭菜拔草。一队卫兵很快追了过来，他们左顾右盼，不知道该往哪边跑，短暂商量了一下后，他们分成两队，一支往西，一队往东，吆喝着跑下去了。泽伟正要喘口气，发现不远处的两个菜农走了过来，他们站到面前，问："你是新来的？"泽伟客气回答："我来给老大上供新鲜蜂蜜，采些韭菜，因为蜂蜜加韭菜会更加壮阳。""那你有口令吗？""什么口令？"："进这个菜园的口令。""哦，我只是路过，并不是要在这里干活，所以没有被告知口令。""你既没有口令，脖子上又没有刺青，最好赶紧走开。"像是头儿的菜农命令道："你是来进贡蜂蜜的，我们是管理菜园的，我们都是羽白家的仆人，但各有各的分工，是这个大机器运转的必要部件，你不能来干扰我们，我们也不会想着去取代你。我们一起努力工作，在各自的岗位无私奉献，我们羽白家才会兴旺发达。"泽伟忽然感到有些悲伤，这才一年不到，华家就变成了羽白家，这个家更是成了母亲遭顶替、家丁被利用的作恶机器。

　　探视母亲失败后，泽伟立刻找到躲藏在大佛寺佛像体内的神云。"一个月前，一个内线朋友告知我一条逃亡路径，我拒绝了，但现在我们必须走了，胜雪已经到了海外，你现在也必须跟我一起走。"神云摇了摇头，神情凝重地回道："我的主在这里，我必须在此侍奉；我的仇敌在这里，我必须劝他信神。"泽伟提高嗓门，忽然变得有些愤怒："你躲在这里很好，但你知不知道那些追随者同情者正在被折磨致死，他们的器官正在被羽白团伙割下、变卖获利？你为什么不能走出去，陪他们一起死？跟他们一起奉献心脏肝肾？如果不能，你为什么不带领他们去往一个信仰自由的土地，建立起一个反抗恶魔的基地？"见神云张大嘴一脸怀疑和错愕，泽伟把自己在逃出皇宫路上的见闻告诉了她："我当时就想着快些逃离皇宫，从菜园出来后，我担心被那些搜索的卫兵撞见，便跑到我们小时候玩捉迷藏的农具地下室，准备躲到晚上再出去，没想到那个地下室已经被改造成了囚牢，里面分割成不同的囚室，我偷偷数了一下，大约有一百来人，大多是你和大妹的追随者。我摸到后面，发现本来是储藏大白菜的冷冻室竟然被改造成了手术室，有四五张台子，三个台子上绑着一男两女，他们发出撕心裂肺的嚎叫，因为几个穿白大褂的人正在打开他们的胸腔，桌旁的冷藏盒里已经放了几种器官，盒盖上贴着医院的地址和名称。"看见小妹一边把嘴张得更大，一边留下眼泪，泽伟轻轻拍了拍她的手臂，说："我从内线得到消息，羽白已经下达了死命令，在年底前务必把我们抓捕归案，现在不走，恐怕来不及了。你要知道，我们现在的敌人已经不是冒牌老大一个人，而是整个专政机器，我们在同一个杀人不眨眼的黑手党作战！如果不暂时避其锋芒，就只有无谓的牺牲。"

泽伟坐在车里，思考着如何把兄妹五人团结起来，也许擒贼先擒王、杀死黑老大是最好的选择。这时，他听见司机清了一下子嗓子，说："又是一个好日子，你看，阳光明媚。下一个出口就要下高速了，我会把你放在路边，你走到马路的另一边预约优步，可以到达三番。对了，听说三番现在要人云集，警察遍地，你去那儿有什么好事吗？"泽伟向他道谢，把为了母亲去抗议羽白的事简短跟他说了。司机没有吭声，过了一会儿，把车停稳后，说："听着，我为你母亲的遭遇感到抱歉。你在抗议时，把两个中指都竖起来，其中一个算我的。作为退伍老兵，我知道独裁是文明的癌症，所有的独裁者看起来都是可怕的黑老大，实际上却是虚弱无能的小丑。"

　　网约车大约需要十五分钟才能到来，泽伟给李娟打了电话，告诉她还有两个小时左右就可以赶到。"你们那边现在安静一些了吗？"他问。"更糟了。"李娟的声音依然嘈杂，难以听清，"劣种派的二当家思远不顾警察的阻拦，冲到分离派那一边，一拳把一个抗议者击倒在地上，现在那个人已经被送去医院了，思远也被警察抓到了警车里。"在此次抗议之前，劣种派就一直在网上咒骂和骚扰其他四派，泽伟有时候甚至觉得，他们是不是受到了羽白的资助和指使，因为他们一贯主张华家人天生就是贱种，只配独裁和奴役，否则会更加祸害他人，听起来正是在为黑老大的独断专行寻找借口。"你找个机会靠近他们，看看裤伦和他的追随者们有没有谁的脖子上刺有文青，图案似蛇似龙。"泽伟告诉李娟，"如果有，那么一切就都说的通了。"然后，他又给摇城发了一条短信：两个小时后见。

　　到达现场时已近晌午，泽伟循着几里外都能听见的口号声、喇叭声和对骂声，找到了会场外人头攒动的抗议队伍，他们被警察分割成十几个团体，举着不同的旗帜和标语，但无不情绪高昂，振臂高呼。看来除了我们华家，还有其他族氏的异议者在向他们的领袖表达不满。无需仔细分辨，仅凭声音和旗帜，泽伟就知道他们的队伍站在哪里。李娟更靠近会场的门口，裤伦、胜雪和另外一队不知名的人马位于外围。泽伟经过时，向他们点了点头，胜雪没有回应，而裤伦向地上吐了一口浓痰，他没有在意，继续往里走，发现前面负责治安的警察向他举起手示意停下，他停住脚步，忽然感觉肩膀上一阵剧痛，一个趔趄，摔倒在地上，这时，他才看清手持长棍砸向自己的是一个陌生人，一个警察跑了过来，用警棍挡住了他的第二次袭击。泽伟试图支撑着胳膊站起来，却感到肩胛骨钻心地疼痛，但愿不是骨裂，否则后面的计划就只好终止。他又试着用另一只胳膊撑着地面，终于站了起来，看见两三个警察正把袭击者按倒在地，然后戴上手铐，往警车里塞，几个可能是袭击者的同伙跟在警察后面，一直在争辩着什么，其中一位他有些眼熟，但又想不起在哪里见过，他确信不是五兄妹中任何一派的人。他试着活动了一下右肩，还是疼痛无比，但好像还能忍受。他又看向分离派和离他们不远的陌生人群，依稀可以看出有些人的脖子上刺着什么东西，但难以分辨形状。他想走到李娟的队伍，却被警察拦住了，他一边解释自己是同他们一起的，一边向李娟挥手，一个警察回头看了看，发现李娟也在挥手回应，便告诉搭档，予以放行。

　　"刚才被打倒的人是你？"李娟问，"受伤了吗？"

　　"还好。真正受伤的是我的心。"泽伟想用幽默来缓解一下她的担忧，他再次活动了一下右臂，发现疼痛减轻了一些，但还是用左手同各位握了握，然后说，"要不是警察及时阻止，恐怕就凶多吉少了。我感到悲伤的是同道们的冷漠，劣种派冷眼旁观可以理解，但分离派和布道派就在旁边，却也袖手不顾，就很可悲了。"

　　"我们本来就是道不同不相为谋，从来都是互相攻击，还能指望他们什么呢？"李娟有些不解，看了一眼对面的几对人马，鄙夷地说。

　　"我们只有小道的分歧，大道是相通的，如果看不到这一点，那我们就是在做着仇者快亲者痛的事。"泽伟也看了一眼对面的人群，深深地吸了一口气，又把它吐出来，"我们每个人每个团体都有着自己的观点和主张，从某种意义上来说，把它们充分表达出来，也是在实践我们对民主和自由的追求。但我们还没有掌握它的真髓，那就是我们可以在路径上不同，但必须在民主程序下自律协调。"

　　站在李娟身边的昊年叹了一口气，插嘴揶揄道："民主程序？不就是法律吗？"

　　"法律是程序的一部分。举个例子，你在超市买的肉坏了，你是回到超市图省事自己进去拿一块好的就走呢，还是去服务台通过超市把坏的退掉再购买一块新鲜的？后者就是程序，它会确保一切都在规范之内运作，杜绝各种问题，避免好的初衷适得其反。"

　　"那是最难的。我们都没有受过这方面的教育或训练，我们华家更没有这种传统。"昊年表示同意。

　　泽伟点了点头，"也不都是思维的过错，还有行动的问题。我们的第一步应当是清除内奸，就像装睡的人永远叫不醒一样，混入队伍表面抗争实则破坏的奸细不但不会跟你团结，还会想尽办法制造分裂，他们利用一切手段挑拨离间，造谣抹黑，不把他们清理干净，我们就永无宁日，永远不能团结合作。过一会儿，我要过去跟其他几个兄妹交谈，争取在至少一两个诉求上达成一致。比如，我们不能只是抗议，多少年了，我们流亡在外，在这片自由的土地上喊口号和游行，对霸占了我们华家的黑手党并没有多大影响，我们必须联合起来，采取一致行动，削弱它的统治根基。我觉得我们首先可以从拆除它的围墙开始。我们都确信，羽白及其黑手党的倒行逆施已经让华家民不聊生，乃至饿殍遍野，但是，只要他们控制了信息，阻止它的自由流动，限制外界思想的流入和内部不满的外溢，他们还是照样可以继续统治，继续为所欲为，历史和现实一再证明了这一点。从现在起，我们必须脚踏实地，为家人们挖墙，把黑手党的黑幕戳得千疮百孔，当经济崩溃、统治危殆时，自由的信息会让家丁们醒悟，他们就会自然地联合起来，推翻黑手党的残暴统治。羽白及其黑手党平日里一再吹嘘自己伟光正，其实他们是得了畏光症，透进黑幕里的任何一丝阳光都会让他们坐卧不宁，疯癫抓狂。"

"你说你要去找森哲、裤伦、胜雪和神云？劝他们结成统一战线？"昊年吃惊地看着泽伟，一副难以置信的表情。

"我知道你会劝我不要去趟这滩浑水。"泽伟看了看对面，又看了一眼李娟和昊年，说，"我也知道这次来的主要任务不是促成大家的团结，现在去化解成见，有点节外生枝，但我担心现在不做，以后就没有机会了。"

李娟并不同意，但提出一个建议："已经有好多人被打伤送进了医院，你现在去只会火上浇油，而且你看见警察的封锁了吗？他们不会让你过去的。我觉得，你倒是可以把刚才的想法和建议写下来。无论晚上结果如何，它都将是一件轰天动地的大事，你的书面声明都将会成为其他兄妹敬重的指南。"

泽伟握住李娟的手，想要同她拥抱，但右臂的疼痛让他差点弯下腰来。看见天色渐晚，他掏出手机，发现离记者会只有一个半小时了。他同所有的战友们轻轻地拥抱，然后顺着马路去另外一条街道的麦当劳，那儿是接头的地点。取到记者证和摄影包，泽伟又往回走，忽然觉得对刚才熟视无睹的街景和人流此时产生了别样的情感。正值深秋，十一月的天气按说已经寒气袭人，但大街上人们依然赤膊短裤，享受着不同寻常的温暖。如今地球升温，尤其是今年，夏天简直热得可怕。泽伟相信，那些科学家声称地球升温一定是依据于他们多年的研究，而不是危言耸听。我们可以质疑气候变暖并不是因为人类活动，它或许只是我们太阳系乃至银河系进入了高温期，但不能不顾事实否认地球正在变暖，这就是我们革命派与森哲领导的改良派的区别，他想。在改良派看来，黑老大可能昏庸无能，但他背后的黑社会仍然是想振兴华家，是为了兄弟姊妹的幸福，而不是只为了他们一己的权力和利益。

　　通过安检，进入新闻发布会的房间，找到最后一排编号为六十六的座椅。他脱下外套，挂在椅背上，坐下，一边留意着其他人，一边把左手伸进坐垫下。一个包裹像是飞机座位下的救生衣一样沉甸甸地挂在那里。见无人留意，他把包拽了出来，小心地打开，里面是伪装成相机的手枪部件。他迅速将它们组装好，再把消声器连到长焦镜头上，又仔细检查了一遍隐蔽的弹匣，共有两发子弹，他知道自己没有机会射出第三枪，两发足够了。他又打开相机电源，十字瞄准镜出现在显示器上，把它对准台上右边的话筒，稳住镜头，将话筒头部锁定。按照官方给出的日程，黑老大将同主人一起在四十分钟后走上讲台，接受记者们的提问。泽伟坐了下来，闭上眼睛，耐心地调整好自己的呼吸，在即将到来的关键时刻，必须把心跳降到六十以下，并保持住这个心率，才能扣动扳机。

一个小时过去了，两个主角还没有登场。泽伟静静地坐着，告诉自己不要让任何因素影响自己的情绪和心跳。又一个小时过去了，依然没有什么动静，也没有新闻官出来解释或者告诉大家究竟发生了什么。记者们开始交头接耳，推测两个大佬很可能谈崩了，因而不想面见记者把两人的分歧和不快表露出来。泽伟担心的是自己的计划是否已经暴露，黑老大是不是因为得知有人行刺而改变了计划。他开始倒推每一个细节，试图理清哪个环节会出现问题，如果消息泄露，会是谁背叛了自己，乃至要是被抓的话，该怎么处理这些器材，又该怎么应对审问。就在这样胡思乱想中，新闻官终于推开讲台边上的侧门，几个保镖先走了出来，分立左右，然后是两位主角一前一后笑容满面地走上了讲台。泽伟的心跳开始加速，他一边做着深呼吸，一边告诉自己镇静。多少年了，终于再次见到了这个窃贼和骗子真人，看着他像在电视里一样道貌岸然，泽伟就恨不得立刻站起来，向所有人揭示他的真实嘴脸，但他努力克制住情绪，做更深的呼吸，让心情平静下来。两人的开场白结束后，终于到了记者提问的环节。泽伟耐心地等待着，他知道，黑老大在被提问时肯定会从西服的内衬口袋里掏出小炒，并歪着脑袋专注寻找助手提前准备好的答案，那是自己击杀的最好时机。也许是出于主场之利，举手提问的大多是本地的记者，而且他们言词尖锐，纷纷质问他们的领导人为什么要与魔鬼谈交易。主人有些张口结舌，为了掩饰尴尬，他把手指向一个客方记者，让他提问。"我是羽白家《家和万事兴》报的记者。我想问羽白爸爸一个问题，我们注意到您在同黑总统交谈时，一直用手指点点戳戳，我们想知道，您是不是在为黑总统指明方向？"泽伟的眼睛并没有看向主席台，而是紧盯着相机屏幕上的十字架。他缓缓地做着轻微的调整，让它随着黑老大的头稍微偏向右侧，然后锁定眉心。从屏幕上，他看见仇人已经掏出了一叠卡片，正低着头寻找答案。泽伟把右手食指放在快门按钮上，倾听着自己的心跳，然后轻吸一口气，准备按下去，却发现屏幕忽然一片漆黑，他立刻意识到电池耗尽了，需要马上更换。这真是一个再愚蠢不过的低级错误，自己检查了所有的细节，就是轻信了电量指示，它原先表示为至少还有百分之五十，但会议一再延期后，自己竟然忘了一半的电量并不能坚持三个小时。他抬起头，看见羽白正把卡片放进口袋里，然后开始侃侃而谈，一个绝佳的机会被错过了。泽伟没有犹疑，迅速打开电池盖，准备取出待换的电池，却发现里面有一张卷曲的纸条。他看了看四周，小心把它展开，只见上面写着：生母尚在，囚于央室。泽伟吃了一惊，再次看了看四周，所有人都正专注于台上，他早就知道那个经常出现于电视的意气风发的女子是假冒的，但他以为亲生母亲早已病亡或者被冒牌老大害死。这条信息应当是真的，因为只有极少的人知道央室，那是位于宣传室和思想室地下的隐蔽房间，以前曾被用于养猪，因为脏臭没有人愿意靠近。想到患病的母亲屎尿满身地躺在冰冷的地上，见不到一丝阳光，泽伟内心一阵翻江倒海，他再也控制不住自己的情绪，泪水夺眶而出。

　　平静下来后，泽伟听见又有一个羽白带来的记者向他提问，他看见仇人歪着脖子再次把卡片掏出来，开始翻找答案。每次见到他那个神态，泽伟都禁不住联想到煤山上的歪脖子树，也许他不只是白熊的化身，还是那个吊死鬼的替身。泽伟盯着十字架，它把目标死死地钉在屏幕上，就等着主人一声令下，将它打入屏幕后的黑暗里。羽白仍然在翻找答案，这给了泽伟充足的时间调整呼吸，按下快门，但他内心有些纠结，此时击杀贼人易如反掌，但他身后的黑手党绝不会善罢甘休，为了发泄私愤和警告世人，他们会加倍地虐待体弱多病的母亲，甚至会将她与家人一起杀害当作祭品。可悲的是，我们流亡在外，拯救他们的时机还远未成熟。只有在愚弄和禁锢华家的围墙被推倒、所有家人都知道了黑手党的真相并能获取被禁的信息后，革命才能成功，华家才有自由。泽伟松开按在快门上的手，内心五味杂陈，想了想，又觉不甘，再次把手按了上去，轻轻地下压。屏幕上羽白的额头发亮，在十字的切割下显得有些虚幻，泽伟的双眼也开始模糊，仿佛觉得他在屏幕上看见的不是羽白，而是母亲，她用憔悴的面容默默地看着自己，不发一言。泽伟的手指从按键上挪开，手臂垂了下来。

　　第二天傍晚，在登上返程的火车时，泽伟的心情比昨日好了很多，他甚至感到有些愉悦。虽然没有打死老虎，任其归山，但同其他三兄妹重归于好并达成共识要更有意义。从记者会出来，已近夜半，李娟冲上来，同他拥抱。"刚才两小时是我一生中最紧张忐忑的时刻。"她说，"我一直在为你祈祷。看见外面非常平静，我就知道了结果，也为你高兴。"泽伟乘着拥抱，凑近她的耳朵："收到新的情报，计划有变。"当天夜里，他就联络上森哲、胜雪和神云，把生母被囚的消息告诉了他们。坐在火车上，对面的座位没有乘客，他换过去，斜躺着，想要眯上一会儿，但脑子里想的都是昨天夜里乃至今天一天的争执和讨论，好在最终还是达成了共识，并制定了具体的分工，拟好了拆除围墙、让家人们获取自由信息和黑手党真相的步骤。他很喜欢吴年的发言："不管我们有什么样不同的目标，但铲除羽白及其黑手党是我们实现各自目标的前提，否则我们永远只能寄人篱下，即使流亡在外，也要遭受暗杀、诱捕或骚扰。"吴年在说这句话时，所有人都看向窗外，不远处，几个人正鬼鬼祟祟地向他们探头探脑。

第一站停靠后，上来了很多人，泽伟只好回到自己的座位上。对面的乘客是一对夫妇，看起来像是同胞，也许他们刚到这里不久，因为所有的本地人都衣着轻薄，而他俩却穿着大衣，领子竖起来将脖子保护得严严实实。泽伟向他们点了点头，刚要搭话，忽然感到一阵恶心，有种难以言说的难受，车厢里的各种噪音都在耳鸣中安静下来。他看向窗户，想要借助车外的美景平复自己，却在玻璃的反射下看见了对面夫妇一人的后颈，上面画着刺青，栩栩如生的图案似是蛟龙，似是青蛇。

十八、逃亡的进化之路

　　许成钢知道自己为什么被追杀，他只是不想认命，觉得儿子是人猿家族能够进化的唯一希望，无论付出多大代价，也要让他存活下去。此刻，他把这个火种和希望搂在怀里，屏息敛气，留意着外面的动静。一缕晨曦从落叶堆的缝隙里漏进来，正好落在耳朵的伤口上，他忍住想要去抚摸抓挠的冲动，侧耳倾听。平日的清晨，天色尚未明亮，各色鸟儿便叽叽喳喳地唠叨起来，相互问候早安，商量当天的行程；现在，太阳早已升起，却听不见一声鸟鸣。许成钢小心翼翼地拨开几片叶子，凑眼向外观瞧，目光所及，没有一只猿猴，甚至没有一个活物，所有的树木都在无精打采的草丛中默默地站立着。他又试着透过缝隙向上搜索，虽然深秋的凉意已经剥落了大多枝叶，但树枝盘恒交错，依然难以看清；拨开更多落叶后，他终于可以探头看清外面的全貌，一切都是那么平静，连每日不可或缺的微风都不见踪影。他伸出手，捡起一块石头，奋力一掷，看着它啪的一声落在远处，秋日清晨的祥和寂静并没有被它打破，只有回声越逃越远。许成钢抱紧孩子，放心地从落叶堆里走了出来。如果不是为了给孩子找点吃的，他觉得自己能在这里一直躲藏下去。他迅速跳到一颗树下，尽量挺直身子，紧贴着枝干，然后再跳到另一颗树旁。昨天逃到这里的路上，他留意到一小片常绿灌木，它们的叶子是这个季节普通人猿们能够得到的最好的美食，因为树上的各种果实早已被收集起来，成了猿王及其亲友们的贡品。

　　许成钢搂紧儿子，刚要跳向第三颗树，忽然听到一阵叫喊，几十只人猿从周围大大小小的树上一跳而下，脚未沾地，就一齐向他围扑过来。许成钢暗叫不好，没有迟疑，顺着树干，纵身而上，准备像上次一样在树冠之间辗转腾挪，没想到他们早有防备，自己的一只手臂甫刚抓住枝头，就被捉了个结实。他抬头一看，不禁大吃一惊，埋伏在树上守株待兔的竟然是菜公公！他的心一下子凉了半截，看来自己的案情已经严重升级了，围猎自己的已经不是警察，而是国保，而且是头目菜蜞亲自带队赶来抓捕。不过，这也激发了他的斗志，他们越是如临大敌、上纲上线，越是说明了儿子的价值，自己无论如何，也要带着他逃离魔爪。想到这，他猛地向对手的手腕咬去，菜公公赶忙抽回左手，而右手却同时伸出，揪住了逃犯的耳朵。许成钢感到一阵钻心的疼痛，那只耳朵在前天的追捕中就差点被扯断，现在被他用力一揪，顿时血流如注，成了抓捕者此番任务中的第一个收获。许成钢不敢怠慢，乘机往前一跃，跳到另一颗树上，还未等地下的人猿窜上来，又连续跳跃，像只灵活的松鼠，在高矮错落的树木间躲避着国保的追杀。然而，就在他站到一根瘦弱纤细的松枝上时，他发现所有的国保已经把自己围在了中间，地面和树顶上也有几个国保正虎视眈眈地瞪着自己。

"许成钢，你今天跑是跑不了了！"菜公公坐在枝干交叉处，喊道："不过，也不要误会了我们的来意。只要把孩子交出来，我们就可以放你一条生路。你比我们谁都清楚，这个怪胎是我们人猿家族的灾星，为了我们所有的人猿，也为了你自己，用你那只剩下的还算完好的耳朵好好想想，你怀中的这个祸害不但来路不正，而且后患无穷，带着他东躲西藏既是给你自己徒增麻烦，也是对我们人猿集体的犯罪。现在，只要把孩子放到我的手上，你的罪过就可以一笔勾销。"

"他是我的亲生骨肉，在交给你之前，就让我再多抱他一会儿。"许成钢对菜公公说，看见对方正悄悄用右手对手下做着某种手势。他一边观察着国保大队的阵型，一边迅速思考着如何脱困，这些似虎的国保同那些如狼的警察一样愚蠢，他们对着同一个猎物说着同样的谎言，全然不顾这个谎言早就在猎物的儿子差点遭活埋后被识破了。

两天前警察偷偷围捕也是在天刚放亮的凌晨。当时许成钢正躲在一个树洞里酣然入睡，忽然被鸟雀的一阵尖叫惊醒，他来不及多想，抱上儿子，顺着树洞钻出树顶，又悄悄地爬到另外一颗树上，发现之前自己在远处特意设置的几根藤条已经被踩倒，与藤条连接的几个鸟窝也掉到了地上，一队膀大腰圆的人猿警察已经来到了树下，有几个正鬼鬼祟祟地往树洞攀爬，一些愤怒的鸟儿在他们的头顶俯冲、咒骂。"报告！树洞是空的！"他们对下面喊道。"不可能，我们的情报肯定不会出错。"警察头子说，"你们钻进去，做彻底的搜索！"。这时，儿子猛然挣脱爸爸的双臂，开始往树下哧溜，许成钢一把拽住他的后腿，想要把他拉回来，儿子却用手指着地上的警察头子，似乎想要说些什么。许成钢使劲地摇头，用口型告诉他："他们同平时见到的人猿不同，他虽然有病，但我们必须逃跑！"儿子没有理会，脚后跟一踹，嗖地一下就滑到了地面。"哈哈哈，难怪洞里是空的，原来犯人就在我们眼皮底下！你是刚从地下冒出来的？来，赶紧把他抓住！"人猿警察一拥而上，把幼小的许针里用藤条捆了个结实。"你们可以抓我，为什么要来绑一个孩子？"许成钢此时也落到了地上，他不解地问。"我们今天的任务就是来抓这个怪物。"警察头子说，"不要担心，我们只是带他去局里问些问题。""可是他还是个不能开口说话的婴儿。""听说你是我们人猿家族的大学问家，但你这句话就是法盲了，难道犯人不招供，警察就不能抓捕吗？"

　　猿族警察总署位于森林中部，几颗高大的柳树枝条被捆绑在一起形成互通的走廊，每颗树上都有几个大洞当作囚室；许成钢对这里并不陌生，这是他和儿子第二次被关押进来了。但这一次他们被关进了不同的树洞，而且整整一天，没有提审，也没有食物，完全不同于十几天前，他还被允许抱着许针里接受询问，问题简单直接，结果也迅速明确。

　　"你知道为什么被带到这里吗？"

　　"不知道。"

　　"小孩妈妈去哪儿了？"

　　"生下他就死了。"

　　"他妈妈生前接触过人类吗？"

　　"她从来没有见过人类。"

　　"那这个杂种怎么猿不猿、鬼不鬼的，长得一副人脸？"

　　"他生下来就有些畸形，警官大人。"

　　"这不是畸形，这是凶兆，明白吗？根据猿族法律，我们必须把他收押处理。"

"大人，他还是个未满周岁的婴儿，离开父母是活不了的。而且，因为畸形他也活不了多久，您就发发慈悲，让我把他带回去，保证藏在洞里，不让他出来，直到他自己痛苦死去。"

警官没有说话，盯着他看了一会儿，又盯着孩子看了一会儿，然后走出了树洞。不久，他又走了回来，手里拿着一份在宽大树叶上草拟的文件："我们头儿说了，你是我们猿族有名望的思想家，考虑到你也算是有身份的人猿，就暂时答应你的请求，但你必须在这份保证书上签字，无条件地向我们伟大的猿王起誓，保证这个异端不会抛头露面，不能被任何一个人猿看见。"

上一次被抓是他人的举报，许成钢也知道那个家伙是谁，这一次他却想不出警察是怎么找到他们的藏身之所的。十几天前签了保证书后，自己带着儿子搬了家，找了一颗僻静角落的参天大树，把一个松鼠的小窝扩建为舒适而又隐蔽的卧室，开始了昼伏夜出的隐居生活。方圆几里都没有其他人猿的踪影，除了少数几位亲朋好友的偶尔造访，许成钢想不出还有什么会暴露自己的住所，还被认定犯下了重罪，难道那些肮脏的苍蝇被猿王收买成了奸细？昨天黄昏时，他兴奋地发现了一处蚁穴，赶紧把蕉叶卷曲起来充当容器，将所有的蚂蚁都装了进去，带回洞里与儿子一起美美地吃了一顿大餐，当时在收集蚂蚁时，有很多苍蝇嗡嗡地围着打转，也许那是他们在盘旋侦查、收集情报？不过，这已经无关紧要了，现在他只想尽快地接受审讯，知道他们会给自己和儿子安上什么罪名，他只想马上见到儿子，与他团聚重逢。但这一次恐怕凶多吉少，因为第一次被抓是被扣于一个较大的囚室，而现在他被单独塞在一间极其逼仄的小洞里，头部紧贴着洞壁，屁股裸露在外，身子紧紧地卡在洞口，整个树洞就像是一个裹尸袋，宣判了自己的死刑。每一天，只要有警察路过，他们就会捡起带刺的枝条，不停地抽打他撅着的屁股。这一天，那个警察在打完之后，竟然开了口："你真的就是许成钢？那个有名的思想家？"许成钢忍着痛，瓮声瓮气地回答是。"真是太可惜了。我看过你的书，是那种用蕉叶手抄的版本，虽然大部分都看不懂，但有些我还是挺赞同的。这么睿智的人猿，怎么会生出一个祸害大家的妖孽呢。"许成钢知道他看不见自己的脑袋，但还是象征性地点了点头："我的书从来都不能出版，只有手抄本在森林里传播。至于我的儿子，他不是什么妖孽，只是脑袋有些残疾和畸形的正常孩子。"想了想，他又说，"看在读过我的书的面子上，麻烦你能不能给我一些吃的。我已经两三天没有吃东西了。""我要是偷些吃的给你，那不是让自己找死吗？而且，你已经被定性了，给你吃的，你也吃不到嘴里去，更不要说拿食物过来是在害你了。你不知道自己已经被判了蛆刑吗？不然怎么每天都有警察过来抽你的屁股？现在已经皮开肉绽生了一些蛆虫，再过几天，就会有各种飞虫、鸟儿和苍鹰过来啄食，直到把你一点一点地吃掉。我拿食物过来，只会引来更多的苍蝇。"许成钢打断了他的唠叨，问道："我儿子怎么样？他还是个婴儿，也在承受这种极刑吗？""他必须活着，等到行刑的那一天。"停了一下，就听外面降低了声调，对着他的屁股耳语道："他将被活埋，地点就是乌鸦国的鸟粪场。明天中午没有警察过来打你，因为我们都要去维持秩序。"

　　第二天早晨阴雨绵绵，一阵骚动之后，整个监狱安静下来。许成钢侧耳倾听，只有树枝在雷声中的颤抖和叶子被雨点击打时的抽泣。他忍着剧痛，借助雨水的润滑，拼尽力气往外挤，他感到屁股上的伤口在被撕裂、扩大，臂膀的骨骼在折断、压碎，但他不管不顾，用头顶住洞壁，双手交叉，一点一点地往外挪动。有那么一刻，他觉得这间囚室的洞口就是一把铁锁，自己被死死地锁在里面，只有在肉身被飞虫和苍鹰啄食殆尽之后，才能得到解救，但一想到儿子，慈爱、心痛和愤怒就融合到了一起，如同复合炸药一般被瞬间点燃。一个炸雷在头顶响起，整颗树都震动起来，他乘机一个呐喊，终于从囚室里解脱出来，双臂的表皮被磨去了大半，在雨水的刺激下同后臀一样扎心地疼痛，但他来不及检查伤口，顺着树干哧溜到地面，飞快地向乌鸦国跑去。

　　远远地，许成钢就见到了黑压压的一片人猿，好像除了囚牢里的犯人外，几乎整个家族的所有同胞都聚集在了这里，他们默默地站立在一个深坑周围，看着几个警察用双手捧起土块丢向里面。许成钢捡起地上一根粗大的树枝，抡起来虎虎生风，冲进了猿群。大家猝不及防，根本没有预料到身后的偷袭，被击中和没有受伤的人猿都一起倒在了地上。许成钢跳进刑坑，抱起儿子，把树枝往坑壁一杵，借力跃起，冲回猿群，平日里猿王的打手们总是狐假虎威，还从未遇见胆敢反抗的犯人，更没有见过哪一个子民会把树枝当作武器来对付警察，他们一时有些不知所措，眼见着木棍像人类手中的长矛一般向自己刺来，吓得赶紧趴到地上，任凭两个死囚窜上一颗大树，蹦跳着往远处跑去。

许成钢知道，那些平日里习惯了耀武扬威的条子们这次栽了面子，绝不会善罢甘休，猿王也不会绕过任何渎职的手下。他没有犹豫，只管从一颗树跳到另一颗树，拼了命地往森林边缘奔跑，渐渐地，他听见身后的追兵越来越近，而两臂和臀部的伤口又像是三只饿狮的大口紧紧啃咬着自己。由于带着孩子，他只能用一只手攀爬，没过多久便慢了下来，听见身后一个声音嘲笑道：你这个骗子，我们都以为你是个文人，没想到还是个武将。你现在已经彻底与我们人猿为敌了，今天我们就会把你抓回去，打断脊梁，让你求饶想做回文人都做不成！许成钢没有理会，刚拉开缠住上身的藤条，就感到耳朵像是被割掉一样疼痛，他回头一看，几个警察已经追到了身后，其中一个正伸出长臂抓向自己，他不敢怠慢，往前一扑，想要跳到悬崖边上的一颗橡树上，没想到树枝啪地一声断了，他连同怀里的孩子一起直直地坠向谷底。

"掉落悬崖竟然大难不死，说明你有上天的眷顾，我们当然也不会与你为难。"菜公公见许成钢还是没有把许针里交出来的意思，又说，"但你不要以为能逃出我们的手掌。你掉进崖底的河流，在岸边的一个水獭洞里过了一夜，见水里有鳄鱼，又逃到岸上，藏在这堆落叶里，只在夜里出来觅食。你看，你的一举一动，我们都了如指掌，所以，不要再抱有一丝的幻想，把这个怪胎祸首叫给我，你就可以回家，继续去研究你的思想。"

"我儿子就是我的思想！"许成钢大声地回复，同时猛地一跃，跳到下面一根松枝上，松枝被突如其来的重力压得弯成了弓，没有丝毫犹豫地把重物反弹了出去。父子俩像离弦之箭在森林之上飞翔，他们听见了风中小鸟的窃窃私语，相互询问今天猿王为什么要戒严，所有的动物除了人猿都必须躲到森林之外。这些窃窃私语夹杂着小梅花鹿的哭喊，他想要回家。许成钢看见一只年长成鹿在用舌头安慰着他：小鸟们消息灵通，等他们往林子里飞了，我们就可以回去了；你要是再哭，就会像那个人猿妖怪宝宝一样，会被菜公公抓起来活活埋掉。许成钢搂着孩子，不偏不倚正好落在这只鹿爸爸的背上，他吃了一惊，恐慌之下，不顾小梅花鹿仍在啼哭，撒开蹄子往河边跑去，鹿群不知发生了什么变故，也没头脑地跟着他一起奔跑起来。父子俩在鹿背上被颠得坐立不稳，就在要掉到地上的瞬间，许成钢一手抱紧儿子，另一只手揪住梅花鹿肚皮上的长毛，同时双腿翘起交叉，夹住他的脊背，就这样被鹿群护送着离开了森林，越过河流，来到了他们在树上曾经遥望过的高山下。鹿群终于停了下来，许成钢落到地上，他带着儿子向他们鞠了一躬，向山上走去，希望在天黑之前能找到一处隐蔽之所可以躲藏几天。

天黑之前，他们在山坳的顶部发现了一个宽大的洞窟，借着晚霞，发现里面竟然有一些果实，许成钢抓起它们，大口地吃了起来，就在他边吃边反刍喂食儿子时，发现地上忽然出现了一道阴影，而且越拉越长。他赶紧把儿子抱了起来，抬头看向洞口，一个比自己年长的人猿正摇晃着身子向洞里走来。许成钢正想抱着儿子夺门而逃，就听来者"呲"地叫了一声，原来他也发现了对方，吃惊之下，手中的水果扔到了地上。也许是看见了怀中的幼崽，洞口的人猿镇静下来，他把水果捡了起来，又递了一个给紧贴着洞壁的不速之客。

"你来自河对面的林子？"他问。许成钢点了点头。

"你叫什么？"见对方没有回应，仍然保持着戒备的神态，他又说，"我叫张木生，以前也是猿王家族的一员，但忍受不了那里随处可见的无知和愚昧，就逃到这里落个清静。"

"我叫许成钢。"

"许成钢？你是那个思想家？"张木生有些惊讶，似乎有些难以相信，"你为什么逃到了这里？"

许成钢没有回答，把儿子转了个身，将他的面容展示给他看。张木生借着渐渐暗淡的余辉，凑近许针里仔细看了一遍，只见幼崽的鼻子并没有像其他人猿一样塌陷扁平，而是笔直高耸，嘴唇在鼻子下面平滑圆润，并不鼓翘突起，而他的脸更是光洁明亮，没有一根毛发，不见一道皱褶。"他是你的亲生骨肉？"张木生坐回原处，小心地问。

许成钢嗯了一声作为回答。

"他更像人类，而不是猿猴。"张木生眯着眼看了半天，终于又开了口，"但如果只是容貌怪异，猿王只会把他当作不祥之兆，不会把你们赶出林子，这里肯定还有其他隐情。"

许成钢决定以实相告，虽然这里的主人并不值得完全信任，但看起来也没有多大威胁，"我们是逃出来的。这个孩子没有妈妈，是我自己生的。"

"原来如此。我以前听说过有些人猿思想家可以从脑子里生出孩子，还听说这些孩子大多天赋异禀，难道你儿子也是这样，所以猿王要杀他？"

"他虽然还是个婴儿，但已经可以为人猿治病了。"许成钢点了点头，"有人告密，说我们行医之法与猿王的教导相悖，还说这个孩子是人类的孽种，他不是在为猿族看病，而是在借人类的妖术灭绝人猿家族。"

"如果真是这样，那倒是件好事。"张木生笑了，"几千年了，我们人猿依然还是人猿，而人类已经不是人类了，他们搞出了好多能飞会跑的玩意儿，不用多久，人类就会越过包围着我们的大山高墙，进入我们的森林，到那时候，我们将不是被大自然淘汰，而是被人类灭绝，就像他们把跟不上步伐的同类灭绝一样。"

"这就是为什么我要拼死保护这个幼崽的原因，他是我们猿族追上人类脚步的希望。但我又感到他存活下去的机会渺茫，更不要说还能繁衍后代，改良人猿了。"

"许兄前面刚说要为人猿家族保留希望和火种，现在却又如此悲观，为何？"

　　许成钢盯着张木生的眼睛，发现对方无比地淡定却又充满了好奇，他不能肯定这个还不怎么熟悉的同胞是不是在引诱自己，套取真话，但他此时除了信任之外没有其他更好的选择。"因为历史就是鲜活的镜子。几万年前，野猪家族就发生过同样的悲剧。那时，他们千年如一日地生活在一坐平原边的山上。每天，母猪在林子里采摘野菜和果实，公猪们则下山去狩猎野兔、老鼠和其他小动物。冬日的一天，野猪家族的日常被打破了，他们谁也没有出去寻找食物，而是聚集在一个叫锡进的野猪家洞口，因为他刚生了一个儿子，这个孩子的每一只腿上都长了一个圆滚滚的角质轮子，并不是野猪本该有的坚硬猪蹄。所有野猪都吓坏了，他们猜测，肯定是孩子的父母平日里吃了太多的圆圈橡子，才导致了孩子猪蹄的变异；也有的野猪认为，可能是婴儿的四只蹄子在出生时受伤感染，导致了畸形。不过，他们一致同意，这个异种必须被丢弃到老虎的领地，既是献祭，也是辟邪。小野猪的父母同意了，把他交给了族里的首领。

　　野猪家族的生活又恢复了正常。这一天，公猪们正在团结合作，试图拱开一个兔子洞，哨兵却发出了歇斯底里的尖叫，原来是一只老虎下了山，正向他们扑来。大家撒开蹄子，玩命地往家跑，但有一只叫马南的瘦弱后生还是落在了后面，眼看着就要被老虎那尖锐有力的前爪钩住屁股。他绝望地发出临终的哀嚎，感受着屁股上那扎心的刺痛，就在这时，山上冲下来一个小家伙，他的速度如同闪电，一眨眼就来到了眼前，直直地撞向捕食者的脑袋。老虎吓了一跳，松开口，定神一看，不过是另外一只天生牛犊不怕虎的小野猪，便笑了起来，猛地向他扑去，心想先把这个愣头青小崽子吃到肚里再抓其他家伙不迟，反正也耽误不了多少时间。然而，这只小野猪跑得比他见过的任何猎物都要快，根本追不上他的影子。

　　自此之后，这只被所有野猪称为恩侠的小家伙经常出现在出来觅食的野猪群周围，不是帮他们引开捕食者，就是帮他们堵截猎物。他们心知肚明，这就是那只被他们丢弃、以为已经成了老虎粪便的四轮猪，没想到他还活着，而且他那四个滑轮竟然远远胜过任何一只野猪的蹄子。但大家都装聋作哑，好像不认识他，也不想跟他搭话，直到有一天，他主动跑过来，想要勾引一个小母猪。所有的野猪包括他父母都再次团结起来，一致将他拒之门外，觉得要是被他玷污了野猪家族的血统，那就是末日来临，无论如何也不能让这个小子留下任何后代，否则妖孽永远不会铲除，它就会像乌云一般一直漂浮在野猪家园的上空。但恩侠依然故我，每天都来骚扰小母猪，有时甚至坐在她家洞口通宵达旦，整夜哼唧着肉麻的肉麻歌曲。野猪们也想过要把他抓住，绳之以法，无奈谁也跑不过他。终于，小母猪的父母感到受够了，他们绝对不能容忍自己的女儿嫁给恶魔，然后再生下像恩侠一样的怪胎。他们找到族长，提出了一个计策。

　　第二天，小母猪羞涩地告诉恩侠，父母同意了他的求婚，并邀请他和他父母一起来家里商讨婚礼大事。恩侠高兴坏了，找到父母，提出了请求。父母显得比他还要高兴，在赴宴之前第一次让他在家住了一夜。隔日早晨，他们带着恩侠来到了小母猪家的洞口，按照野猪族的习俗，岳父把两个亲家先请了进去，只有双方父母都坐好各自的上席位置后，喜结良缘的两个后生才能进屋叩拜。过了好大一会儿，小母猪开了门，露出害羞的微笑，向恩侠做出了请进的手势。恩侠满心欢喜，终于得到了野猪们的承认，还赢得了心上人的芳心，他迫不及待地迈进了大门。然而，刚进洞口，他就留意到门的两边迅速伸出四根竹竿，它们不偏不倚，正好穿过他的四只轮子，接着他感到整个身子悬了起来，定睛一看，父母和岳父母正分别站在两边，抬着竹杠，洞里的其他野猪一拥而上，几百张嘴同时咬住了他身体的每一块肌肤。"

　　"所以野猪如今还是那些躲在洞里的野猪。"张木生递给许成钢一个橘子，"他们也仍然是山上老虎的美食。我也可以说一个类似的故事，不过没有你的那么久远，它就发生在几十年前。你知道当年猿王推出了一系列激进的政策，但因为他是猿王，没有哪个人猿敢提出怀疑，整个人猿家族陷入了疯狂，有一个叫权佳果的后生被下放到边远山沟劳动改造，一开始，他真诚地拥护猿王的号召，没过多久，却发现一个小小的山沟也像整个森林一样陷入了饥饿、混乱和仇杀。他成立了一个学习小组，试图跟上猿王的思路，并找出猿族的出路。白天他被迫参加高强度的劳动，晚上借着月色，他贪婪地阅读一切能找到的各种叶子、各种版本的著作，终于，他觉得自己看清了大势，认为猿王的所有口号和决策都是权力斗争的工具，没有哪一个是为了人猿个体的具体福祉，没有哪一个是为了人猿家族的兴旺发达，没有哪一个不是反猿类、反猿性。他把自己可怕的发现写信告诉了在另外一个山沟接受劳动改造的姐姐，没想到自己的亲姐姐收到信后，毫不犹豫地交上去把他举报了。权佳果最后被判处八年徒刑。出狱之后，他震惊地发现，人猿家族已经变得比自己入狱前更加疯狂了，无数的猿类同胞不是饿死就是被杀，整个森林没有了任何秩序，恐慌和混乱充满了每一个角落。权佳果觉得，猿王和他的同僚整日呆在高高在上的树冠宫殿里，对所有这些灾难肯定一无所知，他要把下面的实情告诉猿王，把自己的见解与统治者分享。于是他乘着夜色，摸到了离树冠宫殿不远的劳动文化宫联合革命接待站，把自己在芭蕉叶上写下的五万多字建议书交给了猿王的代表。他满心期待着猿王能认清形势，采纳建议，改变猿猿相斗的方针，实行宽容、多元和自由的政策，因为只有多元和自由，才有不同思想的碰撞和创新；只有宽容，才能让异见存活、让创新壮大。第二天，两个宪兵找到了他，把他投入了大牢，判处了死刑。"

"所以我们人猿如今还是活在树上的人猿。"张木生说完了故事，许成钢也吃完了橘子，他说，"同样是人猿思想家的勒庞说，一个人精神失常，是极易被识别的；一群人精神失常，却很难被发觉。而最先发现并且指出的人猿，通常会被认为是精神病。我完全同意他的观点，这也正是一个社会的可悲之处。对了，你在这里离群索居，难道是受了权佳果事件的牵连？"

"我是那个学习小组的积极分子。所有小组成员都被抓了，大部分都同他一样被判了死刑，我之所以被释放，是因为我父亲是当年帮助猿王夺权的功臣。我并不感谢他们的不杀之恩，相反，我厌恶透了我们人猿家族，它就是一潭死水，几千年来，所有的猿猴都是在重复先辈的可悲命运，整日都是在蝇营狗苟，不是在捞取利益，就是在争夺权利。我们的日常就是勾心斗角，而山外的人类却在探索自然、拓展疆土。我们的社会就是一堆我们以之为食的粪土、一座我们已经适应的监狱，而人类的社会却是一片真正百花齐放、百鸟争鸣的森林。我觉得，作为这个家族的一员，像行尸走肉一样打发每一个粪坑里的日子没有任何意义，因为我看不到任何进化的迹象或可能。"

　　洞口忽然有两个黑影一闪而过，似乎是夜里出来觅食的蝙蝠。许成钢的内心升起一种莫名的感动，这么多年以来，他第一次有了遇到知音的喜悦。"是啊，同人类一样，我们也能说话和写作，但我们的文字用来维持统治，而人类的文字用来传承知识；我们的语言用于附和统治者思想深井的回音，人类的语言用于寻找宇宙背景的音乐。我曾经深入地研究过我们人猿的发展史，结论是，我们所有进步的种子都在被自然选择选中之前，被社会选择淘汰了。学术界公认的进化理论认为，一旦某群动物组成了社会，他们便形成了第二自然，有了区别于第一自然也就是原生自然的选择权力，从而社会的任何进步都必须经过两次选择，任何进化因子在自然选择之前，要先被社会选择。生命之可悲可叹，正在于，作为个体，即使你代表了进化的方向，也不能必然成为自然选择的胜者，除非与你相似的同类达到了一定的规模并主导了社会发展的方向。而一个思想，一个变异，只有在第二自然的前进方向与第一自然的进化方向一致时，才会被第一自然接受。可惜一个只关心权力的统治者控制的社会是注定与第一自然的进化相悖的，只有多元与自由的第二自然才能与第一自然保持同步，因为这正是第一自然的本质。"

　　"说的太好了，如果一个有益的发明不能被广泛应用，或者一个进步的理论不能被普遍接受，那么这个发明和理论就没有任何意义。这样的例子在我们的人猿家族不胜枚举，比如我们所谓的古代几大发明，不是停留于书面的记载，就是局限于小团体的应用，它们并没有推广开来，推动整个人猿家族的进步，所以失去了它们应有的意义。又比如刚才我说的权佳果，他的理论非常正确且先进，但他却被谋杀了。像他那样的思想家还有很多，比如王申酉，吴晓飞，李久莲，刘文辉，等等等等。"说到这里，张木生看了一眼已经入睡的婴儿，忽然想起了什么，闭上了嘴。许成钢明白他的意思，发明得不到重视或应用，是因为体制，而要反抗这个体制，认知与思想又被同样的力量束缚、压抑和摧毁，难以获得大众的了解和认同，人猿家族就这样在死结里往复循环。人猿同人类一样聪明，但人类的发明和思想总能得到应用和普及，而人猿的发明和思想总是被压抑和谋杀；其结果就是人类已经发展出了高度的文明，而人猿依然在重复低级的文化。没有比这更令他感到悲哀的了。两个心心相印的人猿陷入了长久的沉默，那种寂静就像是在为地上孩子的命运默哀。

　　刚才一闪而过的那两只蝙蝠此时又飞了回来，他们落在洞口，向里面探头探脑。"奸细！"张木生牙齿缝里的词句小到难以听清，"无耻的走狗！"

　　许成钢看着他们，大声说："进来吧，如果饿了，你们可以吸食我的鲜血。"同时又对张木生耳语到："我知道该怎么做了，不管猿王或菜公公将如何追捕我们，明天我都会带着孩子回到森林，让他为遇到的所有病人治疗脑疾。也许今晚就先从这两个蝙蝠开始。"

　　"明天我会与你同行。"张木生看着许成钢，两人相对而视，又一起看向犹犹豫豫不知道该不该进来的蝙蝠，不禁都笑了，"治愈黑色密探正是最好的开始！"

www.ingramcontent.com/pod-product-compliance
Lightning Source LLC
Chambersburg PA
CBHW060438310726
48977CB00001B/246